我的乔安琛先生

江小绿 著

上册

青岛出版集团 | 青岛出版社

图书在版编目（CIP）数据

我的乔安琛先生/江小绿著. 一青岛:青岛出版社, 2021.12
ISBN 978-7-5552-9822-9

Ⅰ.①我… Ⅱ.①江… Ⅲ.①长篇小说－中国－当代 Ⅳ.①I247.5

中国版本图书馆CIP数据核字（2021）第096457号

WO DE QIAO ANCHEN XIANSHENG

书　　名　我的乔安琛先生
作　　者　江小绿
出版发行　青岛出版社
社　　址　青岛市崂山区海尔路182号（266061）
本社网址　http://www.qdpub.com
邮购电话　18613853563　0532-68068091
责任编辑　郭红霞
特约编辑　张玙璠
校　　对　耿道川
装帧设计　梁　霞
照　　排　梁　霞
印　　刷　三河市良远印务有限公司
出版日期　2021年12月第1版　2021年12月第1次印刷
开　　本　32开（880mm×1230mm）
印　　张　16.5
字　　数　485千
书　　号　ISBN 978-7-5552-9822-9
定　　价　69.80元（全2册）
编校印装质量、盗版监督服务电话 4006532017　0532-68068050

目　录 ㊤㊥

目 录 下册

第一章　初遇检察官

早上十点，初壹从床上醒来时，乔安琛已经去上班了。他历来动作很轻，丝毫不会打扰到她。

初壹从冰箱里拿出两片吐司加热，煎好蛋再放上火腿，顺便倒上一杯牛奶，时间接近十点半时，开始吃早餐。

初壹是一位漫画家，作品在一家网站连载，每周更新一次，工作时间自由随意。

她从小学画，素描、水彩、油画，什么都学一点儿。

到了初中她接触漫画之后，开始一发不可收拾，不仅喜欢看，更喜欢画，课本上空白的地方，人家记的是笔记，她的全是一幅幅小人画。

高中，她通过艺考，压线考上了岚城一所重点本科院校，报考的自然是美术专业。因为大学比起高中有更加自由的环境和更多空闲时间，所以初壹有了更多的时间做自己喜欢的事情。

大二时，她随手在网上连载的漫画被编辑看中，顺利签约出版了不说，还累积了不少人气。

至今初壹的微博粉丝已经有数十万了，漫画连载网站依旧是原来那个，只是她从小透明变成了驻站大神。

收入也很可观，大学刚毕业她就自己买了房子从家里搬出来，之后一直全职在家画画，从来没出去工作过。

今年她二十六岁，因为家里介绍相亲认识了乔安琛，后来嫁给了他，现在是两人婚后一个月。

下午三点，初壹收拾完开始工作。她有一间独立的书房，是搬进来时乔安琛特意收拾出来的。

沉浸在绘画世界里的时间过得非常快，窗外的天色不知不觉一点点加重，房间的光线渐渐变得昏暗，她放下手里的笔，拿起搁置在一旁的手机，上面有一条新的信息。

乔安琛："今晚加班，不回去吃饭。"

初壹习以为常，垂着眼，手指在键盘上飞快地打字。

"好的。"

她将聊天记录往上一翻，两人的对话便都是此类内容，不痛不痒的话题，绝大部分是乔安琛向她交代行程，初壹礼貌地回复。

消息发送出去后，初壹伸了个懒腰。乔安琛工作日三餐几乎都在检察院的食堂解决，她往后仰靠在椅子上，百无聊赖地翻着手机外卖页面。

吃过晚饭又工作了一会儿，墙上的时钟指向八点，初壹终于起身，找了睡衣去浴室洗漱。

夜晚是她的休闲时光，初壹喜欢在网上冲浪，看搞笑视频、社会热点，刷漫画视频、追剧，夜生活充实美满。

乔安琛推开门进来时，初壹正坐在沙发上目不转睛地盯着电视屏幕。面前放着一盘切好的苹果，她拿起一块就往嘴里送。

"嗯？你回来了。"听到响动，她终于将目光从大屏幕上移开，落在他身上，眼睛在灯光下显得很亮。

乔安琛嗯了一声，一边低头换鞋，一边扯掉脖子上的领带，接着把身上的西装外套脱掉，随手挂在衣帽架上。

他到厨房倒了杯水，白皙的指尖按住玻璃杯壁，仰头喝了两口，修长的脖颈上喉结滚动，白衬衫领口间两道锁骨若隐若现。

初壹侧着身子看他，微仰起脸问："今天上班还好吗？"

“和平常一样。”乔安琛脸上有些倦意，低声回答完，走进了卧室。

不一会儿洗手间有水声响起，乔安琛回来基本先洗澡，这似乎是他消除疲倦的一个方法。

初壹坐回身子，继续面向电视看着。

乔安琛娱乐活动甚少，对手机、电视这类的电子产品没多大兴趣，一天之内大部分时间投入在工作上，在家一般就是看书或者休息。

他睡前基本不会碰手机，看几页书就睡了，自律得可怕，这让初壹佩服不已。

两人第一次同床而眠时，初壹确实惊讶了一番。这个时代还有不玩手机入睡的人？这和习惯性熬夜的她相比，简直就是一个奇迹。

但后来她发现，其实乔安琛白天的时候也不经常玩手机。他对电子产品的依赖绝大部分时间在 kindle（电子书阅读器）上面。

乔安琛每个月能看完好几本书，有专业方面的法律书籍，还有一些乱七八糟的杂书，反正好多书初壹连作者名字都没有听过。

她时常觉得自己是一个读了十几年书的文盲。

追完今天更新的节目后已经是夜里十点，初壹打了个哈欠关掉电视，准备回房休息。

房间开着暖黄的小灯，乔安琛穿着深蓝色的细格子睡衣倚着床头，手里拿着一本书在看。

他鼻梁上架着一副无框眼镜，整个人斯文俊朗，白日里的冷静严肃被冲淡了不少，看起来很柔和。

初壹看到书的封面，纯黑色的底，全英文的标题，她似乎一个单词都不认识。

大学时的英语六级，她好像也白考了。

“你在看什么书啊？”初壹挪过去，爬到床上掀开被子钻到他旁边，眨着眼睛问。

“一本国外的与法律相关的书籍。”乔安琛推了推脸上的眼镜，目光未曾从书上移开。

初壹哦了一声，转过身子，摸出手机开始了新一天的网上冲浪活动。

时间缓缓过去，安静的夜里似乎连时光也变得静谧，空气中偶尔响起纸张被翻动的沙沙声，两人各自做着自己的事情，没有讲话。

这基本就是他们婚后的日常，平静、自然又相敬如宾。

夜色一点点加深，乔安琛询问她之后关了床头灯，房间瞬间黑了下来，旁边的被子发出窸窣的响动，他准备睡了。

初壹看了眼手机右上角的时间，十一点半。

比起往常早了一点点，他应该是工作比较累。

手机屏幕的光很微弱，初壹特意调暗了亮度，看着屏幕的眼神一瞬间有些恍惚，又很快聚焦起来。

婚姻应该就是这样子的吧，两个人哪里会每天如胶似漆亲密无间？

初壹这天夜里熬到了很晚，最后手机被放到床头柜上时已经是凌晨两点了。她感觉眼睛有些酸涩疲惫，意识却又格外清醒。

她轻轻动了动，侧头看向旁边的人，黑暗中隐约只能看到一点儿轮廓，胸膛平稳地起伏着。

初壹朝他那边靠近一点儿，在快要碰到乔安琛的肩膀时停住了，闭上眼强迫自己入睡。

第二天醒来时已经天光大亮，初壹眯着眼睛去摸手机，抓到胡乱一摁，果不其然上面显示十点半。她重新按灭屏幕，再次栽进枕头。

缓和了几秒，初壹伸手到旁边摸了摸，被子底下果然一片冰凉，乔安琛已经上班多时了。

这天乔安琛依旧是天黑才归，初壹想和他多聊一会儿天，特意洗了一盘水果，是一颗颗饱满的葡萄，水润清甜。

乔安琛看了一眼，从盘子里摘了两颗葡萄，放到嘴里后颔首评价：“味道不错。”

“我今天特意买的。”初壹朝他笑道。乔安琛的神色也不由得变得柔和，他点了点头，然后越过她进了卧室。

初壹望着他的背影，张了张嘴，最后还是微不可察地叹了口气，握紧了手里的果盘。

一直等着乔安琛洗完澡出来，初壹才打开了家里的投影仪，问他想不想一起看部电影。乔安琛皱了下眉，不假思索地拒绝："我想看一会儿书。"

"好吧……"初壹垂下头，把设备关了。

"你不看了吗？"乔安琛顿住掀开被子的动作，疑惑地转头看着她问。

初壹沉默了一瞬，委婉强调道："我一个人不想看。"

乔安琛哦了一声，点了点头，从床头柜里拿起他昨晚看的那本书翻开，戴上眼镜继续看下去，神色专注又认真。

初壹："……"

乔安琛看书时她一般不会去打扰他。初壹自己默默看着手机，连翻身的动作都很轻。

两人躺在一起，却毫无交流，她感觉自己仿佛是和一个同居室友待在一块儿，享受着彼此的陪伴。

依旧看了会儿书后关灯，乔安琛今天下班比昨天早了一点儿，现在时间刚到十一点。

"你还不睡？"他闭着眼睛轻声说。

初壹嘟囔："我哪有这么早睡啊。"

"不要每天熬夜。"乔安琛老生常谈，初壹听完就过了，完全没有放在心上。

这几乎是每个年轻人常听到的话：不要熬夜不要熬夜。可该熬的夜依旧一个不少，谁也改不掉。

手机屏幕的光微弱，但房间的黑暗被驱散不少。空气中有种幽香，是洗发水混合着沐浴露还有其他的香味，淡淡的，不难闻。

乔安琛闭上眼，脑中突然出现先前初壹站在他面前的样子。

最近总是下雨，她的几套睡衣都没干，因此她穿的是一件大T恤，堪堪遮到了大腿，露出白生生的肌肤。

他咽了下口水，伸手过去把旁边的人拢到了怀里。

他的动作有些突然，初壹愣了一下，随后按灭手机望向他："做什么？"

房间彻底黑掉了，隐约从阳台窗帘透进的朦胧光线笼罩着彼此的面容，乔安琛的脸压了下来，两人湿热的唇贴到了一块儿。

“时间还早。”他边亲边含混地道，手从衣摆探了上来。初壹懂了，腕骨一软，手机从掌心滑落，手不由自主地攀附上他的肩膀。

“哦。”她闷闷地应了声，任由他动作。

不一会儿，房间里响起喘息声，被子起伏，动静彻底结束时，安静了许久，接着啪的一声，床头灯被按亮。

两人都出了些汗，依旧贴在一块儿，初壹由他将自己抱在怀里，心想：他们和同居室友还是有点儿区别的，同居室友一般不会做这些事情。

初壹第一次见到乔安琛的时候，是在家附近的一个咖啡馆里。

她是在睡梦中被她妈叫醒，然后从床上爬起来去相的亲。

“一崽，今天这个真的不错，妈妈绝对不会骗你的。你二姨她朋友的老公的远房侄子在检察院上班，听说是他们院的院草！”

最后音量拔高显得有些亢奋的“院草”两个字，让睡意浓重的初壹勉强睁开了一只眼睛。她困倦地颤了下睫毛，从被窝里伸出一只手握着手机，脸埋在枕头上回忆。

“妈……上一个秃头大叔你也是这样跟我描述的，叫什么来着？哦，中科院院草，也是院草呢。”

“哎！那次是失误！谁知道你大姑这么不靠谱呢！”那头的文芳女士似乎气得拍了下大腿，又开始操心相亲大事。

“一崽，人已经帮你约好了，就在你小区前面的那个咖啡馆，约的上午十点半，聊得来你们可以顺便吃个午饭，不行还能立刻回家睡个回笼觉，你看怎么样？”

她还挺贴心。

文芳女士的话语里带着小得意，她似乎为自己的机智扬扬自得，丝毫不觉得这种赶鸭子上架去相亲的行为有多无耻。

这两年这样的事情初壹经历多了，从一开始的不甘、愤懑到现在的听天由命甚至能分出心神去想待会儿早餐要吃点儿什么。

她胡乱应了两句，挂断了电话，结束耳边聒噪而喋喋不休的话语。

六月岚城的阳光柔和舒适，透过洁净的玻璃打入房间，一室亮堂。微风从阳台吹进来，鼓动白色纱窗，正中那张大床上，蝉蛹似的鼓起一团，还拱动了两下。

动静停了一会儿，画面仿佛静止，没多久从里头钻出了一个脑袋。

乱糟糟的黑发散落在脸颊两侧，把一张白皙饱满的脸遮得只剩下一双过大的眼睛。

她的瞳孔似乎生得比一般人要大一点儿，圆而清澈，带着天生的娇憨和干净，即使此刻睡眼蒙眬，也平添了几分可爱。

初壹心不甘情不愿地从床上爬起来，中途又恋恋不舍地在上头打了两个滚儿，抱着被子浅寐了几秒，终于挣扎着冲入洗手间。

凉水扑面，一番捯饬下来，睡意消退不少，站在衣柜前时初壹踟蹰了几秒，最终还是拿起简单的粉色卫衣和米色长裤，脚踩运动鞋，背着她的斜挎小包出了门。

她素面朝天，头发随意地在脑后扎成了一个小鬏鬏，额头饱满，脸颊白嫩水润，带着满满的胶原蛋白，一双眉似弯月，黑而清晰，根根分明。

初壹走在路上，虽然不至于让路人对她目不转睛而撞电线杆，但确实清新亮眼，而且耐看，属于那种越看越舒服的类型。

初壹从小到大也不是没人追，“打眼”那种条件的人没有，“小雀”总有两三只，但不知道是因为从小到大被少女漫画“荼毒”，还是真的没有遇上对的人，初壹硬是一次恋爱都没有谈过。

前几年还好，文芳女士还觉得自家女儿听话乖巧整日乐呵呵的，可自从初壹迈过二十五岁这个坎儿，还未曾表露过有恋情的端倪，文芳女士开始有些急了。

这一年来，初壹在她的威压下相过无数次亲，遇见过各种奇葩，却唯独漏掉了她的真命天子。

想到这里，初壹又不禁一阵伤神，耷拉着脑袋叹了口气。

她走到小区门口时，时间指向十点二十分。这里离文芳女士说的那家咖啡馆步行仅需五分钟时间，初壹想，自己正好还可以在小区旁的早餐店里买杯豆浆和招牌肉包，边吃边走过去刚刚好。

那家店的肉包那叫一个好吃，皮薄馅多，一口咬下去汁水瞬间在口腔中漫延。

嘴里不受控制地分泌出唾液，初壹咽了咽口水，不由得加快脚下的步伐。

今天周末，睡懒觉的人居多，往日排成长队的店面难得只有三两个顾客，初壹很快点好单。

拿出手机扫码付款完毕后，微信上弹出一条新消息，她随手点开，刚因为两个包子而带来的好心情顿时荡然无存。

发件人来自她的上一个相亲对象。

高山流水："吃饭了吗？"

初壹："……"

看着小方框里那张迷之角度自拍、媲美中年大叔的本人真实头像，她提不起一丝回复的欲望，甚至觉得有些辣眼睛。

她干净利落地把手机屏幕按灭了。

嗡——又一声振动传来，屏幕上弹出第二条信息。

高山流水："今天天气不错，适合出去玩哟！"

初壹："……"

如果不是见过他本人，知道对面是一个"直男癌"晚期的理工男，一上来就和她交流婚后要生几个小孩并且希望另一半能当家庭主妇以便更好地相夫教子——初壹真的要给他一句评价：

娘里娘气！

她继续装死，不想回复。

即便初壹已经从一开始的明确拒绝到后面的敷衍再到现在的无视，对方依旧不屈不挠。

高山流水："要一起去看电影吗？"

"……"

初壹忍不住了。

一一："不用了，谢谢。"

她面无表情地迅速敲了一行字发送出去，在拉黑对方的边缘犹豫几秒，最后还是咬牙放弃。

算了，她怕这样做太伤人。

再说，人家也就是烦了点儿，时不时冒出来骚扰她两下，也没做什么伤天害理的事情。

更重要的是，对方是她爸的好朋友的儿子！为了两家人的面子，给初壹十个狗胆她也不敢拉黑人家啊！

高山流水：“真的吗？那太可惜了！最近新出的几部电影都很不错！”

一一：“……”

高山流水：“最后这部评分特别高，而且都说很适合情侣去看。”

“……”

初壹放弃形象了，决定再次做一个没有礼貌的人。

她直接关掉了网络，咬着包子，迈着沉重的步伐向前走去，遥遥望见了远处的咖啡馆屋顶。

初壹一想到前方可能还有一个如高山流水般的人，顿时失去了人生的希望，连嘴里美味的包子都尝不出味道来了。

悲从心起，初壹垂头丧气地吸了吸鼻子，想哭，可是又一滴眼泪都挤不出。

单身这么多年、相亲连续失败，让她时常会有种悲观的想法，觉得自己好像这辈子都遇不到爱情了。

将就是不可能的，初壹思来想去，自己似乎只有孤独终老的命运。

其实她不惧独身，只是害怕这一生遇不到爱人。

这个咖啡馆坐落在街道旁边，却因为人流量少，里面常年安静清幽。初壹来了十次有八次见不到几个顾客。

她时常在想这家咖啡馆什么时候倒闭。

虽然如此，在推开装潢高档的厚重玻璃门时，初壹希望它能够支撑得更久一点儿，因为方圆百里再也找不到这样一家有格调又清静的咖啡馆了。

此刻阳光正好，整个大厅被照得明亮洁净，吧台高脚杯和头顶吊灯都散发着满满的文艺气息。

里头不出意外桌椅整齐，比起以往甚至更加空旷安静，因为偌大的地方只有一个顾客坐在那里。

初壹也顾不得想这家咖啡馆是不是离倒闭又近了一步，看见那个人时，脑中有接近一秒钟的空白，随之而来的是满心控制不住的疯狂呐喊。

这个人好帅啊!

坐在落地窗旁的男人正侧头望着外面街道上的行人，金色的阳光跳跃在他的黑发间，像是给他镀了层金光，就连那张几近完美的侧脸都漂亮得像是虚幻的。

他穿着一件黑色西装，里头的衬衫是天蓝色的，打了领带，气质突出，望向窗外的神色冷漠严肃，眸中似乎什么都装不进去，把那张出色容貌带来的视觉冲击消减不少，更多的是让人不自觉地保持距离和控制不住涌上来的仰慕。

如果硬要初壹用一个具体的感觉来形容的话，就好像是看到韩剧里刚从法庭上制裁了罪犯胜利地走下台阶的检察官，浑身都带着庄严肃穆又无比拉风的气场，让人不由自主地想要拜倒在他的西裤之下。

初壹无意识地吸了口气，觉得自己活了二十六年，第一次被幸运砸中了。

之后的事情进行得十分顺利。

初壹其实是个“颜控”，见到乔安琛的第一眼就知道自己完了，再后面男人挑不出毛病的性格和教养彻底让初壹的防线失守。

两人开始按部就班地接触，吃饭，交往，再到互相见对方的家长，一共花了一个多月的时间。

其中除去乔安琛加班，两人见面也不超过十次。

就在初壹以为两人会这样一步步慢慢熟悉后走入婚姻殿堂时，乔安琛的奶奶突然病重，老人临终前最大的心愿就是想看到自己唯一的孙子能够成家。

恰逢那时双方已经见过彼此的家长，顺水推舟，两人就去领证了。

初壹当时不过考虑了一个晚上就答应了。反正她早晚都要结婚，对象是乔安琛，一个她喜欢的人，这已经是一件很幸运的事情了。

早一点儿晚一点儿似乎也没什么区别，在她看来，爱情和婚姻就像是一场赌博，一辈子这么长，没有人可以保证一定能和对方白头偕老。

两人的婚礼办得很普通，没有偶像剧里的那种盛大华丽的场景，但也不寒酸随便，就像是最平常的一对新人在酒店举行了仪式。

初壹穿着雪白的婚纱，挽着父亲的手，在亲朋好友的注目下，一步步走过两旁摆满漂亮鲜花的红毯，来到乔安琛面前。

台上布置得很梦幻，气球、彩纱、罗马柱，头顶的水晶灯流光溢彩，司仪拿着话筒烘托着气氛。

其实，初壹也听不太清他在说什么，视线中的男人一身笔挺的西装站在那里注视着她。

今天的乔安琛似乎帅出了新高度，是初壹最喜欢的样子。他的眼睛很黑，因为嘴角带了点儿笑，整个人看起来似乎很温柔，面容过分好看。

她就这样被父亲牵着手，慢慢地、慢慢地将手放到了他的掌心，然后被握紧。

两只手从二变成了一，仿佛昭示着他们两个人变成了一个新家庭。

“好好照顾她。”初天说了一句话。初壹望着乔安琛，眼睛不受控制地变得模糊。

她微笑着深吸了一口气，仰起脸眨眼，把眼里的湿润蒸发在了空气中。

酒席全部结束已经是晚上，送走亲朋好友，和双方家长告别后，乔安琛跟初壹回到了自己的新房里。

这个房子是乔安琛工作后买的，很宽敞的三室一厅，初壹直接搬了过来。

新娘妆很重，初壹在浴室弄了半天才洗干净。她穿着自己的睡衣，看着镜子里的人有些不自然地扯了扯衣角单薄的布料。

等她回房时乔安琛已经洗漱完了，正靠着床头在灯光下看书，整个卧室被布置得十分喜庆，大红被单上还撒着玫瑰花瓣，此刻都被乔安琛拨到了一边。

她站在门口踟蹰了几秒，接着迈腿走了过去。

“洗好了？”听到声音，认真看书的人抬起头来，明明是平静的目光，落在她身上却仿佛带着实质的热度。

初壹点点头，不自觉地咽了下口水。

“嗯，洗好了。”

她挪动着步子走过去，在床边时还是不受控制地犹豫了两下，接着掀开被子躺在乔安琛旁边。

夜色静谧，初壹一动不敢动，睁着眼睛望着天花板，脑子钝钝的，穿了一天高跟鞋的身体很疲惫，神经却不由自主地紧绷着。

突然清脆的一声响传来，头顶灯光熄灭，身边有窸窸窣窣的动静，乔安琛沉稳的声音传来：“睡吧，今天应该都很累了。”

“晚安。”初壹眨了下眼，彻底合上，接着轻声说。

乔安琛同样回复：“晚安。”

这一晚睡眠极好，大概是太累，初壹一夜无梦，醒来时已经是日上三竿，客厅洒了一地的阳光。

乔安琛在厨房做早餐，背影挺拔，肩膀很宽，白衬衫袖口被卷到了手肘，侧颜沉静精致。

他做的早餐很简单，现煎的鸡蛋、火腿、烤吐司、两杯热牛奶，还有蔬菜和水果，口感清爽，很对初壹的胃口。尤其是在她不怎么爱吃东西的早晨，分量什么的都刚刚好。

两人相对而坐，吃完收拾干净之后，突然陷入了一种不知道该干什么的局面。

初壹是因为在陌生的环境和一个刚成为自己的丈夫的人待在一块儿，有些不自在。乔安琛则是难得有无所事事的两天假期，一时竟不知先去做什么。

两人四目相对片刻，还是初壹先开了口。

“我们……要不要去外面逛逛，看看电影什么的？”

正值七月，骄阳似火，乔安琛抬头看了眼外头的大太阳，沉吟片刻道："也不是不可以，不过待在家里应该会比较舒服一点儿。"

"啊，那我们就不出去吧。"被他这么一说，初壹立刻改口。

乔安琛看着她点了下头，然后道："我准备去看一会儿书，你呢？"

闻言初壹愣了几秒，又立即反应过来："你去看书吧，我自己待着就好了。"

乔安琛进书房了，初壹百无聊赖地在家里转了一圈，最后还是回到卧室，把自己用力摔在了床上。

婚姻……好像和她想象的有些不一样。

初壹愣愣地盯着墙壁发呆，又飞快地摇了摇脑袋，驱逐掉杂念。

两人就这样各自消磨着时间，到了中午还是乔安琛先出来去了厨房。他知道初壹不会做饭，刚好有时间就干脆自己动手。

乔安琛在国外留过两年学。他吃不惯国外的饮食，一直都是去超市买菜回家自己做。他学什么都很快，厨艺也不例外。

淘米插电，削了两个土豆，冰箱还有牛肉，乔安琛动作干净利落，很快就备齐了配菜，准备烧油下锅。

初壹后知后觉地听到了厨房的动静，看了眼时间，已经是午饭点了。她飞快地扔掉了手里的平板电脑下床踩上拖鞋。

客厅已经弥漫着食物的香气，乔安琛站在流理台前拿着锅铲，正仔细控制着火候，初壹有些不好意思地走过去。

"需要我帮忙吗？"她小声道。

乔安琛侧头看她，不假思索地道："不用，做两个人的分量很快。"

初壹迟疑地站在一旁没有动，乔安琛见状，伸出手拍了拍她的头顶。

"走吧，去客厅玩一会儿，我很快就好了。"

"那辛苦你了。"她弱弱地开口，乔安琛望见她带着心虚的神色，笑了。

"我一个人也经常做饭，你不要有负担。"

"哦。"初壹抬起眼皮看了他一眼，闷闷地应道，耷拉着脑袋转身往外走去。

“哎，小心——”厨房和客厅是用透明玻璃门隔开的，眼见初壹要一头撞上去了，乔安琛立即伸过手去捂住了她的额头。

沉闷的一声响传来，初壹的脑袋撞上了宽厚的掌心，她懵懂地抬起头盯着乔安琛，脸慢慢红了。

“对不起，我没注意……”她丢死人了，呜呜呜。

“小心一点儿，不疼吧？”乔安琛觉得好笑，手掌顺势揉了揉她的额头。初壹避开视线，眼神闪烁，脸更热了。

“没事……”声音细得像是蚊子叫，她低头拿开乔安琛的手，逃离般跳出厨房，躲到了客厅里。

乔安琛望着她极快地消失在眼前的背影，摇摇头，还是忍不住笑了出来。

饭菜都上桌时，初壹也恢复如常。她唾弃自己之前的没出息，因此表现得格外稳重大气，却在吃到第一口菜时破了功。

“哇，好好吃！”她发出讶异的赞叹，实在忍不住，对乔安琛竖起了一个大拇指。

两人之前聊过这方面的话题，只是几句带过，初壹以为他的水平就是那种普通层次，但没想到味道丝毫不逊色于那些餐厅私厨的手艺。

她眼睛都放光了，顿时觉得对面的人仿佛自带柔光特效。

“我也是在网上搜了食谱学着做的。”乔安琛被她夸张的反应取悦，觉得自己这一天心情都还不错，似乎每次和她在一起时都是轻松愉悦的。

“你太厉害了，呜呜呜——”初壹一边往嘴里扒饭，一边不停地说着。乔安琛目光游离到一旁，轻咳了一声。

“好了，认真吃饭。”他忍不住用筷子敲了敲初壹的碗边，脸似乎有些热了。

乔安琛工作很忙，即使是结婚也只有三天假期，蜜月被无限期推后。好在初壹也不是一个喜欢出门的人，虽然有些失落，但可以理解他。

晚上空气温度降了下来，凉风带来夏日的舒爽，乔安琛带她在附近转了转，熟悉周围的环境。

夜里出门的人很多，街上很热闹，霓虹灯闪烁，乔安琛很自然地牵起了她的手。

两人漫步在马路边，与陌生人擦肩而过，偶尔他会转过头来低声讲解几句，相比来说，初壹的话就多了很多。

好像每次都是这样，乔安琛安静沉稳，初壹精力充沛，像是一只雀跃的百灵鸟，声音脆脆甜甜的，显得鲜活生动。

乔安琛听着，时不时会出声附和，两人在附近走了很久，初壹感觉有些疲惫，脚步放慢了许多。

“累了吗？”乔安琛察觉，出声问，初壹点了点头。

“那我们回去了。”

“还要走回去吗？”初壹眨巴着眼望着他。

乔安琛愣了一下，接着环顾四周。

“你等等。”说完只见他立刻往前跑去，初壹目光跟随着他的动作，消失在不远处的路口。

过了几分钟，前头重新出现他的身影，初壹饱含期待地看过去，只见乔安琛推来一辆共享单车。

单车是黄色的，很小巧，车身还有些掉漆。

“所以……我们这是要骑车回去吗？”她沉默了两秒，出声问。乔安琛立即摇了摇头，认真开口。

“你骑车回去，我运动一下，跑步回去就好了。”

“……”

“可是我找不到路……”初壹放软了声音，有些撒娇，企图让他改变主意。

乔安琛蹙眉思考了几秒，随后露出恍然大悟的表情，似乎松了口气。

“没关系，有手机导航。”

“……”

初壹憋着一口气，脚踩得飞快，吭哧吭哧地骑了十几分钟就到家了，一回来她把小黄车上锁后扔在了小区门口，走进屋整个人陷进了沙发里。

最初两人交往时，她只觉得乔安琛成熟可靠，虽然人无趣了一点儿，但并没有什么大毛病，可才一起生活了一天，初壹就觉得有些受不了了。

她沮丧了几秒，又立刻谴责自己。

刚开始可能都是这样，等过一段时间就好了，毕竟大家都是第一次结婚，总要磨合一下。

初壹垂头丧气，干脆钻进了浴室，打算洗个澡把烦恼冲刷掉。

热水从头上浇下来打在身上，整个人确实舒畅了不少，她微闭着眼，觉得自己太过矫情了。

想开之后一身轻松，初壹用浴巾擦干身子，皮肤被热气蒸腾得十分粉嫩，她准备伸手去摸睡衣，动作却骤然停住。

脑中响起一道警铃，初壹瞪大眼睛，心里咯噔了一下。

刚才她好像……并没有拿睡衣进来……

一个人住习惯了，初壹更喜欢直接围着浴巾出去，直到昨夜搬进来之后才记得洗澡时要带上睡衣，然而现在——

她咽了咽口水，只能祈祷外面没人。

初壹看了眼镜子，里头的人被包得严严实实。她再次掖了掖浴巾，塞紧在胳膊底下，轻手轻脚地打开了门。

先探出一个头巡视一圈，确定外头安静无人，初壹才小心翼翼地走出去，手死死地抓着胸前的浴巾，意图挡着些春光。

浴巾纵然宽大，也只能遮住锁骨以下到腿间的位置，露出了大片白生生的肌肤。

初壹弓着身子，一个箭步从浴室门口冲到卧室，打开衣柜翻出睡衣。

她脑中神经紧绷，如同做贼一般动作迅速又慌张，拿了衣服正准备换上时，突然想起房门还没有上锁。

初壹又是一阵胆战心惊，立即放下手里的衣服奔了过去。

说时迟那时快，就在她即将抵达门边时，视线中那小巧的门锁被轻轻转动开来，咔嗒一声，门被人从外面推开了。

初壹捂住胸口睁大眼睛和乔安琛四目相对，空气凝滞几秒之后，他脸上闪过一丝狼狈之色，立即礼貌退后，重新掩上门，同时道了一声——

“抱歉。”

房间再次变得空荡安静，初壹盯着那扇重新关好的门呆呆地看了几秒钟，面无表情地走过去上了锁。

门内很清晰地传来那道上锁声，乔安琛站在外头，脑中不可控制地出现了刚才那一幕。

他轻喘着气，运动后被汗浸湿的额头越发黏腻，身体的热度似乎在持续上升。

乔安琛抹了把脸，走到厨房给自己倒了一杯冰水。

他再次进去时，卧室悄无声息，只见大床的中间隆起一小团被子，隐约能看见身子的轮廓。初壹整张脸几乎埋在了被子里，露出乱糟糟的头发。

他顿了顿，还是说：“我回来了。”

被子里的人没有动，须臾传出一声轻不可闻的回应。

“嗯……”

乔安琛又站了一会儿，确定她不会再开口之后，走到衣柜边拿了睡衣，即将踏入浴室时还是忍不住说：“不要把整个脸蒙在被子里，容易缺氧。”

初壹：“……”求求你不要说话了，缺氧就缺氧吧，总比当面窒息强。

于是，乔安琛只看到床上那一坨被子动了动，接着她整个人往被子里埋得更深，就连露出来的那几绺头发都全部蒙了进去。

行吧……

乔安琛跨进浴室，反手关上了门。

听着外面一连串的动静，确定水声已经响起时，初壹才一把掀开被子，大口呼吸着新鲜口气，脸颊因为缺氧变得薄红。

她盯着天花板平复着喘息，心中的羞窘之意也渐渐消散不少。

乔安琛擦干头发出来，床上的人已经恢复正常，闭着眼，面容柔和恬静，似乎是睡着了。

他放轻脚步，目光一边放在初壹脸上，一边小心掀开被子躺上去。

旁边明显塌陷下去一块，初壹的睫毛不受控制地颤了颤，像是蝴蝶轻轻扇动翅膀，恰好被乔安琛察觉到。

“你睡着了吗？”他出声问道。

初壹顿了两秒，闭着眼睛回答：“睡着了。”

“……”

乔安琛沉默了下，不受控制地想到了先前的事情，想了想，还是同她解释。

“其实我刚才什么也没有看到，有浴巾挡着，再说……”我们已经结婚了。

乔安琛还没来得及全部说完，就已经被初壹伸手用力捂住了嘴。她瞪圆了眼睛，眸子又大又亮，丝毫没有先前“睡着了”的样子。

“闭嘴！”初壹恶狠狠地道，一颗害羞的少女心彻底灰飞烟灭。

乔安琛没有反抗，任由她捂了一会儿，接着轻轻拿掉了她的手。

“我不说了。”

他温顺的态度安抚了初壹，她似是轻哼了一声，然后捏紧自己的小被子背过身子。

两人一同躺在床上，没人说话，屋内很安静。乔安琛看着头顶橘色的灯光，心绪有些起伏。

他脑中总是闪过那片雪白的肌肤，她的肩膀小小的，捂住胸，锁骨凸出来形成了一个小窝，眼睛又睁得很大，像是受惊的小动物，怯生生的很可爱。

乔安琛喉间上下滚动了一下，他突然看向一旁。

“初壹。”

“干什么？”她头也不回，依旧背对着他闷闷地应道。

“我们已经是合法的夫妻了。”

“嗯？”初壹转过身子，疑惑地看着他。乔安琛的目光幽深沉静，似乎带着不知名的意味。

她脑中轰的一下，思绪飘离。

合法夫妻……所以……他是要履行夫妻义务了吗？

“我是个二十八岁的正常男人。”

“……”

两人面对面躺着，乔安琛仿佛轻不可察地叹了口气，伸出手把她颊边散落的发丝别到耳后，她不由自主地绷紧了身子。

“我会想对你做一些事情。”

初壹完全呆愣住了，脑海里一片空白，不知该如何反应，只能木然地顺着他的话往下问：“比如呢？”

话一出口，她就后悔了，恨不得打死自己。

乔安琛将手移到了她的脑后，倾身过来：“比如这样。”

一个吻轻柔地落在她的额头上，接着是鼻梁、嘴唇。

他的动作很轻很软，男人的气息打在她的脸上，还有靠近的温度，乔安琛身上的气味和她是一样的，海洋清新的淡咸味道。

初壹挑选的沐浴露。

睡衣扣子被挑开，他的吻渐渐往下，初壹的手不自觉地扶住了他的肩膀，耳边传来乔安琛低沉沙哑的声音。

“还有这样。

“这样。”

话语伴随着一个个动作，手指像是在她的肌肤上点火，由尾椎骨升腾起酸软酥麻的感觉，理智开始溃散，初壹闭上眼，嘴里逸出轻哼声。

“你不要再说了……”

她似乎没有察觉到自己此刻嗓音中的娇软之意，乔安琛却僵了一瞬，接着彻底翻身，把她压在底下。

结婚前，初壹曾经和程栗讨论过第一次的事情。

她说，如果对方是乔安琛，她大概会毫不反抗，毕竟第一次见面的时候就已经肖想上了他的身体。

程栗当时嗤笑了一声。

“理论和实际是有很大区别的，崽崽，你还是等先做了再和我说吧！”

现在，初壹躺在乔安琛的怀里，心想：明天就可以和程栗分享自己的实际经历了。

如实说，两人都是新手，初壹的体验并不算特别好，反而是乔安琛有点儿尝到了滋味。

他顾及她的身体，当晚结束就休息了，然而第二天，初壹却是在睡梦中被弄醒的。她蹙起眉，不由自主地抱紧身上的人，细细地喘息着。

两人光荣地错过了早餐时间，临近中午时，乔安琛终于松开环着她的手，从床上起身。初壹还趴在那里，整个人软绵绵的。

这天乔安琛没有去看书，收拾完从厨房出来，看到初壹窝在沙发上玩平板电脑，未经思考地朝她走了过去。

“在看什么？”他很自然地把初壹抱起来放在腿上，整个人从后头拥住她，脸靠在她的颈间。

初壹没出息地紧张了。

“漫画……”她滑动着手指给他展示，乔安琛看了两眼，注意力却移到了她的手上。

那双手细而白，放在掌心里他可以轻而易举地抓住，似乎她整个人都是小小的，抱起来很舒服。

乔安琛握着她的手在掌心里把玩。

初壹哪还看得下去漫画，整个人被他弄得六神无主，好在没一会儿乔安琛接了个电话，好像是检察院有人找他，他便去书房谈事情了。

初壹长出了一口气，捂住胸口，再这样下去，心脏估计要负荷不了了。

岚城有个习俗，婚后三天新人要去娘家回门，而这一天也是乔安琛休假的最后一天。

一大早两人就起来收拾东西，礼品、水果，还有一些琐碎的物件。初壹换好衣服就准备出门。

镜子里的人面色红润，眼角眉梢似乎都带着春意喜色。她想起这两天发生的事情，有些不好意思地走开了。

乔安琛已经收拾完在车前等她，两家相隔不远，不过半个小时左右车程，两人提着东西一进门，就受到了二老的热烈欢迎。

趁乔安琛和初天寒暄之际，初壹被她妈文芳女士握住手，直往房间里带。

“女儿，你如实和妈妈说，乔安琛这个人怎么样？”她将目光放在初壹的脸上，不住打量着。

初壹一头雾水地道：“他挺好的呀。”

“那你们有没有那个那个？”文芳女士神秘兮兮地压低了声音，面上都是探索神色。

初壹回过神来，脸瞬间爆红，又羞又窘地道：“妈！你怎么这样啊？”

“怎么了、怎么了？我是你妈妈，这不是想着你第一次怕有什么不懂，我这个过来人给你指点一下……”

“不用了！我们很好！”

吃过饭两人告别回去，初壹的脸还是红红的，乔安琛边开车注意着路况，边分神打量她：“怎么了？”

“没事。”初壹捂住了脸，闷闷地道。

“你的脸很红，是不是发烧了？”乔安琛一脸担忧之色，见状伸手过来想摸她的额头，被初壹一下躲了过去。

“没有，我就是有点儿热。”她一边用手扇风，一边干笑。乔安琛想了想，把车内空调温度调到最低。

冷空气袭来，凉风呼呼地吹着，不一会儿，车内气温就变得一片冰凉。初壹今天为了美穿了小裙子，此刻摸了摸自己光裸的手臂，偷偷抬眼觑向乔安琛。

视线中的男人身着长袖衬衫，扶着方向盘目视前方，神态从容，像是丝毫察觉不到冷意。

车子停下，一打开门，猛地接触到外面的热空气，初壹抱住双臂情不自禁地打了个哆嗦。

刚才在车里实在有点儿凉，她又不好意思说什么，想着只有这么一会儿的路，就生生扛了下来，没想到后面越来越冷。

初壹忍不住吸了吸鼻子，有种哑巴吃了黄连有苦说不出的委屈感。

不知是因为冷热交加还是什么，初壹早上一觉醒来感觉头重脚轻，整个人昏昏沉沉的。

乔安琛今天收假了，很早就去上班了，初壹丝毫没有觉察。

此刻整个房子空荡荡的，她随便吃过早餐，无力地躺在沙发上，拿出手机给他发信息：“我感冒了。”

后面伴随着一个委屈可怜的表情，乔安琛一时没有回复，初壹把手机按灭放在胸口，想着他应该在忙没有看到消息。

结果这一等就等到了中午，初壹才收到一条信息，是让人无比耳熟的一句话。

“严重吗？多喝热水，注意休息。”

“……”

初壹盯着手机久久未动，有些难以置信。她默默打开微博，从里头翻出一条博主吐槽“直男”的合集，其中热评第一的就是“多喝热水”。

她复制了链接打包发给了乔安琛。

过了几秒，乔安琛发来一个问号。

见他只回复了一个简单的问号，初壹的怒火都快冲到头顶了，手指放在对话框里半天没敲下去，不停地深呼吸平复着情绪。

然而没多久，对面的人发过来一大段话。

“喝温开水治疗感冒的原理：温开水可以刺激人体发汗而促进身体的新陈代谢，加快体内毒素排出，也可以增加上厕所的次数，通过尿液带走体内的炎性物质，对感冒恢复有帮助。另外，经常喝温开水，有助于预防感冒、咽喉炎、脑溢血、心肌梗死以及某些皮肤病。”

这一看就是他从网上搜来的，初壹一口气哽在心口不上不下，紧接着乔安琛还补充了一句。

“所以多喝热水是有科学依据的，当然，如果感冒迟迟未好，就得去看医生或者吃药了。”

“但因为你是第一天，所以建议你多喝热水。”

对方的遣词造句极为认真，仿佛在探讨某种学术问题，初壹几乎能想象出他在那头端正严肃的脸。

她就像是一只充满气的气球，被针这么轻轻一扎，彻底没了脾气。

初壹扔掉手机，无力地往后仰躺在床上，茫然地看着天花板放空思绪。

谁来救救她吧。

晚上乔安琛回来，初壹刚洗完澡不久，窝在被子里玩手机。

他走进来出声问道："好点儿了吗？"

初壹头也没抬，恹恹地道："嗯……"

"有没有量体温？"

"没有，应该没发烧。"初壹兴致不高，没了往日的精神。乔安琛以为她身体不舒服不想说话，闻言准备去洗漱。

"对了。"他突然又想起什么，止住脚步看着她。

"你喝热水了吗？"

初壹："……"

"喝了。"她忍了忍，还是尽量心平气和地回答。

乔安琛没察觉出异样，点点头，走进了浴室。

乔安琛工作后几乎变成了大忙人，每日早出晚归。

初壹自己生了两天闷气，他完全没有发现，依旧和平时一样该干什么干什么，假如初壹态度不冷不热，他就不说话了。这样过了几天，初壹的闷气被自己消化了。

可能时间真是个好东西，天大的不满都能一点点地被处理分解，直至全部消失。

两人的关系恢复如初，乔安琛上班后的第一个周末，只有半天休息时间，他在房间里补觉，醒来时已是黄昏。

初壹最近在网上学着做菜，乔安琛工作太忙，虽然大部分时候在食堂解决，但也总有一两天不加班的情况，她不好意思再让人家自己做饭或者叫外卖。

其实归根结底，她还是心疼。

乔安琛出来发现餐桌上已经摆着两菜一汤，很简单的家常菜，一个红烧鸡翅，一个肉末茄子，一个皮蛋火腿豆苗汤。

菜盛在盘子里色泽鲜艳，卖相十足，让人不由得胃口大开。

乔安琛看向初壹，有些新奇："你什么时候学会做饭的？"

"就最近两天。"初壹把手里的碗筷放在桌上，假装随意地道，"做饭又不难。"

乔安琛笑了，点点头嗯了声附和道："是不难，但很难得。"

"你快尝尝。"初壹有些迫不及待，给他递了碗筷过来。

乔安琛答应："好。"

做菜好吃的人一般不会觉得别人的手艺有多好，但这一刻乔安琛还是觉得饭菜无比美味，看着初壹点了点头："非常好吃。"

初壹笑眯眯地给他夹菜："那你多吃点儿。"

又是一个工作周，初壹和乔安琛的见面仅限于晚上。她考虑过自己是否要早起，但这个可怕的念头只出现一秒就被她否决了。

结婚前和结婚后似乎没有什么区别，生活一如往昔，反正大部分时间也是她一个人待在家里。

最大的不同点大概是让她从一个没有性生活的人变得有了……

周五，初壹和程栗约了在甜品店见面。

这家舒芙蕾是她的最爱，她见程栗是次要，吃东西才是真。

初壹慢悠悠地解决完一份草莓夹心软绵舒芙蕾时，程栗才姗姗来迟。女人推开门，一头光泽漂亮的长鬈发、紧身连衣裙、高跟鞋、手提包。

她在初壹的对面坐下，两人就像是大姐姐和未成年的妹妹。

然而无比确切的事实是，程栗和初壹是同龄人，并且是大学同一个寝室的好姐妹。

"姐妹，最近婚姻生活如何？"程栗拨动了一下头发，精致艳丽的红唇勾起，眼里却都是揶揄之色。

"还行。"初壹点了点头，说道，"你可以放心了，我亲身验证过。乔安琛不是骗婚。"

那时初壹刚和乔安琛见完面就迫不及待地将情况分享给了程栗，心情欣喜激动，难以自持，程栗却在那头一盆冷水泼了下来。

“不是，你先冷静一下……”程栗组织了半天措辞，最后只憋出了一句，“这么优秀的男人需要相亲还刚好被你碰上这概率也太小了吧！

“崽崽！你还是先了解了解，万一人家是骗婚那可不得了了——”

初壹整个人瞬间僵住了，虽然当场狠狠地把程栗斥责了一顿，但结束对话之后就立刻去约了乔安琛。

说起来，两人第一次牵手、接吻都还是她主动的，原因就是她想知道乔安琛的性取向……

“哟，看来不错嘛！”程栗听她说完，倾身过来挑起她的下巴调笑道，初壹拿掉了她的手。

“不过婚姻并没有我想象的那么好。”初壹有些闷闷的，低头用勺子戳着盘子里残余的奶油。

“怎么了？他欺负你了？”程栗闻言一下坐直了身子，满脸严肃地问道。

“也不是……”初壹有些难以启齿，犹豫半天吞吐着开口，“就是……你知道吧，他工作很忙，我每天又睡懒觉，反正一整天只能他下班回来碰一面，有时候连话都讲不了几句。

“而且他工作上的事情我也都不懂，还有很多是保密的东西，我们的共同话题也不多。”

初壹垂下了头，神色恹恹无力。

程栗听完手托腮思考了片刻，最后正色看她：“崽崽，当初你们还在接触的时候，乔安琛就是这样子的了，所以你在和他结婚之前应该做好了心理准备才是，况且婚姻和谈恋爱是不一样的。

“谈恋爱是新奇和刺激的，而婚姻大部分是生活，享受有对方的生活。

“这生活可能就是平静、无趣、令人乏味的。”

“当然了——”程栗话锋一转，望着初壹露出狡黠的笑容，“你如果不喜欢那就结束好了，赶快回到我们单身贵族阵营，姐姐手里一大堆小男生资源，让你天天开心，夜夜笙歌！”

“我谢谢你。”

回去的公交车上，初壹脑中都是方才程栗说的那番话，其实道理她都懂，但实际总是和理想差距太大。

就比如，她又收到了乔安琛不回家吃饭的信息。

他就像是例行汇报公事一般，任何多余的表情和话语都没有。诚然，乔安琛也不像是会用表情的人，工作繁忙的间隙能抽空给她发条信息应该也是很难得了吧。

不过也有令人欣慰的事情，乔安琛这周终于有了假期。

临睡前，初壹满怀期望地和他讨论着明天的安排。

“最近新上的几部电影口碑都很不错，要不要去看看？

“不然我们去爬山也可以，小南山怎么样？有缆车，山顶风景也很好，很凉快。

“啊，不然我们去逛街吧，我看你的衣柜里面的衣服好少，去买几件衣服？”

初壹睁着眼，等待着乔安琛回复。

“初壹，我们明天大概得回家一趟。”不知为何，在她的目光下，乔安琛有些难以开口，“我们已经半个月没有去看爸妈了。”

“是哦。”初壹的情绪立刻低落下来，但她很快释然，没有任何不满的情绪。

“我们是应该回去看看爸妈了，是我考虑不周了，只想着自己玩。”

“等我下次放假我们再出去。”乔安琛安抚似的揉了揉她的头，初壹的那一丝低落情绪也瞬间烟消云散，她笑眼弯弯地看着他。

这是两人婚后第一次回乔安琛的父母家，两位长辈保养得都非常好，乔安琛的长相继承了两人的优点，继承了妈妈精致漂亮的五官、爸爸威严的气度。

田婉是一个很温柔的人，带着年长者特有的包容和睿智，有着和文芳女士截然不同的性格，很喜欢初壹。

说起来，初壹从小到大好像都很讨长辈的喜欢，长相是可爱乖巧型的，性子又活泼开朗，脾气软而温和。

四人坐在一起，大部分时间是初壹和两位长辈在说话，气氛欢快轻松，其乐融融。反观乔安琛倒像是个外人，独自坐在一旁，半天插不上一句话。

他也没兴趣参与到话题中，只是注意力时不时放在初壹身上，听着他们聊天。

“一崽，下次乔安琛放假让他再带你过来，妈妈给你炖海参汤，你想吃什么提前告诉我，都给你做。”

临别时他们送两人出门，田婉拉着初壹的手，更像是舍不得自己的亲生女儿，就连称呼都是泾渭分明的。

初壹感动得眼泪汪汪，挽着田婉的手，头一个劲地在她的肩头猛蹭：“谢谢妈妈——”

两人又依依惜别了许久，乔安琛站在一旁有些不耐烦，被他爸瞧见了，轻哼了一声。

“怎么，嫉妒啊？”

乔安琛蹙起眉，有些莫名其妙：“我嫉妒什么？”

乔父又冷哼了一声：“嫉妒初壹比你讨人喜欢啊。臭小子，从小到大就是这副死样子，幸好初壹不计较还愿意下嫁给你。”

乔安琛：“……”

计划永远赶不上变化，下周的时候初壹并没有吃到田婉做的爱心海参汤，因为乔安琛去乡下走访当事人了。

他最近工作强度很大，好像有一个很棘手的案件，总是加班到很晚，神色疲惫，就连话也少了很多。

初壹尽量不去打扰他，时间就这样一天天过去，不知不觉已经到了他们婚后的一个月。

生活日复一日，千篇一律没有太多变化。

这一个月的时间，初壹和乔安琛交流最多的还是“身体力行”这件事。

这晚，两人“沟通”结束，卧室昏黄的灯光倾泻一地，空气中残留着暧昧的气息。

乔安琛去洗了澡，回来还拿湿毛巾给她简单地擦着身子。

初壹有些不好意思，觉得自家这个“同居室友”突然又太体贴了。

她望着乔安琛乱糟糟的黑发，莫名有点儿生气，更像是秋后算账的意思。

“你为什么不肯和我一起看电影？”她还洗了水果，投影仪都弄好了，影片也是认真挑选的。

“我没有啊。”乔安琛停下手上的动作，黑眸里头的水汽未散，好像氤氲的雾气，朦朦胧胧的又很纯粹。

“你说你要看书。”初壹提醒他。

“我先前是想看书。”乔安琛露出若有所思的表情，接着认真坦然地回答。

“那你为什么又要做这种事情？”初壹的语气带了质问，她丝毫没有察觉自己此刻有几分恃宠而骄的意思。

乔安琛低下头，拿着毛巾继续帮她擦身子，嘟囔声传来：“因为做这种事比看电影有趣得多啊……”

初壹：“……”

经过这段时间的相处，她对乔安琛的性格大概也摸到了几分。初壹没有说话，抿了抿唇，任由他弄完。

灯再次熄灭，这次两人都累了，很快就陷入了睡眠之中。

经过“电影”事件之后，初壹彻底放弃了和乔安琛拉近距离的举措，一切都顺其自然，生活平淡简单。

跟初壹这边的一潭死水不同的是，程栗最近春意满满，朋友圈、微博上都被粉红泡泡轰炸，不是情侣自拍九宫格，就是挂在嘴边的“我家亲爱的”。

今天飞日本，明天飞马尔代夫，“狗粮”不要钱似的源源不断地往外送，初壹看得眼睛都红了，捧着手机不停地在床上打滚儿。

呜呜呜——别人家的男朋友，她家的老公。

不能想，一想她就伤心。

说曹操曹操就到，上一秒定位还在马尔代夫的程栗给她弹了个视频过来。初壹一接起视频电话，那头就是碧海蓝天、沙滩椰树。

“亲爱的，你先回避一下，我得和我的姐妹聊一下天。”程栗对着旁边胸肌优美的男人说道，声音甜腻得令人不舒服，送出一个香吻之后，那头终于只剩下她一个人了。

初壹又被塞了把“狗粮”，胃有点儿酸酸的。

“姐们儿，七夕要到了，打算怎么过啊？”程栗趴在沙滩椅上，两条细白的腿跷起，不安分地动着，勾人得很。

初壹垂下眼，表情丧丧的。

“不知道，这不是还早吗？”

“早什么？只有几天了，人家好点儿的餐厅都得提前预订的！”程栗在那头喋喋不休地道。

“你不知道，我家亲爱的半个月前就已经定好了行程，说是要和我度过我们在一起后的第一个浪漫七夕。”

“有事吗？”初壹问她，迫不及待地想要结束这场对话。

“你怎么这么冷漠？”程栗不满地谴责，转了转眼珠子，“我这不是太久没和你聊天，关心一下你的近况吗？”

“我的近况不值一提，你的近况我了如指掌。”初壹面无表情地道。

程栗在那头笑出了声：“崽崽，不要这么丧嘛。要不给你买张机票过来，咱们玩个三天三夜！”

“算了吧，我可不想被你家亲爱的打死。”初壹看了眼右上角的时间，“不说了，我要去做饭了。”

“咦，你现在还会做饭了，真的假的？贤妻良母啦——”

初壹没有理会程栗在那头的大呼小叫，径直切断了视频，从床上爬起身。

今晚乔安琛按时下班，她要提前开始准备晚餐。

网络发达的现在有个现象，就是不管什么节日，营销号、个人博主、段子手就纷纷冒出来了，围绕着这个话题开始五花八门地调侃，就像两天后的七夕。

初壹现在只要打开首页，五条新动态里面总有两条是关于七夕的，就连更新的漫画底下都有读者评论。

“大大，七夕快到了，不撒点儿糖吗？”

“大大，七夕快到了，不考虑来点儿加更福利吗？”

“提前祝大大七夕情人节快乐哦！”

初壹：“……”

饶是初壹这种后知后觉的人，接连被信息轰炸，也忍不住期待起七夕节日来。

晚上，她翻看着手机页面，状似不经意地对旁边的人说：“对了，过几天好像是七夕了。”

“嗯？”乔安琛推了推眼镜，随口搭了一句，“怎么了？”

怎么了——

初壹心头仿佛瞬间变成了一片废墟。

她有些难以置信，尽量心平气和地开口：“我们不……想想要怎么过吗？”

乔安琛闻言，终于把注意力从手里的书上移开，目光落在她的脸上。

“七夕？”他思索了一下，“情人节？”

“我得看看那天需不需要加班，不过最近好像没有特别棘手的工作，那我们一起去外面吃个饭？”他试探着问道。

初壹：“……”果然，她就不应该对他抱有任何期望。

“也行吧。”她最后勉强回答，也没有了继续和他聊下去的欲望，背过身子拉高被子裹紧自己。

中国人对传统节日的仪式感还是挺强的，七月初七那天，街上的商铺店面都装扮得格外粉红，店家还纷纷推出活动，情侣打折、做游戏、免单或者送小礼品。

街边叫卖玫瑰花的人数不胜数。

初壹到外头取了快递回来，是程栗给她寄的。这个快递员大概是新手，对附近不熟悉，讲了半天最后还是她自己出去拿的。

盒子包装很精致，一层层的，初壹好奇地拿了刀拆开，接着从里头拎出来一件……紫色蕾丝、透明的内裤？

她盯着手里这团小巧到几乎没有重量的布料，感觉自己的三观碎了。

程栗那头仿佛是收到了快递签收的通知，电话同时给她打过来。初壹平复了一下呼吸，接起电话。

“喂，宝贝，收到了吗？妈妈给你七夕情人节的关爱！”一阵畅快的笑声勾勒出了程栗此刻张扬的模样。

初壹捂住了脸：“程栗，求求你做个人吧！”

“哈哈哈——期待你今晚的浪漫情人夜哦！”

“……”

临近乔安琛下班的时候，初壹已经换好了衣服，问他需不需要提前订位。

乔安琛过了会儿才回复，直接过去就好了，到时他过来接她。

接到乔安琛通知她可以出门的电话后，初壹再次在镜子前面照了照，里头的小姑娘穿着一条黑色的小裙子，长头发散下来落在雪白的肩头，发尾打着卷，漂亮中带着点儿小性感。

她想起今天里头穿着的“不同一般的”贴身衣物，脸不可控制地红了。

初壹习惯性地抿唇，又想起什么，拿出一支口红，凑近对着镜子补了补色。

惹眼的红色配上黑发、黑裙，仿佛使她脱了几分稚气，身上多了特属于女人的风情。

乔安琛看到初壹那一刻愣了一瞬，随后立刻恢复如常，替她打开了车门。

初壹今天还穿了高跟鞋，跟乔安琛站在一起似乎更般配了。以往她都只到他的肩膀，每次总感觉自己像个小女孩儿。

一路上两人都没怎么说话，乔安琛是历来话少，初壹则是特意隆重打扮了一番，有些矜持。

她偷偷打量着乔安琛。

他们是有制服的，但一般只在特定的时候穿，平日里都是穿自己的衣服。乔安琛几乎都是西装加衬衫，在重要场合必须打上领带。

今天大概就是工作需要，乔安琛一身黑色西装、浅蓝衬衫、藏蓝色领带，上头有暗色花纹。

那张出色的脸被衬托得越发冷峻，神情是惯有的沉着严肃，难见动容之色，开车时尤为专注。

初壹定定地看着他，眼里不由得染上了几分痴迷之色，忘记移开视线。

旁边有人超车按了两声喇叭，初壹一下惊醒，反应过来，摸了摸鼻子，不好意思了。

吃饭的地方好像就在附近，不一会儿就到了，乔安琛去停车，初壹打量着周围的环境。

这一片似乎都是商业区，有许多店面，菜色种类也很多，她的目光一一掠过，眼前的招牌五花八门，什么“一品小龙虾”“老重庆火锅”“自家湘菜”诸如此类，数不胜数。

有些店更是直接在外头拼了几张桌子，众人喝酒聊天，人声鼎沸，生活气息十足。

初壹心里忍不住嘀咕起来了。

好像……她并没有看到什么环境好一点儿、适合约会吃饭的餐厅啊……

乔安琛很快停好车过来，把脖子上的领带扯掉了，衬衫解开了两颗扣子，露出白皙的锁骨，西装外套拿在手上，帅气得与周围的环境格格不入，动作间都是英俊潇洒之态。

初壹脑中有几秒忘记她刚才在想什么。

“我们去哪儿吃饭？”直到乔安琛走到她面前，初壹才找回自己的声音。

乔安琛微侧脸示意了一下，带着她往旁边走去：“就在这里，很近。”

初壹跟着他，几步间眼睁睁看着乔安琛走进了旁边那扇双开的玻璃门里面，旧旧的墙上还贴着红色喜庆的对联，视线上移，头顶是一个绿油油的硕大招牌——自家湘菜。

在服务员高声的“欢迎光临”之下，乔安琛找了张靠窗的桌子落座。初壹万念俱灰地跟在他身后，面无表情地坐了下去。

“这家店我经常来吃，菜做得很好。”乔安琛拆了餐具，一边倒茶水一边说道。初壹没作声，默默地拆开自己面前的碗碟上面的塑料膜。

透明包装膜被她弄得刺啦作响，初壹垂着眼动作迅速地将塑料膜扒下来，然后在手心里揉成一团，干净利落地扔进了垃圾桶。

这一连串动作太过流畅，引得乔安琛觉得有些异样，看了看初壹的脸色，有些试探地问：“是不是出了什么事情？”

“什么？”初壹怔住了。

“我看你心里好像有事。”乔安琛认真地说。

“……”初壹一下就泄了气。

服务员拿了菜单上来，乔安琛点了几样，问初壹的意见，她整个人恹恹的，连话都不想说，更遑论点菜了。

她低头喝了口水，摆摆手表示随意。

乔安琛顿了一下，把手里的菜单交给了服务员。

等待的瞬间，初壹冷静了一点儿。

平心而论，这里的坏境并没有那么糟糕，至少里面很安静，而且桌椅、装修、灯光都是令人舒适的。

比起外面，这里的坏境可以说得上是精致了，并且服务员的素质都很高。

菜上得也很快，初壹每样都尝了点儿，味道非常好，甚至比乔安琛做的菜更胜一筹。

不知不觉间，她吃掉了两碗饭。

吃饱喝足，看着面前一粒米饭都不剩的空碗，初壹更加生气了。

她觉得自己被打脸了，诠释了大型“真香”[1]现场！

她一定是被气饿了，才会吃这么多的……

是的，就是这样的，初壹恨恨地想。

两人结账出门，初壹还是抿紧了唇不说话。乔安琛一边开车一边

---

1 真香，网络流行用语，表示先前自己决定的事情，后来自行反悔的情况。

打量着她，无果后又沉思着移开目光，车子一路行驶，路过了繁华的市中心路段，旁边随处可见手牵着手捧着玫瑰花的情侣和热情叫卖的卖花小贩。

乔安琛脑中突然灵光一闪，想到了什么。

“你是不是……”他侧头看向初壹，若有所思。初壹原本都放弃希望了，闻言目光又忍不住被点亮。

乔安琛慢吞吞地说出了下一句话：“……也想下去逛街？”

“……”初壹的心一下就凉了。

她半天没回答，乔安琛以为她默认，自顾自地说了下去：“今天街上人特别多，很挤，而且店里肯定有好多人排队，如果你真想去的话，我们可以下次抽空——”

“算了，我不想去。”初壹打断他的话，只希望他赶紧闭嘴。

“快回去吧，我有点儿累了。”她说完，闭上眼往后靠在座椅上，心累得没有看这个世界的勇气了。

乔安琛沉默了一瞬间，在红灯结束之后再次启动了车辆。

这晚回去两人也几乎没有交流，初壹洗了澡换下衣服早早就睡了。她把程栗送给她的蕾丝通通团成团塞到了衣柜最底下，估计这辈子它们是没有再出来见天日的机会了。

初壹这次的冷战来得坚定而又漫长，纵使乔安琛再迟钝也察觉到了不对，因为初壹自那天过后再也没对他笑过！

乔安琛很郁闷，每次回家一看到初壹的笑脸，似乎感觉一整天的疲惫都消失了，然而现在家里的气氛比检察院还要严肃。

他愁眉不展，第一次难得地在上班时发起了呆。

正是快要吃午饭的时候，门外有人走进来，见状露出惊奇之色，怪叫道：“乔安琛，不会吧！你脸上竟然会出现这副表情？

“简直了，就像是遇到了情感纠纷陷入苦恼的男人。你会有情感纠纷？哈哈哈哈哈——”

思绪被打断，乔安琛不满地看了他一眼，语气很冷漠：“靳然，你来干什么？”

“来叫你吃饭啊，都到点了。”他看了眼腕表，笑嘻嘻地来到乔安琛的办公桌前，探身神秘地问。

“乔先生，最近遇到了什么困难？说出来让小的开心开心——”

乔安琛没理他，只是看向电脑桌面右下角，脸上毫无表情。

“离下班还有一分钟，靳然，你这是早退。”

“啧。”靳然摇摇头，伸出手指向他，“我说你就是做人太死板了，我现在不是还在办公区域嘛，等你关了电脑一起出门不正好到点？”

乔安琛习惯他这副油腔滑调的样子了，看着右下角的时间走向整点，后头归零之后，才锁了屏幕推开椅子起身。

“哎，你等等我——”靳然从后头搭住了乔安琛的肩膀，乔安琛推了一下无果之后，便任由靳然搭着他的肩膀往外走去，两人的背影渐渐消失。

检察院食堂里，大家都在低头用餐，碗筷碰撞声中夹杂着说话声，靳然一声惊呼险些要出来，他又飞快地控制住，打量四周后凑过去低声道：“什么？你说你老婆已经好几天对你没有好脸色了？”

靳然说完就忍不住了，嘴角快要咧到耳根了，笑得直拍大腿。

“哈哈哈——笑死我了乔安琛，这么温柔、这么可爱的女孩子都受不了了，你到底做了什么？”

靳然曾经在婚礼上见过初壹一次，可爱又软萌的女孩子，喝一口酒整张脸就皱到了一起，脸红红的，说话的声音也是小小的，每次看乔安琛的眼神都带着少女的恋慕。

他当时回去还在想这小子是走了什么狗屎运，这么好的女孩儿竟然看上了他这块榆木疙瘩。

后来他又转念一想，以乔安琛这种外貌条件，让女孩子死心塌地也是分分钟的事情。

如今靳然看着对面乔安琛婚后这副模样，笑声简直止都止不住，连连手握拳抵唇咳嗽了许久，才将笑声强压下来。

乔安琛已经放弃了，平静地吃着饭菜，任由靳然嘲笑完。

从决定说出这件事的那一刻，他就预料到了这个画面。

“不是，我说这种现象是从什么时候开始的呢？”靳然笑完，开始说正事，为他的这位好友排忧解难。

“七夕那天晚上。”乔安琛记忆力很好，逻辑分明，闻言不假思索地回答。

“七夕——”靳然想自己大概已经知道原因了。

“那天你们去干了什么？说吧。”他太了解这位相识多年的老同事了，说完想到了什么，一脸难以置信地问，“你不会带她去吃湘菜了吧？”

那家店是他们聚餐消遣必去之地，每次有什么重要的活动或者节日放假，下了班大家就会约在一起去吃一顿。

老板是他们检察院一个同事的亲戚，他们过去老板还会给他们打个折什么的。但这都不是重点，重点是那家菜做得好，大家都喜欢。

靳然也喜欢，可再喜欢也不会在七夕那天把人家女孩子带去吃湘菜吧。不过他觉得这种事情是乔安琛能做出来的。

果不其然，对面的人面色凝重地点了下头。

靳然立即猛翻白眼，快要给他跪下了。

开车回家的路上，乔安琛还在深思，脑海中回放着中午靳然说的话。

“正常女孩子的情人节约会你别说什么浪漫，高级餐厅和玫瑰是必备的吧？礼物我就不要求你送了，但带人家去吃湘菜是过分了一点儿。

“乔安琛，我要是你老婆我得回去和你打一架。”

他侧头看向副驾驶座上那束鲜艳漂亮的玫瑰，嘴角不自觉地抿紧，心头微沉。

乔安琛今天按时下班，初壹还是提前做好了饭菜，玄关处传来动静时，她刚好把最后一个汤端出来。

初壹垂着眼自顾自地摆着碗筷，和这几天一样，并没有去看他或者主动和他打招呼。

乔安琛换好鞋子，见到初壹冷淡的态度，拿在手里的玫瑰花，像是什么烫手的物件一般站在原地踟蹰着不敢往前。

初壹正假装自己很忙碌，摆好碗筷之后，准备拿了勺子去盛汤，面前猝不及防地被递来了一束玫瑰。

她一惊，抬眼看向乔安琛。

“对不起……七夕那天我没有给你送花，现在补上还来得及吗？”乔安琛抿了下唇，难得紧张，说话声都有些卡顿。

初壹低眸看着眼前的花束，心中情绪复杂，最终还是伸手接过了花。

“是谁教你的？”

“嗯？”她的声音很低，乔安琛过了一瞬才反应过来，脸上闪过一丝不自在的神色，“我们院里的一个同事。”

“男的女的？”

“男的。”虽然不知道她为什么这么问，乔安琛还是如实回答了。

“我这两天情绪不太好，中午吃饭的时候他就问我了，然后我们聊了一下天。”

初壹的神色缓和了下来，她看着乔安琛此刻的模样，心里竟然莫名地涌起了一阵愧疚感。

一直以来他的认知和想法就跟自己不同，或许在她看来很在意的事情，对乔安琛来说只是一个平常的瞬间。

因为这样，自己还生闷气，对他甩脸子这么久。

乔安琛一个笨拙的讨好行为，就让初壹冰释前嫌了。

“吃饭吧。”她接过这束玫瑰，放在了一旁的柜子上。

第二天乔安琛起床时，发现餐桌上摆放着一个漂亮的玻璃瓶，昨晚那束鲜艳娇嫩的玫瑰花正插在其中，在阳光下散发着柔和的光辉，把平常的早晨点缀得多了抹特别的色彩。

第二章　低情商

这件事情过去之后，两人的关系又恢复如常，其着重表现为初壹对他的态度好了很多，乔安琛觉得很好，为此在靳然强烈的要求下，还请他吃了一顿湘菜……

岚城是座不大不小的城市，比不上省会知名，也没有什么有名的旅游景点，经济实力在全国只能算是中等，每年的犯罪率都在降低。

乔安琛是刑事检察部门的，今年的八月总算感觉自己能松懈几分，喘口气了。

初壹只觉得他这段时间按时下班的时间多了，于是她每天都在网上钻研新的食谱，一周菜色都不重样的。乔安琛很荣幸地成了她的第一个实验品尝者。

“这个……是什么？”下班回来，乔安琛换好鞋、挂好衣服坐在餐桌前，盯着面前一盘黑中带绿的东西问道。

“茄汁苦瓜。”初壹笑得甜甜的，给他递过来一双筷子，“你尝尝，我第一次做，跟网上的一个博主学的！”

乔安琛咽了下口水，耳边清晰地响起咕嘟声。他动了动唇，还是默不作声地接过筷子，视死如归般伸向那堆不知名的固体。

他屏息将其放进嘴里，尝到一股说不出来的味道，有点儿咸又有点儿苦，不算难吃但很怪异。

乔安琛面不改色地咽下去，然后端起手旁的杯子喝了口水。

“怎么样？”初壹迫不及待地追问。

乔安琛点了点头：“还行。”

“是吧！我也觉得！”初壹满脸欣喜，欢快地给他装饭盛汤，“那你多吃点儿哦。”

乔安琛：“嗯。”

最近天热，立秋之后无雨，室外像是烤箱，把人扣在里头不一会儿便汗湿衣裳。

初壹都不愿意出门了，买菜采购这些都是在手机上找的生鲜超市配送，今天还特意做了苦瓜降火。

她看着乔安琛吃下了好几块苦瓜才露出心满意足的笑容。

晚上洗完澡上床，时间还早，初壹见乔安琛难得有空，不由得又起了心思，翻来覆去，在手机里找到一部一直想看的青春偶像浪漫电影。

这是近两年来评分最高的青春影片，讲述的是一对男女在年少时相恋，最后因为误会分开的故事。

剧情虽然老套但不狗血，重点是主演的演技都在线，导演拍得也很唯美浪漫，因此赚了大拨人的好评，众人直呼回到了学生时代，少女心死灰复燃了。

初壹推了推旁边的人，语气带了几分撒娇之意。

“我们要不要一起看一部电影？这部电影我想看很久了，一直没人陪我看。”

乔安琛放下手里的书，思索了一下，觉得这一幕有点儿熟悉，不由自主地想起了那次初壹的表现。

没几秒时间，乔安琛摘下了脸上的眼镜。

“好啊。”他说。

很难得乔安琛竟然愿意陪她，初壹惊喜之余竟冒出了一点儿感动的情绪，立刻掀开被子下去开投影仪。

“太好了，我们终于能一起看电影了。”

说起来两人还从来没有像情侣一样约会，也没有做过那些情侣间很常见的事情，通过相亲见了第一面之后，每次基本就是在乔安琛下班之余或者休息时间，一同去吃饭、散步什么的。

因为那段时间乔安琛好像正好是最忙的时候，初壹和他见面基本都是顺便吃晚餐，有时吃完他还要回去工作。

难得的几次周末，他们不是去见双方的家长，就是因为其他事情错过了。初壹记忆中最深的一次，是她家水管突然爆了，早晨她完全沉浸在睡梦中，直到其他住户跑来敲门。

“开门！我知道你在家！”

“我是楼下的住户，我们家的房子都快被流下来的水淹了！里面在做什么？”

嗯？

楼下的住户？

被水淹了？

初壹一个激灵，睡意全无，垂死病中惊坐起，鲤鱼打挺般脱离了床铺，连滚带爬地踩上拖鞋打开卧室门。

客厅一片狼藉，地毯、吃完的零食袋、拖鞋等全部漂在水里，还晃晃悠悠地打转，仿佛变成了第二个威尼斯水乡。

初壹惊恐地瞪大眼睛，咽了下口水，顺着耳边哗啦的水声看向洗手间，那里还在源源不断地往外输送着水流，而墙壁上的水管已经破裂，像是小瀑布一般突突突地冒着喷泉。

她两眼一花，差点儿站不稳地晕过去。

和火冒三丈的邻居道了歉，保证自己一定会全权负责，初壹咬着手指看着浴室急得团团转，脑中只剩下无数问号。

怎么办、怎么办、怎么办？

她没有犹豫太久，第一个念头是去拿手机，给家里打电话。

说来凑巧，她按亮手机的瞬间弹出来的对话框刚好是乔安琛的，时间是两个小时前，他只发了一张图片。

“早餐。”

因为昨晚两人聊天说到了饮食，初壹表示对他们检察院的食堂有些好奇，乔安琛回复明天吃饭时拍给她看。

其实初壹只是想找个借口让他主动联系她而已。

但现在她完全没有顾及这么多，一看到消息就控制不住了。

“乔安琛！呜呜呜——我家的水管爆了，邻居上来把我骂了一顿，现在简直是水漫金山！我要疯了！”

消息后面跟了一连串大哭的表情，和初壹现在脸上的样子几乎一致。

乔安琛刚好在看一个案卷，有个地方有疑惑准备查看资料，放在桌上的手机嗡地振动了一下，他拿起手机，眉头倏地皱了起来。

“你别慌，先找到自来水阀门，把水关掉。”

初壹看到这条信息，心一下定了下来，跑到洗手间，人又蒙了。

“我不知道自来水阀门在哪里啊！呜呜呜——”

乔安琛这次没有多话，直接给她弹了个视频过来，初壹手忙脚乱地接起。

女孩儿的脸出现在屏幕上，大眼睛红彤彤、水汪汪的，似乎要急哭了，那头还有哗啦啦的水流声。

乔安琛来不及多看，叫她切换摄像头，从前置换成后置。

初壹连连点头，画面一转，变成了卫生间此刻的样子。乔安琛让她把四周都拍一圈给他看。

“等一下！”

初壹的手机摄像头掠过一个角落，乔安琛瞳孔放大，让她顿在那里，仔细查看了几秒。

“洗手台下面，你靠近拍给我看一下。”

那个位置比较隐蔽，还有管道挡住，初壹连忙走过去，在后头看见一个红色圆圈，像是水阀开关。

“啊！是不是这个？”她感动得都快哭了。

乔安琛点头：“应该是，你试试。”

初壹凑过去，伸手把那个圆圈往旁边一拧，顷刻间哗啦啦的小瀑布立刻停住，只剩下几滴失去支援的水珠还在垂死挣扎地从破裂处滑落。

危机算是暂时解除。

脑中那根神经一松，她便浑身卸力地蹲在了地上。

“谢谢你啊，乔安琛。”她将摄像头换了过来，下巴搭在膝盖上，声音软软地对他说，睫毛湿漉漉地盖在眼睛上，眼眶红红的，看起来很可怜。

乔安琛生平第一次体会到一种柔软又酸涩的情绪，语气都放柔了几分：“家里还好吗？找物业处理一下。”

“嗯……”

“邻居还在吗？”

“我道歉之后他们就走了，待会儿下去看看受损情况，和他们商量赔偿事宜。”

乔安琛顿了顿道：“你一个人可以吗？”

初壹也是第一次经历这种事情，想起方才那对夫妻不依不饶的样子，有些胆怯，目光闪烁了两下。

“应该可以吧……我好好和他们说就行了。”

乔安琛抬手看了眼时间。

“我还有一会儿就下班了，你先处理自己家里，把具体地址发我一下，我待会儿过去和你一起去。”

“啊。”初壹愣住，随后不自觉地咬住唇，“你方便吗？这样会不会太麻烦？还是算了吧……”

“没关系，今天周末，原本就是无偿加班。”乔安琛不由分说，似乎起身拿起了挂在椅背上的西装外套，“先挂了，我去开车。”

其实初壹觉得自己挺独立的，毕业后一直是一个人住，也从来没有遇到过什么大事情，这算是第一次慌了手脚。

主要还是对方先骂了她一通，加上屋子几乎被淹，水管还在往外冒水，整个人都慌了神。

此刻乔安琛的三言两语似乎就把事情解决得差不多了，她破天荒地生出一种有男朋友也不错的感觉。

啊——她一下双手捂住了脸，感觉有些羞耻。

现在他还不是她的男朋友。

乔安琛的速度挺快的。物业这边找了清洁工帮她整理屋子，初壹自己也在收拾，很多家具被泡坏了，大概清理到一半的时候，他就到了。

初壹直接给了门牌号，乔安琛上来时，一出电梯就见大门敞开，里头还在往外漫水。他走到门口，看到了忙得满头大汗的初壹。

“啊，你来了。”她的袖子卷在手肘处，裤脚挽起，几缕头发散落下来贴在脸颊上，一副居家随意的模样。

乔安琛笑了一下：“嗯，离得不远。”

初壹和清洁工阿姨正在挪沙发，两个女性挪起来有些吃力。

乔安琛脱掉外套，直接卷起袖子走了过去：“我来吧。”

多一个人多一份力量，乔安琛动手能力很强，至少比起初壹来强了很多，三个人很快把客厅清理了出来，并且整理出了之后要补充的购物清单。

乱糟糟的一团线仿佛找到了头，接着慢慢理清，初壹似乎也有了主心骨，不自觉地总是问旁边的人：“这个柜子脚被泡坏了，要重新买吗？”

乔安琛闻言蹲下去摁了两下，端详道：“这个应该没有太大关系，这两天天气好放到太阳底下晒一晒。”

“嗯嗯，好，那这个凳子呢？”

“这个都掉皮了，换了吧，凳子是小物件。”

“好。”初壹低头在本子上记了下来。

两人正一样样地检查着，门突然被用力拍响，两人顺着动静望过去，楼下那对夫妻站在门口，一脸不善的样子。

“姑娘，你这弄了一大早上还没搞好啊？我们家的天花板都被泡掉了，墙灰掉了一地，还没清理就等着你去看呢！”

“啊，对不起、对不起，我们现在就下去。”初壹连忙应道，和乔安琛对视了一眼，心中的胆怯少了几分，鼓起勇气走了过去。

楼下这户人家确实受损严重，但仅限于天花板和墙壁，墙壁被洇湿了一大块，有掉落下来的灰渍，在干净的地板上颇为难看。

“看到了吧，我们家的房子刚装修没多久的，现在变成了这样，你说怎么办吧？”

“对不起，这边重新装修的费用我全部负责，您看怎么样？”初壹小心翼翼地道。对方脸色稍霁，夫妻俩互相看了眼，最后是那个女的开口：“这少说也要好几千块钱，我们还得搬家具、行李清洁什么的，而且我老公得上班，这些事情都要我一个人操心……”

“对不起、对不起，真是不好意思，给你们添麻烦了……”初壹一个劲儿地道歉，企图平息他们的不满情绪。

“对不起就算了吧，这样，你直接把钱给我们，我们自己找人弄！”对方道。

“啊……”初壹有些犹豫，不自觉地看向乔安琛。他思索片刻，随后冷静地开口：“我们上面也有好几处被水泡坏了，已经联系了人来维修，到时候直接叫师傅下来看看，帮你们一起弄好就行了。”

“至于给你们带来的麻烦，十分抱歉，不介意的话我们买点礼物赔偿给您，或者折现也可以，您看……”

对方的脸色顷刻变了几变，想说些什么，目光落在乔安琛身上又熄了火。

这个男人看起来并不好惹，带着种与生俱来的正气，让人不敢在他面前耍心眼儿。

两人有些不甘地恨恨道：“行吧，礼物就不用了，你看看给多少赔偿吧。”

最后一番协商下来，初壹只花了几百块钱搞定。她身上的现金不多，当场用手机转账给了人家。

物业这边联系了维修师傅上门，师傅看过之后，初壹这边的地板有几处要重新换，至于楼下的天花板，全部换下来大概也不到一千块钱。

她想起一开始那对夫妻张口要的好几千块钱，有些无语。

“今天真是麻烦你了，我请你吃饭吧。”

“不用，我还得回检察院一趟。”乔安琛语气如常地道。

“啊……那真是抱歉。”初壹想起他忙了半天，连饭都没吃又要回去加班，心头的歉意和感动有些抑制不住。

最后她送乔安琛下去，太阳底下，他的额上有一点点汗意。

“你回去吧。”乔安琛打开车门，神态平静地看向她，漆黑的眸中却带了点儿温和之色，让初壹在这个兵荒马乱的上午仿佛找到了可以依靠的人心生安全感。

“自己多注意一点儿，有问题找我。”

这件事情就是压倒骆驼的最后一根稻草，因为那一天的乔安琛无比精准地击中了初壹心中的某个点。

她所有关于未来和另一半相处的幻想，都在他的身上实现了：那种初见时的心动、相处时的小鹿乱撞，还有她在孤立无援时他义无反顾的帮助。

安全感，是一种让女性无法抵挡的东西。

很多婚姻没有爱但都屈服在了对方给的安全感之下，更何况初壹还深深地喜欢着他。

考虑要不要和乔安琛结婚的那个晚上，初壹脑中反反复复回放的就是这一天的情景，还有推开那家咖啡厅大门时，见到他的第一眼的感觉。

她觉得这个男人身上所有的品质都是好的，他正直、善良、真诚、可靠。

这样一个人，她和他结婚一定不会太差。

弄好了投影仪，将房间灯调暗，初壹回到床上，两人并肩躺在一起，身上盖着一条空调薄被。

电影画质很清晰，让人感觉就像是在电影院大屏幕前观看，但比起在那里，此刻的气氛更加温暖舒适。

片头曲过后，屏幕正中间出现了影片的名字，接着慢慢切入到第一个镜头，是在校园中，女主角骑着自行车穿梭在香樟树下，阳光被切成碎片跳跃在她身上，画面美好又清新。

初壹惬意地眯起眼睛，头靠在乔安琛的肩膀上蹭了蹭。

乔安琛看了她一眼，又把注意力放回电影上，认真看着。

影片前半段十分青春温暖，男、女主角之间的互动自然又甜蜜，初壹看了有时候忍不住把手指放在唇间笑出声。

“好甜啊……”她在被窝里打滚儿，为寻求共鸣，还特意摇了摇乔安琛的手臂，“是不是？是不是很甜？”

“嗯？”乔安琛把思绪从案卷中调出来，回过神来，又看了眼电影画面，“是。”

他的表情和语气都太过正经，比起初壹的随意轻松更像是学生回答老师的问题。初壹微微不满地嘟起了嘴巴，却也没说什么，扭过头继续看着电影。

影片到了后半段，剧情渐渐变得跌宕起伏，初壹全神贯注，顾不上和乔安琛说话。

电影里男、女主角历经磨难，在时隔多年后彼此都回到了家乡，终于在最初相识的那里再次相遇。

夕阳下，两人在一条小路上遥遥相望，天空似锦，整个画面像是被上了一层水彩，他们脸上带着如出一辙的释然微笑。

画面定格在这一刻，温暖的片尾曲就在此刻响起，主演和工作人员名单缓缓从旁边滑动了上来。

初壹感动得无以复加，意犹未尽又满腔唏嘘，迫不及待地想要找乔安琛宣泄一下此刻心中难以抑制的情感。

她吸了吸鼻子，侧头刚准备开口，近在咫尺间，微弱而温暖的灯光下，乔安琛靠着枕头闭着眼，呼吸均匀，正睡得无比香甜。

初壹：“……”

她满腔的激动和澎湃情绪顷刻间化为乌有，并且觉得此刻一脸感动、双眼含泪的自己像一个傻瓜蛋。

初壹冷静地转过头，擦干眼中残留的泪水，面无表情地掀开被子下床，关掉了投影仪。

房间顿时变得无比安静，乔安琛对这一切都无所觉察，依旧睡颜恬静。初壹带着巨大的怨气，动作很明显地在床上翻转了两下，并没有收到任何反应。

她默了默，接着抬手把床头灯按灭了。

黑暗中，她气得压根儿睡不着觉。初壹想，嫁给一个人之前，只有正直、善良、真诚、可靠是完全不行的。

如果一开始就知道乔安琛是这副鬼德行，她是死也不会和他结婚的。

这近两个月的婚姻生活，最大的变化就是让初壹的心态好了很多。

从一开始被乔安琛气得两天不想说话，到现在她已经可以做到一觉起来当作无事发生了。

初壹根本不想提昨晚的事情，倒是乔安琛偏偏哪壶不开提哪壶。

下班回来，他洗了手正准备吃饭，突然想起什么："对了，昨天那部电影什么时候放完的？我睡着了没注意。"

初壹："电影是不是很无聊？"

乔安琛本能地想回答是，但脑中自带的求生欲让他话到嘴边又莫名地改了口，换成一种更委婉的方式："不是，我太累了……"

初壹点点头表示理解，没再多说什么。

乔安琛一边吃着碗里的饭，一边偷偷抬眼看她。

初壹突然抓住了他的视线，睨了过来："干什么？"

"没有。"他咻的一下低下头，继续扒饭。

初壹这副模样，乔安琛也摸不清楚她到底生没生气，不过她还愿意和他讲话，也没有板着脸，应该是没有生气吧？

乔安琛心里的那口气微松，他终于能安心坦然地吃饭了。

九月天气逐渐转凉，迎来了岚城的秋，初壹终于可以勇敢地踏出房门了。

中秋那天，两人回乔安琛的父母家过节。

难得他有三天的假期，吃完饭，两人就在那边休息了，住的是乔安琛以前的房间。房间有些旧，充满着时光的痕迹。书桌边角布满着划痕，墙上贴着褪色的篮球海报，满满一书柜的书，书页都有些泛黄了。

床也是一米二的单人床，铺着细格子床单，就像是学生宿舍一样。

初壹推开房间的窗户，正看到外面繁茂树叶后的篮球场。

“你以前是不是很喜欢打篮球？”初壹问。

乔安琛顺着她看的方向往外看了眼：“还行，读书的时候打得比较多。”

“你上学的时候是不是每天就知道念书、念书的那种？”初壹听他说到过去，起了点儿好奇心。

她觉得以乔安琛这种性子，她基本可以脑补出他的校园生活了。

听到初壹的问题，乔安琛蹙眉思考了下，似乎很困惑。

“上学的时候不念书干什么？”

“嗯，还有很多事情可以做啊，比如上课偷偷看小说、聊天、玩游戏，放假和同学还有朋友一起出去吃饭、唱歌什么的……”

“你上学的时候这么不认真？”乔安琛充满怀疑地看着她。

初壹反驳：“这才是正常的校园生活，大部分人是这样子过来的。”

“哦，那我没有。”乔安琛说，“一般浪费时间的事情我基本不做。”

“……”

闲话聊天就此结束，初壹百无聊赖地在乔安琛的房间里看着，田婉敲了敲门，探进来一个头。

“要不要去附近转转？”她问初壹，眸中带笑，神色亲近又温柔。

“你每次来好像都是吃个饭就回去了，还没到周围看过吧？让乔安琛带你去，回来刚好吃饭。”

说完田婉看向乔安琛，表情正色很多：“你带初壹去周围转转，注意安全。”

两人出门，午后的热度还未退，太阳尚带余热，初壹穿着条吊带的碎花裙子和小开衫，可爱圆润的脚指头从凉鞋的开口处跑出来，嫩生生的。

乔安琛撑着遮阳伞，因为初壹天下第一怕晒，哪怕是此刻接近夕阳的光线，她都觉得刺眼。

由于伞的宽度问题，初壹不得不挽着乔安琛的手臂，使得两人看起来十分亲密。

当然！如果不是这个原因，她是绝对不想主动靠近他的！

这个小区绿化做得很好，里面有篮球场、泳池、林荫小道，还种了不少花，各种颜色的花在微风中摇摆着身子，微微抖动着。

初壹和乔安琛慢慢往外走去，刚走到篮球场旁边时，迎面突然来了一个穿白裙子的女孩儿。

女孩儿长发飘飘，窈窕清秀，身上斜挎着一个小包包，踩着双白色帆布鞋，属于清纯校园女神一挂的。

初壹原本只是看了她一眼便收回目光，谁料人家竟然直勾勾地盯着乔安琛，甚至整个人朝他走来。

“安琛哥！你回来啦！”她有些激动地叫道，白皙的脸颊染了点儿微红，眼里亮晶晶的。

初壹看向乔安琛。

被她挽着手臂的男人微微点头，平和地开口：“小薇，好久不见。”

“你什么时候回来的？这是……”她立刻追问，说完仿佛才看到旁边的初壹一般，面色迟疑地问。

“这位是我的妻子，初壹。”乔安琛出声介绍，却没有给初壹介绍对方是谁。

白裙子女孩儿顿了一下，又道：“对了，安琛哥，听说你结婚了，我前段时间才回国，没能到现场，真是不好意思。”

“没关系，一些重要的亲戚到场就可以了。”乔安琛表示谅解，语气真诚地道。

初壹瞥见对方略显尴尬的神情，几乎是强忍着嘴角上扬的弧度。

“你难得回家一趟，要不要去我家里坐坐？我妈妈见到你一定会很开心的。”白裙子女孩儿掩住失落的情绪，调整好状态打起精神说道。

乔安琛顿了下，接着毫不犹豫地摇头：“不了，我要陪初壹去散步。替我向阿姨问好。”

“好吧。”女孩儿满脸失望，飞快地看了眼初壹，最后目光还是转回乔安琛的脸上，恋恋不舍地道，“安琛哥，那我先走了，下次见。”

“嗯，好。”乔安琛点头，带着初壹往前走去。走出老远时，她仿佛还能感觉到黏在背后的视线。

过了许久，两人都快走到小区大门口了，初壹也没听到乔安琛说话。她状似漫不经心地问："刚才那个人是谁啊？"

"同一个小区的住户。"刚好到保安亭，乔安琛和里头值守的门卫颔首打招呼，闻言随口答道。

初壹想起刚才那个女孩儿的模样，那可全然不像是普通住户的表现。

她微眯起眼睛，审视地看着乔安琛。

"人家还叫你安琛哥。"她都是直接叫他乔安琛的！

"她的年龄比我小。"乔安琛理所当然地回答。

初壹被噎了一下，默了几秒，还是忍不住问："你们很熟吗？"

乔安琛拧眉思考片刻道："我和她妈妈比较熟一点儿。"

"嗯？"

"她妈妈一个人住，我读书的时候偶尔会帮忙换水龙头、灯泡之类的。"

"哦。"初壹说，"没想到你还是个有爱心的青年。"

"只是顺便而已。"乔安琛把伞往她那边偏了偏，确保太阳不会晒到她。

乔安琛读的小学、初中就在附近，两人散步过去才几分钟，此时小孩儿都放学了，校园里空荡荡的，门卫登记了身份证之后也很爽快地放了行。

他是不想来的，但是初壹执意要来看看，乔安琛其实对读书时的记忆不深，就连教室的位置也只是隐约记得。

说起来，他脑中的记忆除了为数不多的几件大事，几乎都是模糊的，反正不外乎千篇一律、乏味平淡。

倒是最近发生的事情差不多都清晰地印存在他的脑海里，他这样一想，还都是和初壹有关的。

大概是因为对乔安琛来说，最近发生的事情算是很新奇的体验了。

毕竟他也是第一次哄女孩子，第一次知道男女之间的心思真是天差地别。

没有他这个当事人对校园时代回忆的叙述，两人很快就把这不大不小的学校逛完了，回去的路上初壹突然又想起了什么："乔安琛，你读书的时候就没人追过你吗？”

他顿了顿道：“收到过一些情书之类的东西。”

“嗯？然后呢？”初壹超级感兴趣地追问。她又情不自禁地脑补，他是会像偶像剧里冰山学霸男主角一样直接无视，还是将情书扔进垃圾桶呢？

初壹觉得前者的可能性应该会大一点儿。

“我一般会退回去，跟对方说声抱歉。”

“就这样啊？”初壹大失所望，八卦之魂被白裙子女孩儿和学校接连勾起了，不死心地问，“那万一人家穷追不舍甚至每天去教室堵你呢？”

乔安琛沉默了会儿，回答：“遇到这种情况，我可能会跟老师反映。”

“……”初壹想忍住笑，可完全不行，笑弯了腰，东倒西歪地靠在乔安琛身上。

“哈哈哈——笑死我了，人家姑娘好惨哦，喜欢一个人还要被老师抓到办公室去教育，说不定还得背处分。”

“乔安琛，你也太过分了吧！”她终于可以借机说出自己这段时间以来的心里话了！初壹暗爽。

“作为受害者来说，这只是一种逼不得已的自卫行为。”乔安琛很认真地纠正她，初壹嗯了声，深有同感地点头。

“看得出来，你不止一两次当受害者了。”不然他怎么会走投无路到向老师告状呢？

回到家太阳下山了，乔安琛收了伞牵着初壹，好巧不巧地在门口又遇见了那个白裙子女孩儿。这次她手里提着一袋水果，正准备敲门的样子，见到两人顿时眼睛一亮。

“安琛哥，你们回来了？我妈从家里带来了一些金秋梨，特意叫我拿来给你们尝尝。”

“谢谢阿姨。”乔安琛伸手接过梨，说完准备进门的模样。白裙子女孩儿还站在那里没动，明眸如水地看着他，面含期盼之色。

乔安琛停住拿钥匙的动作，疑惑地发问：“你还有其他事吗？”

尴尬的气氛再次蔓延，初壹看了眼那个女孩儿，对方眼眶泛红，似乎都要哭了。

初壹有些困惑，战斗力这么差的人，怎么在乔安琛身边待了这么多年的？

她还是很善良地出来做了那个解围人。

“那个小……小薇，你要不要进来坐坐？”

初壹一说完，女孩儿闻言立刻看向她，目光中似乎带了怨气，情绪不太好。

“不用了。”女孩儿说完，白裙子的裙摆在空中划出一个弧度。她从两人身边擦肩而过，留下一抹飘荡在空气中的洗发水的香味。

乔安琛有些莫名其妙地看着她的背影：“她怎么了？感觉好像有点儿生气。”

“这都被你发现了？”初壹漫不经心地说，从他手里拿过钥匙打开门。

“快进来吧，应该都在等我们吃饭了。”

两人换鞋进门，乔安琛把提着的梨拿给了田婉，几句话交代了来历。田婉看了初壹一眼，没说什么，接过梨放到了厨房里。

吃过饭，乔安琛被他父亲叫到了书房里，不知道在说什么。初壹和田婉并肩坐在沙发上一起看电视。

这一点上两人兴趣十分相投，两人都喜欢看浪漫偶像剧，经常谁追到了好看的片子还会相互推荐。

“一崽，你今天看到那个小薇了吧？”没看几分钟，田婉就凑了过来，脸上都是与平日知识分子的大气淡然不同的八卦之色。

“怎么了妈妈？”初壹敌不动我不动，假装疑惑地反问。

田婉的眼神闪了闪，她压低声音道：“我跟你说哦，那个小姑娘啊老喜欢来找乔安琛了，不过也幸好乔安琛在这方面脑子转不过弯来，每次她都乘兴而来，败兴而归。”

“啊……”初壹单手捂唇，状似惊讶地睁大了眼睛。

“那可真是多亏他转不过弯来……”

田婉给了她一个“你懂的”的眼神，拍了拍她的肩膀。初壹点了点头，无声地回应。

两人默契交流间，背后房门咔嗒一声被打开，乔安琛走了出来，旁边跟着的就是乔父，乔父坐到了田婉旁边。

“又在看这个，今天那个女的到底离婚了没有？”乔父从茶几下面拿出眼镜戴上，任劳任怨地自觉陪着田婉看了起来。

乔安琛在初壹身旁坐下，没过几分钟，他问初壹：“你准备什么时候睡觉？”怕打扰到乔父、乔母，他将声音放得很轻，在电视的背景音乐中要靠得很近才能听到。

初壹看向他：“怎么了？”

乔安琛抿了下唇，回答：“我打算先去洗澡了。”

“那你先去吧。”初壹也不奢求他能陪自己看偶像剧，习以为常中又带了点儿心酸，“我一会儿就回房。”

“嗯，你不要看太晚。”乔安琛点点头，毫不留恋地站起身来离开。

初壹又陪着两位长辈坐了会儿，看完一集电视剧，她这个电灯泡也该离场了。乔安琛已经洗完澡回房，这会儿大概正在床上看书。

她进去拿睡衣，房间里没有单独的浴室，浴室在厨房外头，出来时她正好看到乔父剥好了一个橘子，亲手拿着一瓣喂到田婉嘴里。

猝不及防地又吃了一口“狗粮”的初壹：“……”

她默默加快脚步，动作很轻地关上浴室门，把自己的存在感降低为零。

大概是对比太过明显，初壹整晚情绪都有点儿低落，洗完澡回房后也不说话，玩了会儿手机便闭着眼睛准备睡觉了。

没一会儿，乔安琛也关灯躺了下来。

房间里暗淡又静谧，窗外树叶的剪影透过路灯微弱的光打在地板上，黑暗中漏出几点斑驳的影子，老房子似乎充斥着别样的味道。

乔安琛躺在这张承载了他的童年和青春的床上，此刻旁边多了另外一个人。

他心中涌起了一阵莫名的悸动，似乎感觉自己的生命中也多了一份牵挂和责任，接连着他的过往和曾经，也将伴随他一同走向未来。

乔安琛侧头看向初壹，她整个人蜷在被子里侧躺着，肩膀缩成了小小一团，给人一种小巧玲珑的感觉。

他转身面对着她，伸出手在被子底下搂住她的腰，把人抱到了身前，胸膛贴着她骨感分明的背脊。

初壹没有任何回应，乔安琛抱着她转过身，低头开始亲她。

两人呼吸交错，气息交融在一起。初壹的唇很软，乔安琛每次亲她的时候总是心无旁骛，脑子似乎一片空白。

他的手轻车熟路地探进她的睡衣，从腰间往上爬，却在即将到达某个柔软地时突然被拉住。

初壹躲开了他的唇，偏过头，声音低得几乎不可闻："我今天不想。"

乔安琛整个人僵了几秒，随后深呼吸两下，从她的衣服里抽回手。

"那睡吧。"他平躺着紧闭上眼，声音沙哑得像受了伤的相思鸟的叫声，放在身边的两只手都攥成了拳头，过了好一会儿才平复了身体里的躁动。

初壹默默地整理好衣服，又挪远了一点儿，都快到床边沿了，两个人就这样在一米二的小床上隔着一丁点儿不知名距离，相顾无言地睡去。

大概是欲求不满，早上起来乔安琛气色不太好，反倒是初壹因为难得没有熬夜，整个人状态还不错。

吃完早餐，两人被田婉打发出去拿水果，她在小区附近的一家水果店里用微信跟老板订了一箱车厘子和一箱草莓，但是需要自己上门取货。

早晨的空气新鲜清凉，太阳隐在云层薄雾后面，不经意间泄露出几丝金色的光芒，斜斜落在翠绿的树叶上，平添几分明媚之意。

耳边似乎还能听到不知哪儿传来的清脆的鸟鸣声，一切都生机勃勃、朝气十足。

在这样的环境中，初壹低沉的情绪一扫而空，整个人不由得神清气爽起来。

乔安琛的余光时不时注意着她，两人一前一后地走着，错开了一两步，距离不远不近的。

她也没有像往日那样喜欢说话，气氛安静，两人沉默，乔安琛有些不适应，突然有些想念昨天帮她撑的那把伞。

走出小区对面就是一条马路，车流量很少，因此也没有设斑马线，初壹跟在乔安琛后头没有太注意周围，右边不知怎么一下驶过来一辆车。

“小心！”他立刻伸手拽住了她。初壹被吓了一跳，车子很快从她身后飞驰而过。

乔安琛继续牵着她往前走，一直到过了马路也没有松开她。

虽然还是没人讲话，可乔安琛就是觉得舒服了很多。初壹低下头，看着两人握在一起的手，抿了抿唇不知在想什么。

回去的路上，乔安琛抱着那两箱水果，初壹两手空空地跟在一旁，走到一半时，她忍不住问：“你累不累？要不分给我一箱？”

乔安琛径直摇头：“不累，这些都很轻的。”

“哦……”初壹百无聊赖地扯了根旁边的树枝，垂眸把玩着。

“抬头看路，不然万一又没看到车子。”乔安琛在旁边说。

初壹嘟囔：“先前那是一个意外，我平时不这样。”

“反正过马路多注意点儿。”

“嗯——知道啦！”初壹仰起脸，拉长了声音道，眉间透着往日鲜活的气息。

乔安琛弧度极小地弯了下唇，脚步似乎更轻快了一点儿。

把水果拿回家后，田婉立刻洗了两大盘，名曰让他们尝尝甜不甜，其实是因为初壹最喜欢吃的水果就是车厘子和草莓。

长辈的好意她都记在心里。

初壹坐在沙发上玩平板电脑，两盘水果就放在手边，毫不费力地就可以拿到。她一边往嘴里塞水果一边看漫画，满足得无以复加。

乔安琛坐在不远处修着家里的一台小风扇，零件被他拆得乱七八糟，身旁散落着各种扳手、螺丝。

他坐在地板上，衬衫袖子被卷在了手肘处，长腿随意地屈着，最近长长一点儿的刘海垂落下来遮住了眉眼。

阳光从窗户照进来打在他旁边，整个画面清新干净得像是九十年代的老电影。长得好看的人似乎做什么都是赏心悦目的。

乔安琛高中时学的是理科，听说他物理极好，还参加过全省物理竞赛，直到现在奖杯和金牌都还放在他的房间的书柜上。

当时他原本可以靠物理竞赛保送全国第一的A大，却被乔安琛拒绝了。众人哗然惊讶惋惜之际，他给的理由也很简单。

因为物理对他来说只是兴趣爱好，他以后想做的并不是与物理相关的工作。

后来，他高考以省第一名的身份上了中国最好的法学院。

而他的物理知识也被充分地发挥利用，扩展成实用方向，平日里用来维修一些小家电什么的，基本是没有问题的。

现在家里有什么东西坏了，乔父第一反应不是拿出去修，而是等乔安琛放假回家一趟，让他先看看能不能抢救一下。

把小风扇修好，乔安琛去厨房洗了手过来，一盘子草莓也被初壹吃掉一半了。她把手里的那颗大草莓咬了一口，突然有些饱了。

“我吃不下了。”她看着乔安琛说，语气不自觉地带了撒娇的意味，整个人在沙发上半坐半躺歪七扭八的，像是一把软骨头。

“那给我。”乔安琛也没说什么，接过她手里那颗被咬掉了最中间的红色部分的草莓，不嫌弃地把剩下的部分吃完。

“好吃吗？”初壹眨巴着眼看他。

“还行，挺甜的。”乔安琛点点头，认真点评。

“可是最甜的部分已经被我吃掉了。”

“没关系。”他顿了顿，又说，“还是很甜。”

初壹微挑了下眉，可下一秒又觉得自己想多了，以乔安琛这种性格，说的话应该就是字面上的意思。

她把手旁的那盘草莓都送到了他面前：“那你多吃点儿。”

初壹躺在沙发上玩，乔安琛就坐在一旁默不作声地吃着，直到盘子都见了底。

“你都吃完啦？”追了几幅漫画后，初壹不经意地抬眼，看到了空空如也的盘底，诧异地道，“你不是不太爱吃草莓吗？”

回来的路上初壹随口问他的。听到乔安琛表示自己不热衷于这种浆果类软绵绵的水果，她还震惊了一下。

果然男女性的口味和喜好真的可以天差地别。

乔安琛听到她的疑问，放盘子的动作一顿，神色如常地说："刚刚吃着突然觉得还挺好吃的。"

"是吧？我就说！草莓是天底下最好吃的水果！"

"那车厘子呢？"乔安琛看着旁边那个早早就被她吃完了车厘子的空盘子，好奇地追问。

初壹默住，眼睛不自觉地看向别处，大脑高速运转着。

"那个……车厘子是天底下独一无二的美容养颜的水果！"

乔安琛："嗯？"

"任何一样水果都不配和它相比！"

"……"行吧。

今天两人照旧在这边吃晚饭，田婉的手艺极好，乔安琛骨子里大概是遗传了她的天赋。

初壹一不小心就吃撑了，傍晚和乔安琛出去散步消食，围着附近运动场转了两圈。

乔父和田婉住的是老小区，建筑在现在看来有些复古了，红墙黑瓦隐在茂密的林间，很安静。

在这里头定居的一般是老教授，这还是当年结婚时乔父的单位分配的房子，虽然面积不算大，但如今这地段的房子已经升值了数倍。

初壹很喜欢这里的气氛，透着一种不同于现代城市快节奏的安宁气息。

她看着旁边一同散步的乔安琛，两人的手随意地牵在一起，就算不说话也很舒服。

不知为什么，明明乔安琛什么都没有做，初壹关于昨晚对他的不满和委屈却早已经不见了。

这应该就是婚姻生活的常态吧，两个人总是在产生裂痕又修复的过程中继续走下去，然后很多时候不小心就过了一辈子。

晚上洗澡时发生了一点儿意外，初壹擦干身子去拿睡衣时不小心把睡裙掉到了地上，就算她飞快地捡起，裙摆还是湿了一大块。

她勉强地将睡裙穿在身上，打开门脚步飞快地冲进了乔安琛的房间。

他在整理两人的行李箱，明天就要回去了。

“乔安琛、乔安琛，我的衣服打湿了！”初壹的声音带了点儿哭腔，手拎着裙摆有些急，塞在拖鞋里的脚还是湿漉漉的，此时不安地踩着地板。

“我给你找件旧衣服？”乔安琛思索了一下说。只住两天，初壹就带了一件睡衣过来，剩下的也都没洗。

“好，你快一点儿。”初壹催促道。

乔安琛站起身走到木衣柜前，这都是他上学时的家具，后来读高中、大学都没有换，和如今的款式比起来都显得很旧，带着年代的历史感。

他在衣柜里翻了两下，最后找出了读书时穿的一件旧T恤，白色棉质的，上面有灰色的图案，是灌篮高手的漫画人物。

他依稀记得仿佛是大二时买的，那时他已经很高了，衣服套在初壹身上大概刚好能遮到腿。

乔安琛将衣服拿给她，初壹也不嫌弃，让他背过身去立刻就换上了。

湿漉漉的裙子被她挂到了阳台上，初壹穿着清爽干燥的T恤，很满足。

乔安琛却无法平静，看着初壹在房间里走来走去，两条细白的腿在他眼前晃动，娇小的身子套在他的大T恤里。

脑中念头刚起，就想起了昨晚发生的事情，乔安琛深吸一口气又吐出，平复下轻微的躁动。

他低头继续整理着行李箱，眉宇间难得有几丝懊恼之色。

可能是因为心里的闷气消了，初壹也不刻意地和他保持那一丁点儿距离了，床总共就那么点儿大，两人的身体避免不了地挨到了一起。

因为搬进来的时候年纪太小，所以乔安琛的床也是买的小的，后来田婉提出给他换一张大床，乔安琛却不想折腾，反正他一个人睡着也没什么不舒服的。

然而现在乔安琛在黑暗中盯着天花板，脑中却想着应该换张床了，不然下次过来还是自己难受。

他正胡思乱想着，旁边的初壹又动了动，头发丝不经意地扫过他的脖子，痒痒的，带着熟悉的馨香。

她的手臂碰到了他的身体。

乔安琛未经思考地转过身，揽住了她的腰。

“初壹……”

“嗯？”初壹原本闭着的眼睛一下睁开了，感觉到了腰上那只手的热度，和以往相比温度似乎有些过高。

“你今晚……”乔安琛原本是想问方便不方便，可又害怕被她拒绝。乔安琛不自觉地蹙紧眉头，第一次遇到了棘手的问题。

在他欲语还休的眼神和充满暗示性的动作下，初壹却突然懂了。

大概是某人昨晚没有得到满足，还在念念不忘地惦记着这事。

她其实也有点儿想了。在他穿着旧格子衬衫坐在地板上低头修小风扇那会儿，初壹脑中出现的都是以前读书时的乔安琛的样子，似乎总是抿着唇不笑的少年，俊秀而又挺拔，严肃而又高冷。

初壹将脸抵在他的颈间，低低地嗯了一声，然后仰起头揽着他的肩膀亲了上去。

底下的这张床不仅小还旧，稍微有点儿动作，竟然咯吱咯吱作响。初壹拍了拍身上的人，喘着气，转头躲开追上来的吻。

“你……轻一点儿……”

“我已经很轻了。”乔安琛满脸不悦，只恨不得立刻把这张破床换掉。

没一会儿，咯吱声还在继续，似乎还有加大的迹象，初壹再次抗议：“不行……再这样下去，爸妈得听到了。”

乔安琛的眼睛都有些红了，见他不管不顾，初壹开始推他。

“不……不做了……”她说完，自己都觉得不太现实，又踢了踢他，“不然，你快点儿……”

底下的人不专心和不配合让乔安琛备受打扰，难以尽兴，他在房间里搜索着，突然想起什么：“我们去那里。”

他停住了动作，一把抱起初壹。初壹还没反应过来，就被他弄下了床，软绵绵的腿踩着地板，双手扶着窗台。

身后的人无比满意："这样就没有声音了。"

初壹脑中似有一片烟花炸开，混乱而眩晕。她张着嘴用力呼吸，说不出话来。

早上闹钟响起，她才发现自己什么都没有穿，双手双脚缠在乔安琛身上，像是一根无骨的藤蔓一样，紧紧依附着他。

初壹睡意渐消，缓缓回神，松开了手脚离开热源。

她刚转过身，就被背后的人抱住，又拖到了他怀里。

乔安琛的头在她的颈间蹭了蹭，嗓音低低哑哑的，带着浓浓的睡意。

"醒了？"

"被闹钟吵醒了。"初壹揉着眼睛，嘟囔着抱怨。

"那再睡一会儿？"乔安琛询问，自己也没睁开眼。

"嗯……"初壹胡乱应完，想起什么，又不放心地嘱咐，"你不要睡太久，待会儿就起床。"

"嗯，快睡吧。"

初壹这天起得比平时都晚，但幸好乔安琛早早起来了，穿戴整齐地坐在客厅里，初壹出去时并没有太尴尬。

"一崽，厨房还给你留了早餐，热乎着，快去吃。"田婉和乔父两人坐在沙发上，见到房间门打开，立刻出声笑着说。

初壹有些不好意思地点头："好，谢谢妈妈。"

在她准备刷牙时乔安琛挤了进来，初壹拿着牙刷莫名地看着他。

乔安琛表情有些不自然地指了指她的脖子："你换上昨天那件衬衫吧。"

"嗯？"初壹立刻顺着他的目光看向镜子，后颈处白皙的肌肤上分布着几处红痕，就像是被蚊子叮过一样，可又明显不同，形状奇怪了很多。

"啊！"初壹一下红了脸，瞪着他，"乔安琛！"

他摸了摸鼻子，心虚道："我去给你拿过来，你洗完脸换上。"

幸好田婉和乔父也没有好奇地问她怎么刷个牙还重新换了件衣服出来，中午时两人同他们告别，开车回到了自己家。

初壹这才自在了许多，把鞋子脱掉，瘫躺在了沙发上。

太累了，明明她已经一把年纪，却硬生生被弄成了一种不轨早恋的感觉。

初壹脑海放空，无意识地刷着手机。

朋友圈这几天依旧热闹，逢年过节各种出去旅游的、聚餐的、炫富的总要出来轮一遍，其中秀恩爱的尤为扎眼。

初壹点开程栗和她男朋友在圣托里尼爱琴海的照片，瞬间被那一片漂亮蔚蓝的海和圆屋顶晃花了眼。

她一张张翻过去，在九宫格的最后那张照片上受到了暴击。

那是在一处悬崖边，背后是一望无际的澄净的海和天空连成一片深深浅浅的蓝色背景，不远处还有成片的蓝白色房子，像是童话世界一般美丽。

程栗坐在她男朋友的肩上，海风扬起了她的长发，吹起了她的长裙。

两人脸上如出一辙的灿烂甜蜜的笑容比八月的阳光还要耀眼。

她忍不住发出了羡慕的哭泣："啊啊啊——程栗和她男朋友好幸福啊！又出去旅游了！"

乔安琛刚好从厨房倒了杯水，闻言拿着杯子走了过来，顺着目光看向她的手机。

"你也可以啊。"他看完后随口说道。

初壹："……"

她有些难以置信，立即一骨碌从沙发上爬了起来，跪坐起身，睁大眼盯着他咽了下口水："真……真的吗？"

乔安琛被她激烈的反应吓到了，呆了呆："真……真的啊。"

初壹神色一喜。还未开口说话，她又听到他道："反正你每天也是在家里，想出去玩随时可以去啊。"乔安琛很自然地接着说下去，"不像我，假期那么少，根本就没办法去玩。"

初壹："……"

好吧，她就知道自己想多了。

初壹满脸冷漠地关了手机，爬下沙发穿鞋，不想再看坐在面前的男人。她塌腰驼背、毫无生机，犹如一个迟暮的老妪般回了房间。

乔安琛以为她累了，还很贴心地没有进房间打扰她，一个人在沙发上看了会儿书，太阳就从正中间移到了西边。夕阳斜斜地打在了客厅的地板上，他看了眼时间，差不多快到饭点了。

工作日基本是初壹在做饭，乔安琛未经思考，放下手里的书，起身卷起了袖子。

他打开冰箱，见里头还有不少食材，拿出一个青南瓜和两个西红柿，还有一些其他食材。

厨房的窗户开着，吹进来月季的花香，乔安琛站在案板前，手里的刀咚咚地切着菜，南瓜丝整齐而均匀。

初壹还在里头和程栗打电话吐槽，听着那头自家闺密控制不住的大笑声，自己在这边望着天花板满脸冷漠。

“哎哟，真是笑死我了，我说你们家老公也太难得了，世界上恐怕再难找到第二个，哈哈哈哈——”

“我现在都习惯了，要是哪天他突然说陪我一起出去玩才奇怪……”初壹扯着被角说，脸上是掩不住的失落神色。

程栗一时无话，过了会儿长叹了一口气。

“唉！一崽，其实想一想你老公除了‘直’了些，其他方面的条件好像也都挺不错的，现在社会也是‘直男’当道，网上不是天天在吐槽？不止你一个受害者，况且直男也有‘直男’的好嘛！”

“你刚刚还不是这样说的。”

程栗狡辩：“我那是适度夸张。”

初壹：“好吧。”

两人又乱七八糟地聊了一大堆，最后结束通话时已经过去许久，初壹一看时间都五点多了，赶紧下床踩上拖鞋。

外头出乎意料地已经做好饭了，乔安琛端着最后一个菜放在餐桌上，见到初壹，把身上的围裙摘了下来。

“醒了？正准备去叫你。”

“我又没睡觉。”初壹嘟囔着走过去，看了眼今天的菜色。

红绿荤素搭配得十分养眼，色香味俱全，她不受控制地咽了下口水，再看向乔安琛，神色软了许多。

“你下午干吗了？”

“看了会儿书。”乔安琛拉开椅子，把洗干净的碗筷递给她。

“好吧。”她就知道。

两人相对坐着吃饭，有一句没一句地聊着天，初壹突然想起什么：“对了，最近好像要降温了，你要不要买些新衣服、鞋袜什么的？”

乔安琛的衣柜一直是他自己在打理，两人的衣服分开放的，他的一整排几乎都是衬衫、西装，很难看到其他款式。

“不用了。”果不其然遭到了拒绝，乔安琛神色如常地说，“我去年的衣服基本都可以继续穿。”

“哦。”初壹垂下眼，筷子戳了两下面前的饭，“我好久没去逛街了，想去买几身秋装。”

乔安琛吃饭的动作顿了下，随后他抬眼看向她，接着沉吟道：“我这里有张卡，你可以拿去用。是我的工资卡。”

两人婚后经济都是独立的，但是家里大的开销像物业、水电费之类的都是乔安琛在负责。他加班比较多，初壹买菜做饭的时间其实也没多少，因此也都是用自己的钱。

乔安琛提过一两次给她卡，但都被初壹拒绝了，她主要想的是没多少开销，重点还是不好意思拿他的钱……

而此时她没料到乔安琛会这样说，初壹这颗经历过百般锤炼的心还是忍不住堵塞了一下。

“我的钱够花。”她决定打直球。在乔安琛面前，少女的欲语还休、婉转隐晦是完全没有作用的。

“我是想你哪天有时间，可以和我一起去逛逛街看衣服。”

乔安琛明显愣了一下，随后思索了几秒钟。

“我得……看下周的工作安排，如果休息就和你一起去吧。”

他的表情也没有太大变化，答应得也很干脆，初壹总觉得心底有种不真实感，空落落的。

“你以前陪女孩子逛过街吗？”过了会儿，初壹忍不住旁敲侧击地问道。

“以前陪我妈去过一次。”乔安琛回忆了一下答道。

“后来呢？”初壹追问。

“后来就没有了。”

“嗯？”

乔安琛握着筷子，很认真地道：“她再也没有叫过我。”

初壹：“……”

即便是这样，当周五那天下班回来，得知乔安琛明天有假时，初壹还是开心了很久，躺在床上构思着：“我们到时候可以睡到自然醒，然后出去逛一逛，晚上顺便在外面吃完饭回来。”她兴奋地摇着乔安琛的手臂，“怎么样？”

“嗯，好。”他在浏览某个新闻页面，闻言眼皮也不抬地点了下头，很敷衍。

初壹不满地顺着他的目光看过去，那个新闻报道的是一起家暴事件，男方活生生地把女方殴打致死。这件事曾经上过网络热点，初壹有所耳闻。

她咦了一声，难得找到一点共同话题：“这个不是好多年前的案子了吗？”初壹凑过去细看，发现这里报道的是后续事情，家暴的男方刑满被释放出来，经人介绍重新娶了一个老婆，而这个新的妻子不久前报案称自己遭受了严重的家暴。

上面的图片伤口触目惊心，初壹看得倒吸了一口凉气，满眼的难以置信。

“这样的人渣为什么还会有人嫁给他？”

“上面写了。”乔安琛指着新闻报道中的一行字，“周围的亲戚朋友都替徐某刻意隐瞒了家暴的行为，女方家离得远，并没有听说之前的事情。”

“真的太过分了！太过分了！”初壹不由得担心起这位女子的生命安全来，忍不住问，“这种人就真的拿他没办法了吗？为什么他可以这么快就出来继续结婚，故意杀人不应该是被判死刑吗？”

“这个案件最后起诉的罪名是虐待罪，判了七年有期徒刑，其中徐某因为在监狱里表现良好，还减刑两年。”

乔安琛冷静地分析着，解释给初壹听。

“家暴致死和故意杀人有一定区别，徐某是在施暴过程中导致妻子受重伤而后死亡的，他妻子并非立即去世，所以不算是主观意愿上的故意杀人，最后判决下来只是虐待。”

“怎么这样？”法盲初壹被刷新了三观，深深感受到了女性在社会上的弱势地位。

“那就没办法了吗？所以人就白死了吗？”她很难过地问。

乔安琛同样面色凝重，须臾，缓慢而坚定地回答。

“这个社会或许会有不公平的现象，但总有些人在背后努力，希望不久的将来，我国的法律更加完善，这样的悲剧不会再发生。”

初壹得承认，此刻难过又感动，为这起案件本身，也为乔安琛说的话。

“希望这一天不会太远。”她轻声说道。

乔安琛看着她低落的神情，伸手过来揉了揉她的头：“不会太远的。”

晚上关了灯睡觉，初壹还在想着这件事。她躺在被子里，忍不住在黑暗中问旁边的人：“乔安琛，这样的事情你们是不是见过太多了？”

“嗯。”他低声应道。

“那你会难过吗？”

“刚开始会，现在已经习惯了。”他说完又补充道，“与其沉浸在不必要的情绪中，不如想一下如何避免悲剧再次发生。”

初壹听完转了个身，手压在脸底下，面对着他：“你总是这样冷静吗？”

乔安琛似乎侧了下头，呼吸声变得很近：“也不是。”

“嗯？”初壹好奇，睁大了眼睛看着他，等待着后面的话。

过了会儿，乔安琛把脸转了回去：“睡了。”

“好吧……”初壹极其失望地瘪了下嘴，转过身子平躺在床上，闭上了眼。

她没有发现，过了很久，旁边的人才慢慢入眠。

说好的自然醒，以乔安琛的生物钟，他也是早上八点就起床了。初壹这段时间被乔安琛要求一起睡，早晨的生物钟也提前许多。

她抱着被子，脸压在枕头上，半睁着眼，看着乔安琛洗漱完毕从浴室出来。

他似乎没有发现她醒了，打开衣柜找出要穿的衣服，解开睡衣扣子就准备换上。

乔安琛是背对着她的，但初壹还是不可避免地看到了全过程，也不知道为什么，明明脑中有个声音告诉自己不该看，可眼睛就是顿在那里移不开。

乔安琛换完衣服转过身来，正扣上衬衫第一颗扣子，一下对上了初壹的眼睛。

她整个人还是蒙的，就这样猝不及防地被人抓包，看着乔安琛有些惊讶的神情，脸不受控制地变烫了。

“我什么也没有看到！”她拉高被子蒙住了头，没脸见人了。

待初壹打理完出去，乔安琛已经准备好了早餐。他倒是表情如常，没有任何变化，初壹脑中却一下闪现出早上看到的那宽背、窄腰、长腿、翘……

要死了要死了，初壹轻吐了一口气，不自然地没话找话道：“今天天气是不是回温了？”

“怎么了？”乔安琛替她倒了杯牛奶，顺口问道。

初壹干笑两声，用手扇了扇风：“呵呵，我觉得好像有点儿热。”

乔安琛看了眼外头在瑟瑟秋风中摇摆的树叶，再感受了一下室内温度，最后谨慎地下了结论。

“你可能是……”

“嗯？”

“上火了。”

“……”

两人去的是附近最大的一个商场，一共有六层，里面的品牌很齐全，几乎想得到的品牌都在这里了，这也是岚城最大的一个商业中心。

初壹平日和朋友逛街都是来这里，女生买起东西来能从早到晚不觉得累地逛上一整天。

乔安琛停好车，和初壹一起上去。

在等电梯的时候，她就已经控制不住地开始兴奋了："啊，我真的好久没有来逛过街了。这熟悉的感觉，好激动啊！"

两人上了二楼，上面都是女装区，模特身上的服装漂亮得让人眼花缭乱，头顶水晶灯明亮，地板光洁照人。

初壹挽着乔安琛的胳膊，仰起脸满足地深呼吸了一口气："还是原来的味道，还是熟悉的快乐。"

乔安琛忍不住在一旁提醒她："你已经走过五家店了。"

"没关系。"初壹回头对他展颜一笑，笑容无比灿烂动人。

"我们还有一整天的时间可以慢、慢、逛。"

乔安琛沉默了。

他跟在初壹后头，很安静，尽职尽责地追随着她的步伐。

来到商场，初壹犹如鱼入大海、鸟飞苍穹，在购物的世界里尽情翱翔。

她首先去的是一家她常买的牌子，这家女装店走的是平价路线，衣服的性价比很高，而且是自助模式，看上什么就可以直接拿去试，因此里面人很多。

乔安琛进去的第一件事情是搜索四周，然后很绝望地发现，这家店并没有供人休息的座位……

他再次看了眼这家衣服的牌子，确认过是不会再来的店。

初壹兴奋地穿梭在一排排衣服中，拿起这件看看、那件看看，一边往身上比画一边问乔安琛意见。

乔安琛对比着她手里的衬衫和毛衣，端详了几秒后指了指右边："这件吧。"

"嗯？为什么？"初壹看着他指的那件毛衣，很好奇地问道。

乔安琛认真地回答："毛衣比较保暖。"

"我问的是哪件比较好看？"

乔安琛顿了顿道："这两件类型完全不一样。"

"……"初壹也没指望他能给出什么建设性的意见，自己抉择半天后，最终拿起了那件衬衫。

毕竟她的衣柜里已经有数十件毛衣了。

乔安琛看到初壹的选择后没有说话，还是默默地跟在她身后。

久不来逛街，店里已经全部上了新款，初壹选完一圈，手上挂了满满一堆衣服，到试衣间那里去排队。

乔安琛又陪着她耐心地等了一会儿，终于有了空位。

初壹进去之前，特意嘱咐："你待会儿就站在这里，我换完衣服出来你帮我看看怎么样。"

"好。"乔安琛拎着她的包点头。

时间再次流逝，乔安琛等候在试衣间出口，承受着来往女性打量的目光，尽职尽责地盯着初壹进去的那扇门。

不知过了多久，他的视线中终于出现了那道熟悉的身影，初壹换上了一件衬衫和休闲长裤，衣服下摆随意地塞进裤子里，腰身纤细，双腿修长。

她走过来转了个圈，兴冲冲地问乔安琛。

"怎么样？好看吗？"

乔安琛很认真地打量她几秒，点头道："好看。"

初壹美滋滋地去换下一套衣服了。

再出来，她换上了一条背带裤，胸前有大大的口袋。初壹在里面配了一件薄款卫衣，乔安琛看完评价："不错。"

初壹听完在镜子前面转了个圈，也觉得不错，于是继续去换下一件。

这次的是一条连衣裙，舒适的居家款，初壹是打算在家穿的。

乔安琛微微颔首："还行。"

之后关于初壹的每套衣服，乔安琛的评价都是诸如此类：

"可以。"

“挺好。”

“不错。”

初壹从开始的兴致勃勃到后来的面无表情：“你就不能多说几句吗？”

在乔安琛再次说出“还可以”三个字之后，她忍不住了：“哪里还可以了？”她追根究底地问，一副找碴儿的架势。

乔安琛愣了下，随后又仔细看她，蹙眉沉思，仿佛在进行着某种学术研究。

最后他表情严肃地缓缓开口：“哪里都还可以。”

“……”初壹放弃了。

她试完全部衣服，然后换上了自己的衣服出来，怀中抱着那一堆试过的衣服，面色不豫。

乔安琛跟在她后头，一脸如常地问：“这些都买了吧，我去付钱。”

“不用了。”初壹硬气地说，“我自己来。”

她在收银台前排队，前面还有四五位顾客，乔安琛陪着她等候在一旁，有些不知所措的样子。

气氛死寂，初壹抿着唇不想说话，乔安琛也不知道该说什么。等了一会儿终于到两人了，收银员拿着条码器，礼貌地询问：“请问有会员卡吗？”

“有。”初壹报出了自己的手机号码。

刷卡，付钱，拎起袋子，一系列动作她做得干净利落，到门口时，乔安琛朝她伸出手，试探着出声：“我提着吧。”

明明是很简单的一句话，初壹却仿佛从里头听出了小心翼翼和讨好，感觉自己是不是被乔安琛刺激得神经错乱了。

初壹侧头看了他一眼，乔安琛的手还伸在她面前，嘴唇微抿，似乎是紧张。

她没说话，把手里的袋子给了他。

两人继续逛着，来都来了，初壹也不可能因为这一点儿小事纠结。好看的衣服太多，她的注意力很快就被转移了。

这次乔安琛似乎学乖了一点儿，哪怕不善言辞，也是绞尽脑汁。

"嗯……挺适合你的。"

"合身。"

"这件颜色好像有点儿暗。"

初壹很满意，乔安琛能到这种程度已经是极限了，她也没有太多要求了。

自己真是一位卑微的妻子，她默默地想，不由得在心底流下了几滴心酸的泪水。

两人从早上逛到了中午，初壹已经收获不少战利品了。她依旧神采奕奕，劲头十足，乔安琛却已经忍不住打了好几个哈欠。

他看着初壹又走进了下一家店，有些绝望。

"哇，他们家的衣服实在是太好看了！

"呜呜呜——我真是太久没来逛街了。

"这一整排我都超喜欢！"

初壹爱不释手，难以抉择，本能地朝旁边的乔安琛发问："你觉得这几件哪件更好看？"

听到召唤，乔安琛从神游中猛地回神，打起精神认真查看起来。

"都挺好看的，这些都买了吧。"他毫不犹豫又迫不及待地说，"买完我们就可以回家了吧？"

初壹："……"

"算了。"她想，放过他也放过自己吧，不再互相折磨了。

"你先回去吧，我叫程栗来陪我逛就好了。"

乔安琛顿了顿，没考虑太久："那好吧，这些我就先帮你带回去了。"

"嗯。"初壹点了下头。

他准备走时，又想起什么，说了句："你回来时注意安全。"

"你也是，路上开车要小心。"

夫妻俩就这样礼貌而客气地告别，然后乔安琛的身影消失在门口，两人分道扬镳。

店里依旧热闹，周围都是顾客，眼前的衣服还是好看得令人爱不释手，初壹却一下就失去了继续逛下去的兴致。

她打开手机，开始给程栗发消息。

没一会儿，那头的人飞快回复："哈哈哈——真的好惨。别难过，崽，我现在立刻飞奔过去安抚你受伤的心灵！"

程栗说的马上确实很快，初壹刚找了一家甜品店坐下她就到了。两姐妹成功地接头，一份甜品下肚，什么烦恼都没了。

初壹疯狂地和她吐槽："真的，没有第二次了。

"难怪他说我婆婆和他逛了一次街之后就再也没有然后了。

"叫他帮忙给点儿意见就像是要他的命一样，我才刚开始，他就迫不及待地想回去了。

"那能怎么办呢？只好放过彼此了。"

"哈哈哈——"程栗弯着腰，肚子都笑痛了，笑完终于平复下来，爱怜地摸了摸初壹的脑袋，"我可怜的崽崽，真是难为你了，不过别伤心，还有妈妈在呢。"

初壹面无表情地拍掉了她的手："走开。"

程栗伸了个懒腰，一副准备战斗的姿势："走吧，朋友，我们的shopping（购物）开始了！"

两人在逛街购物等事情上极度契合，不然也不会成为这么多年的好友，从一楼到顶楼、从白天到黑夜，一路逛下来极其畅快，十分满足。

最后两人出来时已经是华灯初上。

初壹和程栗手上提了大包小包，就像是刚打劫了商场，上车时看着满满一后座的东西，两人默契地相视一笑。

"走了——"程栗打开了跑车敞篷，脚下一踩油门，车子如同离弦的箭一般冲了出去。晚风裹挟着凉意扑面而来，初壹忍不住欢呼："哇——"

长发飘散在风中，道路两旁灯红酒绿，音乐点缀着这个惬意的夜晚，初壹难得感慨道："要什么男人，姐们儿才是真理。"

程栗大笑，正准备说什么，初壹的手机就响了，初壹看了眼来电显示。

"哎，说曹操曹操就到，你老公给你打电话了。"

初壹垂眸接起："喂？"

"还在逛街吗？"乔安琛在那头问。

"没有，在回家的路上了。"初壹的态度还是不冷不热的。

"一个人？"

"程栗开车送我。"

"哦。"乔安琛随口应了句，又想起什么，"是不是买了很多东西，要不要去接你？"

初壹一下顿住，语气不自觉地软和下来："那你到小区门口等我吧，程栗就不用再开进去了。"

两人没说两句话就挂了电话，程栗听了，了然于心。

"他催你回家了？"

"没有，就问我什么时候回去。"

"嗯哼？"

"他问我是不是买了很多东西，要来接我。"初壹轻咳了一声，嘴角上翘的弧度却是掩盖不住的。

"啧啧啧，女人果然是善变的。"程栗翻了个白眼，"前一秒还在说要和我缠缠绵绵到天涯，下一秒就被男人拐走了。"

"程栗！"认识这么多年，初壹有时还是受不了程栗这张嘴，作势要打她。

"好了好了不闹了，我开车呢。"程栗连忙躲开，初壹轻哼了一声，扭头看向窗外。

道路两旁的风景快速变化，车子很快停在了小区门口，路灯下已经站了个熟悉的身影。

程栗停稳车，看向初壹打趣："你男人在等你了，还挺准时。"

初壹没理她，乔安琛已经看到了两人，迈步走了过来。她推开车门，因为方才程栗的那句"你男人"，神色还有点儿不自然。

"就买了这些，都在这里了。"初壹打开了后座车门，把她和程栗的那堆战利品分开。

乔安琛弯腰双手将东西提了出来，看向驾驶座上的程栗，朝她微微颔首算作打招呼。

两人在婚礼上有过数面之缘，因为程栗是初壹的伴娘，但以乔安琛的性子，两人全程也没说过几句话。

程栗也回以点头，最后看向初壹："走了啊。"

"路上小心。"初壹朝她说，程栗头也不回地挥了挥手，车子很快消失了。

小区门口只剩下初壹和乔安琛两个人，夜晚很安静，暖黄色的路灯灯光静静地打在地面上。

初壹转过身子，对旁边的人开口："我们也走吧。"

"好。"乔安琛两只手都提着袋子，满满当当。重的都在他手上，初壹手里就拎着两个小东西。

一长一短的影子落在脚下，初壹出声问："你吃饭了吗？"

"吃了，你呢？"乔安琛侧头看她。

"我也吃了。"

两人相互交流了一下晚餐食谱，又聊了几句不痛不痒的话，一路回家，气氛竟然也十分融洽。

逛了整整一天，虽然已经有些疲惫了，但洗完澡初壹还是很开心地整理着自己今天的成果。

她把衣服一件件地从袋子里拿出来放到衣柜里。

乔安琛躺在床上，看书的间隙抬起头，看见她的动作忍不住开口道："逛街真的这么开心吗？"

"当然！"初壹闻言立刻眉飞色舞地回答。

乔安琛点点头，没说什么，又把目光放在书上，须臾后仿佛突然想起什么，随口说："那你以后可以多叫程栗陪你出去，她能从早陪你逛到晚。"

初壹："……"

她的好心情一下子荡然无存了，她发现乔安琛总有种能气死人的本事，这也是挺厉害的。

初壹停了停手上的动作，又继续整理，咬牙切齿地道："你放心，我下次一定不会再叫你陪我去逛街了！"

乔安琛有点儿莫名，不知道初壹怎么又生气了，想了想还是作罢，自己默默地看书，等待着她不开心的情绪过去。

虽然没人和他说过，但几个月的婚姻生活还是让乔安琛冥冥之中感觉到了一些东西。

就比如初壹偶尔会突然生气，这个时候他只要不作声，过一段时间她又会好了。

乔安琛自顾自地点头，为自己的睿智感到开心。

初壹从小就特别讨人喜欢，读幼儿园时班里的小朋友就都很喜欢和她玩，大家有什么好吃的、好玩的东西总会第一个带给她。

因为她小时候不仅长得特别可爱，长着粉嘟嘟的小脸和黑琉璃似的大眼睛，脾气还特别好，大方、善良、听话又乖巧。

这样的性格伴随着她长大，直到现在也没有更改半分，很多别人受不了的事情，她忍忍也就过去了。

大学时她们一个宿舍六个人，程栗来得最晚，那时候大家都认识得差不多了。

大家都是刚从高中升上来的，一群黑长直、纯素颜的女孩儿。程栗一推开门，小短裙、高跟鞋、大波浪鬈发、精致眼线、完整妆容，还有那扑鼻而来的香水味。更重要的是，她旁边还跟着一个男孩子，殷勤地帮她拉着行李箱。

这一幕深深刻在了所有人的脑海中，开学没多久，程栗身边的男生就换了好几个，再加上她隔三岔五地住在外头，宿舍里的女孩子基本很少和她一起玩。

最开始的印象差了，后面就很难扭转，之后又发生了一件事情，宿舍有个妹子的暧昧对象突然对程栗告白了，这一下双方的关系立刻僵住，连同其他几个人都开始孤立程栗，聚餐刻意忽略她，带早餐没有她的份儿，聊天时一见到她立刻停住，几乎快达到了冷暴力的程度。

然而程栗仿佛丝毫不在意，仍旧独来独往，高高昂起下巴犹如一个骄傲无惧的女王。

只有初壹偶尔会和她说几句话，一般都是善意的提醒，比如：第二天是谁的课要点名，记得别迟到；今天布置了什么作业；学校傍晚会停水停电，要提前准备好。

绝大多数时候，初壹还是和宿舍的女孩子在一起。大家对她都很好，像是对待小妹妹一样，可能是初壹长得矮还显小，人也软萌软萌的，很讨喜。

和程栗的关系发生改变，是在一个无人的傍晚，初壹那天感冒了请假待在宿舍。原本只有她一个人，后来程栗进来了，似乎没发现有人在，进门就趴在自己的床上哭得很大声。

初壹原本在睡觉，被吵醒了，偷偷探出一个头去，看到是程栗之后，犹豫了许久，还是小心翼翼地递了张纸过去："别哭了……"

程栗的哭声戛然而止，看清人之后，她接过初壹的纸用力抹着鼻涕和眼泪。

那天初壹才知道，原来程栗和相恋三年的男朋友分手了。两人其实一直在冷战，中间那些男孩子都是程栗找来故意气他的，但最后还是走向这样的结局。

自从这次过后，程栗开始经常找初壹一起玩。宿舍的另外几个人意见很大，甚至生了初壹的气，其中被暧昧对象伤害的那个妹子反应最激烈，放言要和初壹绝交。

初壹也不生气，依旧好脾气地上课帮她们占座，下课顺便帮忙打热水，到了考试还特意做好笔记一起共享。

谁也生气不起来了。

而且她有一点特别好，不记仇，班里曾经有个脾气很差的女孩子因为误会当场凶了初壹一顿，过后发现真相也拉不下脸来道歉。

没多久又有件事情一定要找初壹帮忙，女孩儿犹豫了许久，试探地问出口时都已经做好了被羞辱的准备，谁料到初壹未做太多思考就答应了。

因此她的好脾气是出了名的，所以哪怕是被乔安琛气到无语，没过多久她就能自己调整回来。

乔安琛在这一点上的感觉没有错。

只要他不作声，过一段时间她就会好了。

可是他不知道，久病不医堆积成灾，总有一天会彻底爆发。

九月中旬过后，乔安琛又开始忙了起来，两人基本恢复成了“室友模式”，每天都说不上几句话。

偶尔夜里初壹想和他聊聊天，但乔安琛基本是一沾枕头就睡着了。每天的工作已经耗费了他太多心神，他闭上眼下一秒便能进入睡眠状态。

不知不觉，国庆长假来临。

十月一日是个很特别的日子，因为乔安琛的生日就是那一天，他和祖国共同庆生。

这件事情还是田婉告诉初壹的。

她很难想象在国庆节这一天过生日是怎样的情景。当国旗缓缓升起，礼炮齐鸣，整齐壮大的阅兵仪式徐徐展开，各种先进武器、强大国力在这一天展示在所有人面前，全国人民为祖国庆生。

而作为同在这一天过生日的当事人，看着这一切会是什么感觉呢？

是无动于衷、习以为常，抑或与有荣焉？

初壹觉得乔安琛肯定是第一个。

国庆节的前一天，长假的最后一个工作日，乔安琛因公去了外地，要第二天才能回来。

他说会忙到很晚，不确定时间，不过是在偏远山区，光路程就要二四个小时，回家大概已经天黑了。

初壹是一个以德报怨又有着一颗善心的女孩儿，即便乔安琛伤害了她无数次，初壹觉得在这个特殊的日子，她应该给辛苦的劳动人民一点儿关爱。

翌日她一大早就起床了，打扫了屋子，整个客厅、房间、厨房都收拾得干净整洁，在太阳光下散发着洁净的气息。

接着初壹就出门去了附近最大的购物超市，买了牛排、红酒、蜡烛，还有一些装饰品。

初壹推着车子选购了半天，终于把要买的东西找齐了，最后买的是今天最关键的东西——蛋糕！

初壹趴在橱窗玻璃上，睁大眼仔细挑选着，底下是各种各样的小蛋糕，好吃又好看。

她选了半天，抬起头看着柜台后的小姐姐，眨巴着黑润的一双大眼睛。

“这个蛋糕……可不可以自己定制啊？”

画好图案给工作人员，蛋糕师傅说基本能做出来，初壹才放心地交了定金留下地址，等待着蛋糕店的工作人员送货上门。

回到家已经是下午了，她先把牛排腌好，开始布置客厅。

五颜六色的小彩带、贴纸、生日快乐的小标牌、笑脸……冷淡简约的客厅顿时换了个样子，变得温馨又可爱，满满的庆生氛围。

初壹拉上窗帘，点亮旁边的星星灯，暖黄色的光芒立刻充斥在屋子里，为这一切增添了几分梦幻朦胧的美感。

她十分满意地拍拍手，走进厨房，给自己系上围裙。

傍晚时分，蛋糕店的工作人员准时给她打了电话，初壹到门口拿到了蛋糕。

她小心翼翼地拆开盒子，看到了里头的实物——一个圆圆的单层蛋糕，天蓝色的翻糖底色，上面点缀着许许多多小图案，边上有白色花边，正中间是一个穿着制服的小人，板着脸，一副眉目严肃、不苟言笑的模样。

初壹看到一下就笑了出来，仿佛看到某人站在她面前。

嗯……她点了点那个制服小人的头，感觉还是这个比较可爱一点儿。

晚上八点，电梯门打开，乔安琛走了出来，一边揉着眉心一边在门口输入指纹。

赶了一下午的路，车子一路不停颠簸，到家时还是免不了已经天黑，乔安琛有些疲惫。

嘀的一声，锁开了，他不假思索地推开门进去，却被映入眼帘的画面弄得愣了一下。

往日熟悉的客厅被布置成节日的样子，星星灯一闪一闪的，他的目光在掠过其中一个生日快乐的笑脸贴纸时愣住了。

他差点儿忘了，今天是他的生日。

一种说不出来的感动涌上心头，乔安琛低头换鞋，脱掉身上的外套走了进去。

餐厅里，初壹正坐在那里等待着他，脸上含着笑，眸子在烛光下荡漾着异样的柔意。

他看向桌面，那里摆放着西餐——牛排、意面、红酒、水果，还有整齐的刀叉和精美的烛台。

普普通通的夜晚似乎被这些东西装点得格外特别，好像多了层不同的色彩，让人不自觉变得奇怪而矜持起来。

“你回来啦。”初壹起身，同他打招呼。乔安琛嗯了一声，拉开椅子。

“这是……”他看着眼前的一切迟疑地问道。

“今天是你的生日啊！”初壹开心地说，“祝你生日快乐。”

乔安琛定定地注视着她，须臾，轻声道：“谢谢。”

“快吃吧，你应该很饿了，我第一次做，尝尝我的手艺。”初壹把桌上的盘子往他那边推了推。乔安琛点点头，拿起旁边的刀叉。

他切了一块牛排，在初壹充满期待的注视下放进了嘴里。

“怎么样、怎么样？”她迫不及待地问。

乔安琛缓缓嚼了两口，接着突然皱起了眉头：“有点儿生。”

“不是吧？”初壹立刻自己切了块尝尝，仔细感受着嘴里的味道，“没有啊，刚刚好，很嫩。”

“这里面还是红红的，有血丝。”乔安琛指着牛排的切口，满脸严肃地道。

初壹：“这是七分熟。”她还是为了照顾乔安琛，所以选择的已经是比较容易接受的熟度了。

“我一般喜欢吃全熟的东西。”乔安琛认真地说，环顾四周，然后站了起来，“我再去把它加热一下。”

“……”

好的，美丽浪漫的气氛顿时荡然无存了。

初壹眼睁睁看着乔安琛端起那盘牛排去厨房点火热锅，倒油之后，牛排被放了下去，煎得嗞嗞作响，空气中散发着熟肉的气息。

待乔安琛再次加热烹饪完成，回来已经是好几分钟后了。

他把手里的盘子放在桌上，拉开椅子坐下。

“现在好吃多了。”乔安琛拿起刀叉切开一块牛排尝了尝，很满意地点头评价。

初壹扯了扯嘴角，笑不出来：“你开心就好。”

第三章　乔先生成长日记

两人吃完这顿沉默的晚餐，初壹打开冰箱，把准备好的蛋糕拿了出来。

乔安琛果不其然又错愕了几秒，看清楚上面的那个小人时，忍不住笑了。

“这个是我吗？”他认真端详一番后，抬眸问初壹，眼睛亮亮的，像个简单至极的孩子，轻而易举地就能勾起人心底柔软的感情。

初壹不自觉地变得温柔，点了点头：“嗯！我画的图纸给蛋糕师傅，像吗？”

“很像。”乔安琛想了想，又说，“我在你心中就是这样子的吗？”

“什么？”

乔安琛点了点制服小人的脸，认真地问她：“这么严肃？”

初壹压不住笑意地反问：“你自己不知道吗？”

“好吧。”乔安琛思索了一下，放弃了。

两人点了蜡烛，关上灯，初壹催促着乔安琛许愿。他闭上眼睛后，又睁开了。

烛光下，乔安琛的面容染上了一层暖光，他望着她，眸子也变成了温暖的茶色。

“这好像是我成年后第一次生日许愿。谢谢你，初壹。”

这个蛋糕的味道非常好，甜而不腻，带着种特别的奶香，就连乔安琛这种不喜欢吃甜食的人都吃下去一小块。

初壹把剩下的蛋糕都冷藏了起来，要当作明天的下午茶。

乔安琛昨晚没有睡好，乡下条件有限，床铺似乎都透着一股霉味，天还未亮他就起来了。

先前又喝了一点儿酒，头似乎更沉重，他坐在那里按了按眼睛。

初壹关上冰箱门，看到这一幕忍不住出声道：“你先去洗澡吧，我把这些盘子简单收一下就好了。”

乔安琛闻言动作一顿，想了想，还是站起身来：“那你不要忙太晚，放在那里明天洗也可以。”

“好，你快去吧。”

初壹把厨房和餐桌都收拾好，估计着乔安琛也该洗完澡了，拿出自己准备好的礼物藏在背后，轻手轻脚地推开了卧室门。

里面灯光微暗，乔安琛躺在床上闭着眼睛睡得正沉，似乎疲倦到了极致。

初壹眼里露出失望之色，不受控制地咬了下唇。

她推门进去，然后轻轻关上门，把手里的礼物放在了旁边的柜子上面。

乔安琛一觉醒来阳光已经打上了露台，他回了下神，睡意渐渐退去。

昨晚的记忆浮上来，乔安琛侧头，看到了一旁还在沉睡的初壹。他就这样看了几秒钟，然后小心地掀开被子下床。

乔安琛刚穿上鞋，目光就被柜子上那个紫色包装的礼物盒子吸引住了。他走过去拿起盒子，那上面贴了张便笺纸，是初壹的字迹。

“乔先生，生日快乐。”

后面还画了个笑脸。

乔安琛忍不住弯起嘴角，拆开了外头的蝴蝶结。

他打开盒盖，里面静静地躺着一个小本子。他好奇地拿起，米色的封面上是手绘图案和字体。

《乔先生成长日记》

——作者：初壹。

后面跟着的是一颗小巧的爱心。

乔安琛笑了起来，翻开本子，第一张图案是个手绘的小宝宝，刚几个月的样子，被画得灵动可爱，还有卡通的旁白字体，一看就是作者写上去的。

（啊，超可爱哇！）

他再往后翻，是大概三岁的小孩儿，穿着可爱的卡通T恤和背带裤，却板着一张脸，很严肃。

（乔先生的严肃似乎是与生俱来的呢。）

幼儿园时小孩儿被老师奖励了一朵大红花和奖状，拿在手上，目光对着镜头，依然是不笑的样子。

小学换上了校服，小孩儿背着小书包、戴着红领巾，睫毛长长的，眼睛大而明亮，唇红齿白。

初中隐约有了帅气的模样，单手插在兜里表情变得不耐烦，长高了不少，小少年看起来英俊秀气。

高中五官就变得更加精致，画上的人在打篮球，一共是四幅图，跳起来扣篮的那一瞬间被定格，身体线条流畅漂亮。旁白字体很激动。

（啊啊啊啊啊！乔先生的盛世美颜啊！）

小字后面还画了个卡通的小表情，一个人被红心箭头击中，手捂着胸口倒地不起的模样。

乔安琛看到这里，忍不住回头看了眼床上还在熟睡的初壹，笑着摇了摇头。

之后是大学、研究生、工作后，他近两年基本就没有拍过照片了，最后一张画稿还停留在他当检察官的第二年。

那是他首次负责一个影响力很大的案子，最后嫌疑人成功地被定罪量刑。

那一天，同事在法院门口给他拍下了这么一张照片。

初壹画得很好，几乎是一比一还原了画面，并且把人物场景美化了几分。

高大威严的法院台阶上，他穿着一身整齐的检察官制服站得笔直，脸上带了一点儿笑，怀中抱着文件，左手竖起了一个大拇指。

他背后的天空辽阔而蔚蓝，云彩像是铺开的画卷。

乔安琛拿着手里这本小小的画册，看着上面熟悉又陌生的自己，心口被一种奇怪的酸涩感充斥着。这是他人生中第一次体会到这种复杂难辨的情绪。

初壹起床时，乔安琛已经不在房间里了。她睡眼蒙眬地坐起，突然想起什么，看向门口的柜子。

那里已经空无一物，初壹呆了一瞬，随后立即起床。

客厅有咖啡的香味，乔安琛正低头摆动着咖啡机。他端着杯子，给自己倒了一杯浓郁的现磨咖啡。

“怎么一大早就喝咖啡啊？”初壹揉着头发过去，因为刚起床，嗓子带了点儿鼻音，听起来像是在撒娇。

“刚好想喝了。”乔安琛回头说道，然后指了指旁边的微波炉，“给你热了牛奶。”

初壹把牛奶取出来，又拿了个玻璃杯，倒到大概八分满。

她也和乔安琛一样，双手捧着杯子，身体后靠在流理台边缘，闲适地发着呆，散着起床气。

两人就这样在一个假日的清晨并肩喝着东西，看着面前透过落地窗打进来的阳光，金色光束里的尘埃像是在欢快地跳舞。

“真好啊。”初壹突然忍不住感慨。

乔安琛侧头看了她一眼：“怎么了？”

“觉得就这样待在一起什么都不做也很好。”

他垂眸弯了下唇：“对了，你给我的生日礼物收到了。”

“嗯？”初壹睁大眼看着他，表情有些期待，又有些不好意思。

“我很喜欢。”乔安琛说。

“那就好。”初壹也捧着杯子笑，两人对视着，空气似乎变得清甜而干净。

其实乔安琛说是放假，但本质是把工作带回了家里。检察院的案件是永远办不完的，处理的周期长，一般需要数月，而且几乎每周都会有新的案件收进来。

他的办公室里案卷堆满了大半张桌面，即使是放假时间，他也会在书房看和案件有关的资料。

这样的生活对初壹来说是匪夷所思的，可乔安琛似乎已经适应并且从未有过任何怨言。

可能对他来说，工作办案就像是吃饭一样平常随便，比起让他去逛街、看电影，或许他更愿意待在书房里多看几起案件资料。

两人的思维就是这样天差地别。

初壹现在也不强迫他陪自己出门逛街或者看电影了，就像一个被恶龙打倒了无数次的勇士，一次次跌倒在地弄得遍体鳞伤后，终于学乖了。

这天两人一起做了晚饭，气氛平淡又温馨，初壹觉得就这样简简单单地生活也挺好。

国庆节第三天，程栗的朋友圈更新了她和男朋友去欧洲玩的九宫格照片。初壹给她点了个赞，她几乎是秒回。

“放假了你家检察官带你去哪儿玩了？”

初壹趴在床上，一下下在手机上打字。

“他说国庆节外面到处都是人，所以哪儿也没去。”

程栗给她回了一长串省略号，没下文了。

初壹呆呆地看了几秒，关掉手机，翻身望着头顶的天花板还是忍不住叹了口气。

乔安琛洗完澡出来看到的就是这一幕。

女生握着手机，手放在身前像是捂着胸口，表情可怜而有些绝望地看着天花板，身子直挺挺地躺着。

他脑中几乎是立刻出现了初壹之前画的那个表情包小人，因为感慨他的盛世美颜而胸口中了箭倒地不起的那个，有点儿可爱。

乔安琛用毛巾随手擦了擦头发，走了过去。

“你洗好了？”初壹的眼珠子动了动，随着他走近而慢慢睁大。

乔安琛嗯了一声，看向她：“在想什么？”

“发呆。”

乔安琛脸上露出一丝莫名的神色，随后又点了点头。

每个人的爱好和习性都不一样，或许发呆也是种乐趣，他想。

关了房间的大灯，乔安琛上了床，刚翻了几页书，旁边的人就已经翻了五六次身。

他侧过头：“今晚睡不着？”

“……”初壹沉默地看着他。

她也不知道怎么了，可能是因为程栗晚上那随口一问，也可能是“大姨妈”快来了，心情莫名其妙地变得低落，做什么事都提不起精神来，就连看着自己喜欢的连载剧和漫画都不由自主地开始走神。

乔安琛等了一会儿，见她不答，眼中露出若有所思之色，随后把手里的书合好放下，摘掉眼镜：“既然这样，不如做点儿其他的事情。”

“嗯？”初壹一愣，眼前的阴影就笼罩了下来，柔软的唇带来湿热熟悉的气息，乔安琛伸手揽住了她的腰。

她有些郁闷，却还是任由他亲着，过了会儿，睡衣扣子被解开了。

乔安琛松开她的唇，吻逐渐往下移，头发还有些湿，蹭过她的下巴，滑过锁骨，很痒。

初壹没动，睁开眼看着面前的空气出神，须臾后轻轻吐了一口气。

房间黑暗，两人洗完澡出来，乔安琛很快就睡着了。他从后面搂着初壹，身上温热的触感传来，初壹被包裹在他怀中。

她其实也很累，侧着脸看着窗外，长发散落在枕上，两只手屈起放在颊边。

露台的纱窗被夜风扬起，星星点点的灯光在夜色中闪烁着。

她极其缓慢地眨了下眼，疲倦地陷入了梦中。

假期的最后一天，不少人已经提前上班，初壹在家待了几天终于受不了了，试探地和乔安琛商量着。

“今天人不算多，我们要不要去绿水洲那边转一转，出去散散步也好？”

“可以啊。”乔安琛闻言倒是不假思索地就答应了。

绿水洲虽然叫这个名字，但其实只是岚城的一处风景区，平日市民休闲娱乐经常去的地方，每逢重要节日还有烟花表演。

初壹立刻雀跃起来，开心地说：“那我去换衣服，我们待会儿就出门！”

岚城十月的天过于舒适，不冷不热，阳光明媚柔和，树是翠绿的，花是鲜艳的，骑着小电动车的市民和卖水果的小商贩构成一幅杂乱又和谐的场景。

初壹穿着一件薄荷绿的小开衫，底下是米色棉布A字裙，拉长了整体比例，腰细腿长，穿着帆布鞋，背着小挎包。

为了配合自己出游的形象，她头上还戴了一顶卡其色渔夫帽，笑起来就像是刚毕业的大学生，青春可爱。

反观乔安琛就显得沉稳很多，驼色的薄毛衣，内搭白T恤，下身是休闲长裤。

他的脸太具有迷惑性，如果不是气质过于沉稳，恐怕别人都会以为他才走出学校没多久。

初壹挽着他的胳膊，一路上都是蹦蹦跳跳的，好像是被关了很久终于出来放风了，见到什么都一脸好奇，睁大了眼睛打量着。

乔安琛边走路还要边照看着她，不要一不小心撞到路人。

“小心，前面是墙——”乔安琛手疾眼快地把她的身子拉回来，护着她转到正确方向，有些头疼和无奈。

“哇，那家店的小饰品好好看哦。”初壹恋恋不舍地收回视线，嘴里念叨着显得意犹未尽。

“那我们回来的时候去逛逛？”乔安琛目视前方随口道。

初壹摇了摇头：“唉，算了吧，我又不常戴，买了也是放在家里。”

乔安琛脸上闪过困惑之色，但还是很快收起，抿抿唇不说话了。

虽然是假期的最后一天了，但外面的人其实也不少，绿水洲都是游客。初壹和乔安琛漫无目的地走着，到中央喷泉时恰逢天色黑了。

五彩的喷泉随着音乐喷溅起好几米高，周围有不少人发出惊呼声，大多是女孩子。初壹被旁边的声音吸引得侧头，正看到一个女孩儿害怕似的扑进她男朋友怀里。

“啊，水都溅到我脸上了！”她娇娇地说，仰着脸向抱着她的男生撒娇。

“哪里？我帮你擦擦。”男孩儿低头看着她笑，目光里像是含了蜜，伸手在女生的脸上擦了两下。

“这里、这里也有——”女生踮着脚把脸凑得更近，抿唇笑着，靠近男孩儿的嘴角。

两人四目相对，几乎是未加考虑，下一秒男生就把头低了下来，在她的唇上亲了一口，声音也是柔得似水：“好了，现在没有了。”

在一旁默默看完全程的初壹：“……”

她忍不住摸了摸手臂，感觉有些冷。

“怎么？冷吗？”乔安琛看到她的动作，蹙了下眉头，“冷的话我们就先回去吧，反正这里也没什么好看的。”

真是没有对比就没有伤害，初壹默默地放下手，摇了摇头，坚强地微笑：“没有，我不冷，待会儿我还要看烟花表演呢。”

夜里出来的人更多了，前往最佳烟花观景点时几乎是摩肩接踵，乔安琛全程眉头都没有松开，从一开始的拉着她变成把她半抱在怀里，防止她被其他人挤撞到。

“为什么大家都这么闲？”他似乎无比困惑，“如果把这个时间用来工作应该可以减少很多麻烦吧？”

初壹终于找到合适的机会可以一吐心声了，她抬头看着乔安琛，认真教育道：“工作并不是生活的全部，也并不是每个人都像你一样觉得工作才是最有趣的事情，绝大部分人，比如我，就更愿意出来看烟花而不是去工作。”

“……”乔安琛沉默了一会儿道，“好吧。虽然我不理解你们这样的想法，但是我可以保持沉默。”

他之后就再也没有说话了，初壹闷着脑袋跟在他旁边，第一次觉得不要试图跟一个法律相关工作者讲道理，因为他可以一句话堵得人哑口无言。

烟花表演开始了，两人刚在岸边站定，头顶就炸开了一束束姹紫嫣红的火焰，像是一朵巨大的火花，砰的一声流星四溅，将夜空染得五彩斑斓。

初壹仰头怔怔地看着，眼中都是惊艳之色。

欢呼声一片一片地响起，不少人开始拿出手机拍照。乔安琛看了几眼收回视线，目光恰好落在初壹的脸上。

她专注而虔诚地望着头顶的烟花，似乎是注视着某种无与伦比的东西，侧脸被映照成了温暖的橘色，眸中盛着万般色彩。

乔安琛顺着她的目光往上望去，景色依旧，但这一瞬间突然觉得这场烟花好像并不是那么无聊。

活动结束，散场时人更加拥挤，乔安琛才好了一点点的心情立刻荡然无存了，旁边又有人踩了一脚他的鞋子。

他感觉自己已经到了失控的边缘。

初壹敏锐地察觉到了旁边这个人的低气压，不由得也敛了心神，加快脚步想要冲出这人海。

历经波折，其中踩了五六个人的鞋子、肩膀被撞数下、手机差点儿被挤掉一次，两人终于脱身，抵达空旷安全的地方。

初壹小口喘着气，头发凌乱地贴在额角。

乔安琛打量了一下四周，失去了耐心："我们直接回家？"

"好。"初壹点点头，也不多话。

回去的路上两人格外沉默，乔安琛专注地开着车，初壹靠在副驾驶座上看着窗外，身体的疲惫连带着心也累。

两人就这样无言地到了家，乔安琛进门说了句"我先去洗澡"，初壹应答后，把自己扔进了沙发。

为什么自己会这么累呢？

她在思考。

以前读书时她和程枭他们也去过绿水洲，虽然人也很多很挤，但大家挺开心的，怎么一换成乔安琛就不同了？

初壹想，大概是因为乔安琛不喜欢做这件事情，所以他无意中的一个表情和一句话语，就足以让她也失去兴致。

沙发柔软舒适，初壹闭上眼，有些昏昏欲睡。

国庆假期过后，好长一段时间两人都没有什么活动，每天也说不了几句话，秋天就这样悄悄过去，不知不觉已经到了立冬那天。

浪了一个夏天加一个秋天的程栗小姐终于收了心，安安心心地待在岚城准备过冬。

她大学毕业之后就没有过固定工作，读书时经常在微博上发自己的美妆测评，言辞犀利中肯，一张脸十分能打，而且都是紧跟潮流的良心推荐，现在已经是有几十万粉丝的博主了，随便接一个广告就可以养活自己半年。

而且程栗姑娘的口头禅就是：唉，再不努力我就得回去继承家产了。

是的，她是一个不折不扣的“富二代”，家里房产多到数不清的那种。

当初她和刚进大学时的那个初恋分手，原因就是人家觉得她家里太有钱了，自卑……

因为热恋男友出差，程栗终于抽空想起了初壹这个小可怜，在岚城迎来第一波降温时，约初壹一起去吃火锅。

火锅对初壹来说真是阔别已久，乔安琛不太能吃辣，而初壹又是个不折不扣的无辣不欢的人，加上两人认识没多久岚城的夏天也来了，火锅随之退出她的生活。

初壹实在、实在是太想念热气腾腾的牛油红锅了。

室外的风已经带着些凛冽的味道，树木光秃秃的，天也暗沉沉的，似乎是寒冬在向她们敲着警钟。

初壹裹紧围巾和毛衣，踩着小靴子推开火锅店的大门。

程栗已经点好了菜，锅底沸腾着，正带着面前的热气朝初壹欢快地招手。

两人的口味几乎一致，服务员把猪脑、牛百叶还有老豆腐一样样端上来，初壹盯着这些东西直咽口水：“我真的想死了。”

“你和你家检察官就没去吃过？”程栗一边手脚麻利地下菜，一边问她。

初壹摇了摇头：“别说他了，不要影响我吃火锅的心情。”

“哈哈哈哈哈——”程栗狂笑，“你们夫妻感情已经淡薄到如此程度了吗？”

“也不是。”初壹端起旁边的西瓜汁喝了口，思忖着道，“就是平平常常简简单单。”

“每天围绕着一日三餐打转，都是些生活上的琐事，毫无激情。”初壹夹起一片牛百叶嚼得咯吱响。

“我可怜的崽崽。”这句话最近都快变成程栗的口头禅了，她摇了摇脑袋，满脸怜悯地道，“连热恋期都没有享受过就直接进入无趣的婚姻频道了。”

两个人吃光了一堆东西，服务员来结账时眼皮都不受控制地跳了一下，随后还是非常有职业素养地给她们报出账单。

付了钱后，初壹挽着程栗的手出门，饭后消食活动被迅速安排上来了。

试衣服、试鞋子、试包包、互相吹捧完，一整条街也逛得差不多了，胃里腾出了点儿位置，两人捧着一杯奶茶，踏上了归程。

和程栗挥手告别后，初壹脸上的笑还未消失，她觉得今天应该是她这段时间最开心的一天了。

推开家门，屋子里只有玄关处亮着一盏小灯，初壹换好鞋子，小心地走到房门口。

乔安琛听到动静抬起头来：“回来了？”

“嗯！顺便逛了一下街。”初壹把手里的东西放在桌上，笑容灿烂地道，“你今天吃了什么？”

“炒茄子、海带汤、排骨。”乔安琛似是难得见她如此开心的样子，微挑了下眉头，“火锅好吃吗？”

初壹忙不迭地点头，几乎把自己变成了点头机：“超级超级好吃！火锅简直是我这辈子都没有办法抛弃的食物！”

乔安琛被她逗笑了，弯了下嘴角：“那以后多去吃几次。”

初壹眨了下眼睛，没等到他的下文，放弃了：“嗯……那我去洗澡了。”

程栗回来之后，初壹寒冬般的生活终于迎来了一点儿春色，两人隔三岔五地相约着出去享受人生，不是去做美容、按摩，就是在去吃喝玩乐的路上，当然，最快乐的还是购物。

多亏了程栗，让初壹把原本全副心神都放在乔安琛身上的状态收了回来，有时候不是她见不着乔安琛的人，而是乔安琛经常下班回来见不到她的人。

刚开始的时候他还觉得挺好的，初壹有朋友陪着，可以一起做她们喜欢的事情，可时间一长，每次回来都看到黑漆漆的屋子，他心里莫名就有些不是滋味了。

但是他又没有任何立场叫初壹待在家里。

于是乔安琛加班的时候变得更多了，在检察院里至少还有工作陪伴着他。

一天早上，初壹把洗好的衣服晾到阳台上，顺便把干净衣服收进来，整理折叠的时候，突然看见乔安琛的西装掉了一个扣子。

她翻了翻衣服口袋，还真的让她从里面找出了那颗扣子。初壹有些无奈，这都是几天前的事情了，乔安琛也不说。

初壹想起什么，猛地恍惚了一下，说起来，两人好像好几天没有说过话了……

最近程栗找了家特别好吃的店，只有晚餐时才会有特供的食材，初壹和她这几天都踩着点过去，回来免不了会很晚，乔安琛有时候都睡着了。

初壹找出针线盒，帮他把衣服扣子钉好，然后顺便熨烫整齐，挂在衣柜里。

今天晚归的人变成了乔安琛，初壹快要睡着时他才回来，没来得及说两句话，便忙着去洗澡，初壹没等到他出来就已经坠入梦乡。

早上初壹迷迷瞪瞪地起来去上厕所，出来时刚好撞上乔安琛准备去上班。

他顿住脚步，很认真地开口：“你帮我把西装扣子钉好了吗？”

初壹胡乱地点了两下头。

“谢谢。”乔安琛礼貌地和她道谢，初壹回了句不用谢，又一头栽回床上。

等再次醒来，初壹才恢复清醒。她突然记起早上的事情，心里觉得莫名怪异。

她和乔安琛之间似乎变得太过客气了，客气到完全不像是一对夫妻了。

临近平安夜之际，程栗的男朋友终于出差回来了。他去了一趟国外分公司，进行为期两个月的学习。

这对相隔异地的鸳鸯终于重新聚首，程栗毫不犹豫地抛弃了初壹，投入了男朋友的怀抱。

乔安琛明显感觉到初壹闷在家里的时间变长，整个人似乎也蔫了几分。

下班回来，他随口问了一句：“怎么最近都不出门了？”

“程栗的男朋友回来了……”初壹有气无力地道。

乔安琛思索了几秒，了解地点头：“那你也只能一个人了。”

“……”初壹哀怨地看了他一眼，没作声。

对，别人有男朋友的忙得顾不上好朋友，她这个有老公的人却只能找好朋友玩。

并且她的老公丝毫没有觉得有任何不对。

初壹叹了口气，趴在那里，神色越发萎靡。

今年的平安夜是在工作日的周二，乔安琛毋庸置疑是没有假期的。初壹在浏览着网页的时候，手里无意识地翻起了附近口碑好的餐厅。

滑动了几页后，她猛地回神，退出了软件。

反正她看再多也没有用。

不知不觉间节日的气氛逐渐浓厚，伴随着岚城的第一场小雪来临，街角摆出了第一棵圣诞树。

红衣服、白胡子的老爷爷也被贴在了窗户玻璃上，初壹去超市买了几斤苹果，还是最贵的那种。

平安夜没有人陪她过没关系，至少还有苹果陪着她。

临近下班的时候，初壹突然收到了乔安琛的信息。她盯着那短短的一行字，怀疑自己是不是出现了幻觉。

“今天是平安夜，你想去哪里吃饭？”

不知为何，她莫名有种老母亲的既视感，心头涌起好像自家“鹅子”终于懂事了的心酸感。

初壹吸了吸鼻子，回复：“你今天不加班吗？”

“不加。”

“那我订好餐厅，待会儿发给你，你下班直接过来？”

“好，你看好就行。先不说了，我还在忙。”

“嗯嗯，我去选餐厅。”

初壹收起手机，感慨万千，最后还是深藏满腔唏嘘，迅速地去看餐厅了。

鉴于乔先生口味特别，初壹没敢订西餐，只是在点评网站找了家评分最高的音乐餐厅。她看了评价图片，那边环境不错，菜也好吃，最重要的是各种口味的菜都有，咸淡甜辣任君挑选。

把地址发给乔安琛之后，初壹就开始换衣服了。虽然寒风瑟瑟，但女生想穿裙子的心是阻挡不住的，初壹在连衣裙外头套了件大衣，照样气场全开，曲线尽显。

她提前抵达了餐厅。这家餐厅的环境确实很好，小资装修风格，随处可见大盆的绿植和花草，桌椅都是黑色胡桃木，正中的舞台上还有乐队在唱歌。

餐厅虽然大但挺安静，每个卡座都被绿植架子隔断遮挡，私密性很强，头顶的灯光很别致。

初壹等了大概十分钟，门口就准时出现了乔安琛的身影。检察官先生明显是一下班就匆匆赶来的，照旧一身整齐的西装，大衣拎在手上，抬头张望的模样吸引了旁边好几桌人的视线。

乔安琛是个很守时的人，几乎精准到了分秒，大概是性格或职业使然，哪怕是随口的一句承诺他也会放在心上。

所以大多数时候，初壹对乔安琛是很放心的，因为他说出口的话就一定会做到。

然而很多事他根本就没有主动说出口的觉悟。

“这里——”初壹朝他招了招手，乔安琛的目光立刻转过来，和她撞上，他点了点头迈步走向她。

“你点好菜了吗？”乔安琛把大衣搁在椅背上，出声问道。

初壹摇了摇头：“没有，等你一起点。”

两人研究了一会儿菜单，最后还是初壹看着点评网站选了几个网友力推的菜。

等待上菜的过程中，初壹问他：“你今天怎么想起约我在外面吃饭了？”

“不是平安夜吗？”乔安琛倒了杯水，喝了口疑惑地问道。

“可你是个连情人节都不过的人。”初壹说。

乔安琛喝水的动作顿了顿，似乎有些感慨：“今时不比往日……”

初壹想起他昨天的表现，临睡前都没有什么反应，根本不像是要准备过平安夜的人。

她脑中突然闪过什么念头，怀疑地看着他：“是不是你的同事提醒你了？”

乔安琛表情一僵：“他随口提了一句……”

其实不是，靳然下班前特意跑过来提醒他今天是平安夜，不要再带人家出去吃湘菜了。

而乔安琛根本就不知道平安夜还要特意一起出去吃饭这件事情。

他听完沉吟了几秒，立刻给初壹发了信息。

初壹：“……”

她就知道。

以乔安琛的性格，他能想到过节专门和她到外面吃饭简直不亚于火星撞地球。

初壹也给自己倒了杯水，抿了口，压下心中翻滚的情绪，保持着微笑，语气得体地道：“那真得感谢你这个朋友，下次有机会我要当面谢谢他。”

菜上来了，卖相都还不错，动筷子前初壹莫名有些紧张，盯着乔安琛，有点儿害怕他会突然开口说“这道菜没炒熟”，又或者“味道有点儿难吃”，再比如“还不如去那家湘菜馆”。

那初壹真是想死的心都有了。

好在乔安琛尝了一口，拿着筷子点了点头，认真评价：“嗯……味道还行。”

初壹松了口气：“那就好。”

这顿饭总体来说还算不错，最后是乔安琛去结的账。他在收银台那里等待刷卡时，旁边还站了几位顾客。

初壹不过是低头看了眼手机的工夫，再抬头时就发现乔安琛身边多了个女人，正笑着不知道和他说些什么。

从她这个角度只能看到乔安琛的侧脸和背影，听不见他们说话。初壹等了会儿，两人似乎还在交谈，没有结束的迹象。

初壹转开注意力，开始收拾自己的包和东西。

突然，乔安琛在那头朝她招了招手。

初壹愣了愣，还是起身带上个人物品走了过去，顺手把乔安琛挂在椅背上的大衣也拿在了手里。

“怎么了？”她疑惑地看着乔安琛问，目光又掠过面前这个女人。

女人很成熟、美艳、妆容精致、打扮优雅，算是一个美人，但比起程栗还是差远了。

初壹心想。

她极力压住自己心头卑鄙的敌意，故意靠近了乔安琛一点儿。

却不防乔安琛一把把她拉入怀中，紧紧揽住她的肩膀，表情和语气很严肃：“这位就是我的妻子，我已经结婚了。小姐，请你自重。”

“好吧。”女人努了努嘴，有些失望，打量着初壹，好像很惋惜的样子。

“先生，你的妻子看起来和你并不般配。”她耸了耸肩膀说道，“你值得拥有更好的。”

“这似乎和你无关。”乔安琛的脸色彻底沉了下来，“况且我觉得我的妻子比你优秀一百倍，至少她不会在外面随便看到一个男人就上去要联系方式，在对方表示已婚的情况下还纠缠不休。

“我觉得你在评价一个人之前，应该先检讨一下自己。”

乔安琛说完，怒气似乎消散了几分，揽着初壹往外走去，并不去看那个女人已经气到扭曲的脸。

初壹已经呆住了。

她觉得她的这段婚姻还可以抢救一下！

这晚乔安琛发现初壹心情好像特别好，回家的路上她温柔得有些不可思议，眼睛总是弯弯的，像是盛着一汪碎星星。

临睡前她更是挪过来抱着他的手臂，突然变得有点儿黏人。

乔安琛思考了一下，发现两人好像很久都没有过夫妻生活了。

他伸手过去把初壹的头发别到耳后，掌心托着她的侧脸，大拇指的指腹刮了刮底下柔腻的肌肤。

“怎么了？”初壹目不转睛地盯着乔安琛突然变得深情起来的面容，莫名紧张得想咽口水。

“你是不是……”他一副欲言又止的样子。

“嗯？”

乔安琛顿了顿，直接用行动代替了问答，俯身亲住了她。

初壹先是一愣，随后眉头微皱，片刻后又舒展开来。

她大概能猜到乔安琛的心路历程了。

他应该是突然对她的热情有些无措，左思右想，最后找出这么一条理由。

因为许久没有夫妻生活所以她热情暗示。

“……”

初壹也不解释什么了，默默配合着乔安琛的动作，就像是一个在背后包容着无知丈夫的伟大妻子。

圣诞节过后，岚城下了一场不大不小的雪，踩上去会有薄薄的脚印，触目所及的世界染上了一层微白之色。

寒冷阻挡了初壹出门的步伐，她就像是一只冬眠的小动物，每日给自己煮上一杯热腾腾的奶茶，窝在家里画稿。

乔安琛偶尔会好奇，那种甜丝丝、带着一丁点儿茶香、充斥着浓郁奶味的东西这么好喝？

有一次初壹煮好奶茶给他分享了一点儿，乔安琛拿着她的杯子抿了口，先是皱起眉头，随后舒展开来："没有想象中那么难喝。"

"比你的咖啡好喝吧？"初壹护短似的维护着奶茶党的尊严。

乔安琛认真思考了一下，摇摇头回答："不，我觉得还是咖啡更棒一点儿。"

"哼。"初壹把他手里属于自己的奶茶瓷杯抢了回来。

乔安琛惊异了两秒，觉得她实在是太小气了。

他不过是才喝了一口她的奶茶而已。

圣诞节之后没多久就是元旦，前几年初壹都是和程栗一起跨年的，还有一群其他的朋友。

但是今年不一样了，她变成了一个已婚人士。

鉴于乔先生以往的表现，初壹不敢对他有任何期待，而是提前几天就开始问他元旦的计划了。

当然，他是毫无计划的。

初壹躺在床上，和他肩并着肩，掰着手指头数着："通常我和程栗会去星世纪广场那里跟大家一起倒计时跨年，也去过绿水洲看烟花，或者开个酒店顶楼包房，和朋友一起玩个通宵，当然，"初壹话锋一转道，"这些都是程栗安排的，她比较喜欢热闹，我是偏向于安静人少一点儿的活动，不过跨年也总要一点点仪式感，毕竟是新的一年了。"

她仰起头睁大眼看着乔安琛，满脸都是故作的期待之色："你觉得呢？"

乔安琛放下手里的 kindle，思索片刻后目光转到她的脸上："嗯，你说得也是。那你更倾向于用哪种方式跨年？"

"你以前是怎么过的？"初壹突然想问。

乔安琛怔了怔，须臾缓缓地道："不是在加班就是一个人在家随便吃点儿东西，没怎么过。"

他是根本没过过吧。

初壹觉得在意料之中又有些感慨。

算了。

她伸手拍了拍乔安琛的肩膀，语气很温柔地道：“那我们到时候就去星世纪广场吧，第一次跨年的人去那边比较能感受到气氛。”

乔安琛心中涌起一阵怪异的感觉，总觉得自己似乎收到了一种来自长辈的关爱。

元旦那天很冷，可大家的心都是热的，星世纪广场人头攒动，一如既往地热闹，对面不远处的星子大厦依旧巍峨屹立，如同一颗子弹头冲入云霄。

这座楼是岚城的地标性建筑，夜里会亮起各色灯光，像是一座美丽的灯塔。

每逢重大节日，大厦外围还可以变幻出各种字体，更是每一家追星粉丝的必争之地，曾屡次传出某某某的粉丝又斥巨资包下了星子大厦一整晚，为他们的“爱豆”亮起独一无二的告白宣言。

此时天色已经全黑，夜空中的星子大厦在展示着绚丽的灯光秀，广场聚集着很多人，都在仰头看着灯光秀。

距离跨年还有一个小时。

初壹和乔安琛都穿得很多，大衣棉服、围巾帽子，饶是这样，她和乔安琛走在一起时，总有人会被他的气质吸引，不自觉地投来目光。

乔安琛人高腿长，今天罕见地没有穿西装，黑色工装羽绒服内搭的是毛衣和衬衫，羽绒服的帽子很大，上头有细软浓密的毛，他的下巴埋在灰色羊毛围巾里，眉眼俊气，眸中带了点儿不苟言笑的禁欲气息。

他仿佛是哪部韩剧里走出来的偶像明星，再加上旁边还牵了个小个子的女生，两人情侣档的搭配更是让人忍不住多看几眼。

“冷吗？”乔安琛站在台阶上问她，初壹摇了摇头。

两人刚从餐厅出来，里头暖气充足，她一时半会儿还没感受到外面的寒冷。

星子大厦旁边有许多景点和特色商铺，时间还早，大家都在附近闲逛着。

初壹被乔安琛拉着手放在他的羽绒服口袋里，两人难得有这种放松下来的闲暇时光，肩并着肩一起消磨着时间。

穿梭在灯光通明的大街上，周围都是陌生的人潮，初壹随便逛着，途经一家书店时，两人的活动中止了。

乔安琛一头扎进去出不来了。

临近跨年的钟声响起时，隐约传来烟花炸开的砰砰声，外头开始躁动，初壹用力把乔安琛拖出书店时，他手里已经提了一整袋子的书。

广场上的人比起之前起码多了一倍，两人艰难地找了个视野不错的观景点，头顶已经是一片流光溢彩的烟火。

这场烟花和灯光秀持续了十多分钟，最后星子大厦正中的位置出现了巨大而醒目的数字。

在所有人的欢呼中，耳边传来热烈而一致的倒计时声，同眼前切换的数字一样，时间在慢慢地往前走，旧的一年即将过去，新的生活即将到来。

“10、9、8……”

“3、2、1——”

随着最后一个数字落下，周围的人纷纷尖叫欢呼。

“新年快乐！”

喧闹的人群中，朋友相互拥抱，情侣在绚烂的夜空下亲吻，互相喜欢的人相视一笑。

巧的是，初壹左右两边各是一对情侣，年轻幸福的两张脸庞靠在一起，毫不顾忌地吻上对方的唇。

初壹抬头看着乔安琛，恰逢他低下眸来，两人四目相对，在彼此的眼中看到了盛开的烟花。

初壹后知后觉地发现，除了在床上，乔安琛好像从来没有亲过她。

“乔安琛……”她轻声说，话语夹杂在一阵砰砰声中虚幻得有些不真实，“你能亲我一下吗？”

乔安琛脸上闪过一丝错愕之色，他是极其传统的人，觉得这些亲密的事情就应该放在家里去做，或许在准备做某种事情的时候用来烘托气氛。

他不自然地看向周围，目光游离了几秒后又回到初壹的脸上。他对上她认真而专注的眼神，脑中那些慌乱纷杂的念头瞬间都没有了。

似乎什么都不重要了，他只是很简单地想亲亲她而已。

乔安琛低下头，嘴唇碰到了她的唇，和往常一样柔软温热，带着一点点水果香。

他仿佛受蛊惑般咬上了她的唇瓣，轻轻含了一口。

两人相拥的手臂渐渐收紧，身体贴得越来越近，初壹整个人都被揉进了他的怀里。

她仰着头，脖子渐渐发酸，烟火还在继续，吸引了所有人的注意，让他们有种不管不顾的心安感，像是这样就不会有人注意到他们。

夜风很凉，吹起乔安琛的额发，血液中滚烫的热度也慢慢降温，他平复着呼吸，抱着怀里的人的手臂又紧了几分。

“你的心跳得很快。”初壹将脸埋在他的胸前，声音闷闷地传来。

乔安琛未动，看着前方回答：“是。”

他又垂眸看着初壹的头顶：“我觉得在外面很不一样。”

“你不好意思吗？”初壹从他胸前抬起头来，眼睛水汪汪的，嘴唇红红的，是那种不涂任何东西、完全被滋润过后的自然红色，很诱人，很暧昧。

乔安琛的眸色加深了一点儿，声音沙沙的，显得低沉动听：“嗯，我们下次还是回去好了，在家里做这些事情。”

初壹皱起眉头，脸上露出困惑之色：“你不喜欢吗？”

“嗯。”乔安琛不假思索地点头。再来几次，估计他就当场自燃了。

初壹有些失望，但很快又恢复了，毕竟对她来说，今晚已经是一个可以存进美好记忆部分的难忘夜晚了。

她很满足。

跨年夜过后，两人每天的生活依然没有任何改变，乔安琛依旧早出晚归，日子平淡无波，简单得像是白开水，寡淡而无味。

饭桌上，初壹和乔安琛就未来几天的菜单聊了两句，说完也无别的话了，各自上床休息。

她最近追了一部日本漫画，男、女主角的互动十分有爱，很萌很甜。她看到精彩部分总会捂着唇在被窝里笑着打滚儿。乔安琛这时会移开注意力，莫名地打量她一眼，就又收回视线。

初壹对他的工作涉及的那些专业知识都不懂，曾经跟着他看过几页书，每个字她都认识，但组合在一起她就不知道是什么意思了。

她盯了许久，终于放弃挣扎，抱着自己的手机沉迷在肤浅的俗世诱惑中了。

两人躺在一起完全沉浸在两个不同的精神世界里，互不相干，时间如同之前的每一个夜晚那样悄然过去。

似乎没有波澜的日子过得总是很快，小年的时候，外地的同学和朋友纷纷回来了。

朱自清在《冬天》中说过这么一句话，后来被网友广为流传。

——“从此故乡只有冬夏，再无春秋。”

这句话也被初壹身边的同学们用来自嘲。

岚城是一座很安逸的小城市，没有现代化的支柱产业，也没有很大的发展空间，相比一线大城市可谓天上地下。

每年的应届毕业生几乎都在一腔孤勇地往繁华的大都市奔跑着，有些扎根立足，有些还在毫无安全感地漂泊，只有每年冬季时才有机会回家看望一下自己的故乡。

刚开始初壹他们每年都会组织同学聚会，可随着毕业的时间越来越长，有些东西也悄无声息地淡了，到后来大家总是叫着要组织，却一次都没有成功过。

临近春节，死寂了一整年的同学群又活跃起来，今年大概是反省了一下，决定不拖泥带水，班长和几个积极分子在群里快刀斩乱麻地敲定了同学聚会的时间，能来的人来，不来的拉倒，不再像去年那样迁就这个迁就那个，最后一事无成。

很奇怪的是，这样一来大家反而出席得很整齐，缺席的人比起往年要少。

同学聚会原本是可以带家属的，但是由于近两年成家的人太多，基本都快变成家庭联谊了，班长顺应民意，出了一条规定：今年不能带家属。

初壹看到这条规定时还松了口气，这样就不用被人追问——

“啊，你老公怎么没有陪你来呀？”

初壹可不想把一场快乐的同学聚会变成一件悲伤的事情。

以乔安琛的性子，他在她的同学聚会上大概坐不了两分钟就会提出要离开了吧。

大家两三年没有见面了，身边的同学也都已经大变样，记忆里很潇洒独立的女生突然成了孩子的母亲，说着自己永远不想长大的小女孩儿也已经结婚了，一一细数下来，似乎只有程栗还保持着单身贵族的身份了。

幸好她今天没在场，不然一定会成为话题中心。

程栗在这新年之际，陪着她男朋友去日本出差了，两人简直片刻不分离，看得初壹又妒又恨。

刚好提到这里，大家纷纷说起了和老公一起旅行的事情，回忆着自己蜜月去了哪里，每年约好一起去几个地方。

“我和我老公当初去的是马尔代夫，当时刚毕业嘛，没什么钱，就在网上找了蜜月旅行必去之地，随随便便就走了。”

“我们去的是日本，因为我一直梦想着去日本看樱花，然后一边泡温泉一边喝清酒，后来他就陪我去了。”另一位女同学满脸甜蜜地说。

“你们都好浪漫哦，我们去的泰国。”旁边的女同学忍不住翻白眼了，“结果在看人妖表演的时候我老公还被拉上台一起跳舞，衣服都差点儿被脱光了，简直丢死人了。”

“哈哈哈哈哈——”其他人纷纷笑得前俯后仰，笑完突然想起什么，看向了从话题开始就一直保持沉默的初壹。

“哎，初壹，你和你家那位蜜月去了哪里？快、快、快，和我们说说！检察官的浪漫是不是与众不同？”

初壹面如土色，紧闭双唇。

有人见她脸色不对，对视两眼，准备换个话题。

初壹慢慢开口：“我们还没度过蜜月……他一直工作忙，没有假期。”

“啊，哈哈哈……这样啊，可以理解嘛，检察官是为人民服务。”两旁的同学尬笑，有人甚至夸张到拍大腿，身子前俯后仰。初壹又默默地端起桌上的杯子喝了口水。

旁边的同学笑完，犹豫几秒后还是忍不住小心地问：“那你们……就没有一起出去旅游过？”

初壹：“嗯。”

话都挑明了，气氛也轻松了一些，再说初壹一直不是一个玻璃心女孩儿，大家就畅所欲言了。

“不是，人家网上不都说在和一个人走入婚姻之前，得先去旅游一次吗？这样才知道彼此合不合适。”去泰国的那位女同学直接就开口了，她向来大大咧咧，丝毫不遮掩。

“况且你们还是相亲认识的。”她皱起眉头，好奇地问道，“初壹，你婚后的生活还好吗？”

初壹：“就……还行，没什么太大的起伏。”

“那就好。”女同学明显松了口气，一副生怕她被骗的模样。

“只要人好就行了，其他的都是虚的。”

“嗯嗯。”初壹受教般点头。

大家七嘴八舌地问起她的婚姻生活来，初壹简单描述了一下，也不知道为什么越说越心酸，说到最后竟然控制不住地难过起来。

“啊，那他也太过分了吧！”

“对呀，一点儿生活情趣都没有，和这样的男人生活真的需要点儿心理承受能力。”

“别说其他的了，我老公今年都特意请假带我出去旅游两次了。男人只有做不做，没有想不想，他不做肯定就是对你没上心。”

“对的，就是这样子的。”

“初壹，你回去好好和他谈谈吧！”

公交车上，初壹靠在窗户边发呆，脑中全是之前同学聚会时大家的话语，句句在理，字字凌厉，像是一道道鞭子把她这个装睡的人叫醒。

初壹闷不吭声地耷拉着脑袋，在公交车一停一顿的节奏中，长长地叹了一口气。

初壹拿出钥匙打开门，有气无力地放下包，换上鞋子。屋里亮着灯，乔安琛已经回来了。

她走进卧室，没有说话，默默地抱了睡衣去洗漱。

乔安琛从书里抬起头，疑惑地打量了她一眼，初壹的背影消失在浴室门后。

初壹这晚早早就睡了，裹着被子背对着乔安琛，闭着眼，脑中被刻意放空。

她很清楚地知道，即使和乔安琛谈得再多也是于事无补的，因为即便他最后愿意为了她而改变，那也是她强求来的结果，并不是他真正想要做的事情。

就像他陪她去逛街、看电影、去绿水洲看烟花一样，结果总是令人难过。

初壹最后还是像鸵鸟一样把头深深埋进了沙子里。

第二天初壹睡了一觉后情绪平复很多，晚上吃饭时心平气和地跟乔安琛说道："对了，我们昨天同学聚会时都在说旅行的事情，我们什么时候一起出去玩一下啊？"她一边吃着饭，一边像是假装不经意地提起，"我们一直没有蜜月旅行呢。"

乔安琛动作一顿，想了一下问道："你很想去吗？"

初壹："……"她想他已经懂了。

她垂下眼道："也没有说想不想的，就是大家都去了，所以……"初壹的神色有点儿失落，"而且我也挺想和你一起出去玩的，毕竟从来没有去过。"

乔安琛吃饭的动作停住了，他认真思索过后，询问道："如果我有假期的话，我们找时间出去可以吗？"

"嗯。"初壹也不抱希望了，低头戳着碗里的米饭，也没有继续吃下去的胃口了。

春节前夕乔安琛就开始放假了，两人昨天过来他父母家吃饭，原本想吃完就回去的，但田婉说把他们的床铺都收拾好了。

结果夜里突然下了一场冬雪，雪下得很大，地面、树木、车辆都盖上了一层雪白的积雪，初壹早上起来推开窗，被外头寒冷的凉气吓得立即又关上了窗。

回程计划被耽搁，开不了车，走路的话得二十分钟，吃过早餐，初壹便无聊地在屋子里玩手机，乔安琛蹲在柜子前摆弄着一个不知道从哪里翻出来的旧 CD 机。

两人就这样待在房间里做着各自的事情，一上午很快被消磨过去。

临近傍晚时，初壹突然接到物业的电话，说他们家的窗户没有关紧，大雪天很容易弄湿房子。

初壹艰难地回忆了一下，好像是前段时间她嫌暖气太热，所以把家里的窗户都打开通风，昨天过来时原本没有住宿的准备，所以没有关上，谁知道突然下雪了。

乔安琛在旁边也听到电话内容了，把地上零碎的配件整理了一下，随口说道："那我们吃完晚饭就回去吧。"

"可是，估计开不了车……"初壹说。主干道部分大概被清理出来了，可是她先前看小区前面的道路都还结着冰。

"没关系，我们就当散步回去。"乔安琛已经准备去洗手，打开门出去，不一会儿声音又遥遥地从客厅传来，"初壹，吃饭了。"

"哦——"初壹应道，连忙起身。

今天的菜依旧是极为丰富的，初壹感觉好像自己每次过来都像是被投喂，和乔安琛一起接受来自父母的爱。

乔父和田婉的口味几乎一致，两人吃得都很清淡，连同乔安琛都养成了口味清淡的习惯。初壹是什么都可以吃的，虽然偏爱辣一点儿的东西，但很低调，从来没主动提起过。

毕竟田婉的手艺这么好，一道上汤娃娃菜能让人连汤都想喝了，初壹每次也吃得极为满足。

但今天有些不一样，桌上难得有一道辣子鸡，这属于川菜菜系，平时在乔家饭桌上是很难见到的。

田婉解释："最近隔壁来了个新媳妇，每天炒菜那叫一个香哟，我也就去学了一手。"

"你尝尝。"乔安琛突然给初壹夹了一筷子，倒引得乔父和田婉纷纷投来惊讶的目光，毕竟主动给人夹菜这种事情，放在乔安琛身上是很罕见了。

"啊好，谢谢。"初壹大概想到了原因，她喜欢吃辣这件事乔安琛是知道的。

她低头咬了口鸡肉，平心而论，味道不比她在正宗川菜馆吃到的差。

"很好吃。"初壹点了下头夸赞道。田婉喜笑颜开地正准备说什么，就看到乔安琛拿起那盘菜放在她一个人面前。

"那你多吃点儿。"

几个人都目光炯炯地注视着他，乔安琛解释道："初壹喜欢吃辣。"

"啊，这样啊，一崽你怎么不说呢？来了这么多次我也没给你做过什么辣菜。"田婉连忙开口。

初壹摆了摆手："没有，妈妈，我的口味很杂，你平时做的菜我也特别爱吃，不一定非要吃辣的。"

"好吧。"田婉看了眼乔安琛打趣道，"还是你们夫妻俩彼此比较了解对方。"

初壹愣了一下，心里突然涌起一种怪异的感觉。

大概是原本觉得毫无意义的生活和时间，在某个节点她突然回头一看，发现潜移默化中很多东西已经改变了。

就像她和乔安琛，明明也没做什么特别的事情，但两人依然日渐亲密，逐渐变得更加了解对方，性格、习性都不知不觉地发生改变，一点点变得契合。

吃完饭发现雪消融了一点儿，天色微暗，积雪微微反着光，显露出一种奇异的亮度。

路面被踩出了一条厚冰小径，沾着黄褐色的泥水痕迹，初壹拉着乔安琛，两人慢慢地走路回家。

傍晚的空气没有那么冷冽，加上刚吃饱身体很暖，走在雪中就当是饭后消食，顺便还可以欣赏一下岚城的雪景，初壹是这样安慰自己的。

冬天的云层厚重，太阳藏进了深处，夜色一上来，天空就变得灰蒙蒙的，路边的灯打出昏黄的光。

周围安静得听不见一丝声音，冬夜雪后，大家都窝在温暖的房子里不愿出门，初壹只听见她和乔安琛咯吱、咯吱的脚步声。

她穿的是一双小靴子，美则美矣，却一点儿都不实用，只适合大冬天坐在车里和室内穿，一出来没走几步就感觉双足冰凉。

初壹刚开始还可以忍耐，路程过半时，两只脚就像是被冻住了一般，刺骨的寒意中带着疼痛感，脚步不由得放慢。

“怎么了？”乔安琛明显察觉到了，回头问她，目光看向她的脚下，“累了吗？”

“没有。”初壹有些难受地皱眉，“就是脚好冰，感觉进水了。”

“我看看。”乔安琛扶着她的手，弯下腰脱掉了初壹的鞋子，那一层包裹着脚的黑色棉袜上渗着明显的水迹，湿了一大片。

“估计是进了雪水。”乔安琛想了想，把她脚上的袜子脱掉，从口袋里拿出纸巾小心包裹住她的脚。

“没多远路了，你忍一下，我背你回去。”

“啊……”初壹扶着乔安琛的肩膀，看着他蹲在她面前，细心地用纸巾把她的脚包好再放进鞋内，然后转过身露出宽阔的背。

“上来。”

“好吧。”初壹迟疑着，慢吞吞地伏了上去，刚伸手圈住他的脖子，下一秒整个人就腾空而起。

乔安琛一步步往前走着，步伐很稳，如同他的人一样。他没说话，微抿紧了嘴角，侧脸平静冷俊，在这寂寂的雪夜中，像是唯一存在的光。

初壹靠在乔安琛的背上，感觉时间过得非常快，还没来得及很认真地感受，就已经到家门口了。

“快去洗个澡。”乔安琛把她放下来之后说道。

初壹点了点头，低头换鞋。

脚还是冰的，却很干净，没有湿湿黏黏的触感。

她把纸巾拿下来，看着乔安琛脱掉外套挂在衣帽架上，毛衣勾勒出他的背影，显得笔挺而修长。

脑中不由自主地浮现方才的画面，初壹抿了下唇，还是忍不住轻轻弯起嘴角。

洗完澡后整个人宛如新生，初壹擦着头发往外走着，看到家里的窗户都已经被关好。

乔安琛在厨房煮东西，空气中飘荡着生姜的味道。

“把头发吹干，不要感冒了。”他听到动静回头看了一眼，初壹回了好，到茶几底下翻出吹风机，坐在沙发上吹头发。

她刚将头发吹得半干，乔安琛就端着碗黑乎乎的东西过来了，初壹看着有些发怵。

“妈刚才打电话过来问我们到没到家，我顺口提了句你的鞋子湿了，她让我帮你煮姜汤。”乔安琛有些不自在地道，“虽然卖相有点儿差，但我刚才尝了口，味道还可以。”

“好吧……”初壹勉强接过姜汤，低头试探地抿了抿，甜甜的，有点儿辣。

她一仰头，大口将姜汤喝完了。

“好了。”如同完成了某项任务，初壹如释重负地把碗递给乔安琛。他没说话，接过碗转身拿去了厨房。

初壹继续吹着头发，不一会儿又见乔安琛端着一盆热水过来。

“你今晚泡个脚吧。”

那个盆被放在她脚下，散发着缕缕热气，初壹的视线似乎被弄得有些朦胧。

“这也是妈说的？”

“不是。”乔安琛顿了下说，“我被冻过之后都会泡个热水脚。这样会比较舒服。”

初壹垂眸盯着面前这盆热水，须臾伸出脚轻轻碰了碰，很烫，热度似乎透过皮肤从脚底钻进了身体里。

“好吧。”她轻声说道，小心地一点点把脚放进去，直至脚完全浸泡在热水中，暖意袭来。

“那你泡完自己收拾一下，我先去洗澡了。”乔安琛如是说。

初壹抬起头点了点：“好，你快去吧。”

乔安琛出来时，初壹都已经全部弄完躺在床上了，她翻着手里的平板电脑，见到他立刻招了招手。

“你觉得我去报个业余兴趣班怎么样？”初壹滑动着页面给他展示着，“有甜点、烹饪、插花，还有瑜伽……”

乔安琛认真地看了两眼，给她提意见：“我觉得瑜伽和烹饪可以，你整天待在家里需要一点儿运动量。”至于烹饪，那就是他的一点儿私心了……

初壹了然于心地睨向他：“你是嫌弃我做菜难吃吗？”

乔安琛：“没有。”他极快地否认，神色无比真诚，“我是说如果你有这个行程的话，可以顺便去学一下，毕竟学无止境，多学点儿东西提升自己总是好的。”

他的语气听不出任何问题，但乔安琛没有发现自己的话实在多了点儿，就像是一个欲盖弥彰的人在拼命地找理由解释。

初壹受教般点了点头。

“你说得对。”她顿了下，假装没看到乔安琛暗暗松了口气的表情，又说，“所以我去报个甜点班吧。”

乔安琛：行吧。天下厨房是一家，甜点就甜点，偶尔换换口味尝尝也好。

他站在边上弯腰抖了抖被子，爬上床，郑重地看向初壹：“只要你自己喜欢就好了。”

“不过……”拿书的动作一顿，他似想起什么，“你怎么突然想到去报学习班了，在家太无聊了吗？”

“对呀。”初壹在查看课程详情，目光未从平板电脑上移开，漫不经心地说道，“你每天上班有时还会加班整日不见人，我得找点儿其他事情做，好转移一下注意力。”

转移注意力？

乔安琛觉得似乎哪里不对，但想了想，还是点头说道：“也好，你多出去走走，总比一直闷在家里好。”

初壹滑动页面的手指顿了顿，她还是面不改色，只是没再搭理他了。

没过两天初壹就接到了学习班的电话，邀请她去体验课程，地方离得不远，但还是要坐车，刚好乔安琛放假在家。

“我送你过去吧。”他很自觉地站起身，准备出门。

初壹发现乔安琛身上有个特质。

他在男女之情方面就像是一张白纸，没有一丝觉悟，甚至自带屏蔽功能，简单迟钝得可怕，但整个人品行又很好，会关怀女性，给予尊重，在力所能及的事情上很有绅士风度。如果不谈感情单说作为一个丈夫的标准的话，可以说他是非常合格了。

两人到了学习班的地方，是市中心附近的一栋独栋大楼，周围环境不错，安静清雅，进去之后里头装修得很像校园风格。

这一栋楼都是学习班，分别开设了不同的课程，一路上两人碰到的学员也很多。

初壹在甜点教室参观过后，当场就交了学费。

时间还早，刚才看了一圈草莓慕斯、抹茶蛋糕、杧果班戟……初壹现在有些控制不住自己的食欲。

“我们去立方城那家甜品店买点儿吃的吧！”初壹仰头朝乔安琛说道。

乔安琛没有意见：“好，那我去开车。”

立方城就在这附近，不过十几分钟车程便到了，里面藏着一家叫“遇见”的甜品店，初壹常来，店里生意不错，假期时人气更是旺盛。

点单那里排了几个人，初壹自然是毫不犹豫地选择草莓舒芙蕾。乔安琛盯着上面的图片思考，直到轮到他们点单都没定下来。

“那就和我一样的吧。”初壹快刀斩乱麻，直接对服务生说：“两份草莓舒芙蕾，哦不，另一份改成抹茶的吧。”

这家店的抹茶比草莓的甜味要淡一点儿，考虑到乔安琛直男的味蕾，初壹很贴心地为他换了口味。

她点完单，回身看着店内，此刻人不算多，角落还有几张空桌子。

“我们去那里吃。”初壹指了指选定的位置，乔安琛点头答应。

两人端着盘子找到位置坐下，初壹拿着叉子直咽口水，立刻迫不及待地动手。

软绵绵的舒芙蕾加上一整颗大草莓，初壹吃到嘴里心都要甜化了。乔安琛看着她闭着眼满脸幸福的表情，有些难以想象。

他拆开手旁的叉子吃了一口。

说真的，他实在搞不懂这种甜腻腻又黏糊糊的东西哪里好吃。

初壹还充满期待地看着他：“怎么样？好吃吗？”

乔安琛：“想喝水。”

“……”初壹不说话了。

和乔安琛做了半年夫妻，很多时候他的一个表情、一句简单的话，初壹就已经能明白那背后的意义了。

她及时止损，不再自取其辱。

两人沉默地吃着……不，应该是初壹一个人默默地吃着面前的舒芙蕾，乔安琛百无聊赖地等待着，目光不经意地环顾店内的情况。

旁边不知何时坐了一对学生，看不出具体年龄，但羽绒服外套里面是蓝色校服，面容干净稚嫩，彼此笑得很开心。

“猪猪，我想试试你的。”女生甜甜地说。

男孩儿宠溺地一笑，用自己的叉子给她挖了一口甜点递到她唇边：“哪——”

“嗯，好甜！”女孩儿眼里露出惊喜之色，也挖了勺自己面前的蛋糕递了过去，“给你也尝尝我的。”

“比我的甜。”男孩儿尝完后说。

“真的吗？”女孩儿脸上染了红晕，不掩喜悦之色。

男生放软了声音道：“嗯，因为是你喂我的，所以里面多了双倍的糖。”

乔安琛：“……”

他情不自禁地皱起了眉头。初壹见他目光顿在那边，顺着他的视线望过去，恰好也把那一幕尽收眼底，了然道：“你看吧，现在这个时代，人家小孩儿谈起恋爱来丝毫不比大人差。”

“有些大人甚至还比不上他们。”初壹意有所指、指桑骂槐。

“不像话。”乔安琛的眉头丝毫没有松开，他吐出了这么一句话。

初壹差点儿怀疑自己的耳朵：“什么？”

乔安琛满脸严肃地转过头来，很认真地道：“如果是我儿子，我早就打死他了。”

“……”不，初壹不想她以后的儿子有这样的爸爸。

念头刚起，她陡然激灵了一下。

大概是两人之间第一次产生这样的联想，生孩子这种一直以为遥不可及的事情似乎也变成了一种顺理成章的事，她有些后怕地盯着乔安琛，幸好他似乎只是随口一说。

回去的路上初壹格外沉默。她想旁敲侧击一下，但又怕提起这个话题。见乔安琛好像完全把之前那件事情放在了脑后，初壹也慢慢释然了。

走一步算一步，他们现在讨论这件事还早。

这个春节是要去乔安琛家里过的，初壹记忆里第一次没和自己的爸妈一起过年，这让她清晰地意识到，她是真的组建了一个新的家庭，不再是以前那个承欢父母膝下的孩子了。

乔安琛这边的亲戚很多，大年三十虽然只有他们自家人在一起吃年夜饭，看春晚守岁，但初一那天就在外头的酒店订了房间，一大家子人一起聚餐。

初壹被带着叫了一堆叔叔、伯伯、阿姨、婶婶，里面还有两个小孩儿，长得虎头虎脑的，十分活泼。

初壹一直很有孩子缘，可能是长相可爱、脾气好，小孩子的感觉总是很敏锐，知道哪些大人是好相处的、哪些大人是比较可怕的。

吃饭时，旁边那个小孩子老爱缠着初壹说话，一口一个小婶婶，叫得十分甜。席间他妈妈就忍不住打趣了：“巍巍喜不喜欢小婶婶呀？”

“喜欢！”小孩儿奶声奶气地说。

“这里这么多人，你为什么只喜欢小婶婶啊？”他妈妈再接再厉地问。

小孩儿蒙了蒙，又很快回答：“小婶婶漂亮……”他脑子里没有太多词汇，但知道漂亮是夸人的。

众人哄笑，其中有人意味深长地看着田婉，忍不住开玩笑道：“婉婉，我们安琛也该快了吧，结婚都大半年了。”

气氛顿时变得奇怪起来，初壹喝水的动作都僵住了，她有些无措，惊恐地睁大眼睛，不自觉地咽了口口水，耳边似乎清晰地听到了咕咚一声。

众人安静了一瞬，还是乔安琛无比简洁地回答：“还早。”

“对呀，他们年轻人的事情我们老人家都插不上手，现在的年轻人都有自己的想法和计划。”田婉打圆场，起身给对面的叔叔辈倒了杯茶水。

“我们过好自己的日子就好了。”她笑着自嘲，语气里又带着调侃，其他人纷纷附和，七嘴八舌地议论开来。

“是，现在都是这样的。”

“我家那个不也是，说什么两年之内都不想要小孩儿。”

“现在不比以前了，不结婚的人都一大把嘞。”

“社会开放了啊。”

话题从他们身上移开，初壹松了口气，偷偷看了眼乔安琛。他依旧面色未变地吃着饭，表情看不出任何异样。

饭局结束后也没人再提起这件事情，初壹也从一开始的慌乱里平复了下来。她已经想好了，如果真的再被问起，就说自己还没做好准备。

好在之后几天她都过得很平静。

春节过去没多久，乔安琛开始收假上班。初壹现在每天除了画稿还抽空出去上课，偶尔还得早点儿赶回来做晚餐，每天的时间被安排得满满当当的。

正如她所料，这样一来，她也完全没了心思去注意乔安琛。

哪怕一天见不到他的人，初壹都没太大感觉了。

她最近迷上了做甜品，每天课程结束回来都会买食材自己重新做一遍，从准备的过程到成品出来都是让人充满幸福感的。

她一天中最满足的时刻，就是在阳光充沛的午后准备一杯花茶，在阳台上吹着微风，吃自己刚做好的甜点。

初壹很有仪式感地把每一个步骤都用相机记录了下来，再编辑一下文字，就可以成为一个完整教程了。

她忍不住把这些东西发到了自己的微博上。她的微博名字就叫作初一十五，也是她的笔名。

微博认证那里写的是漫画作家，后面还跟了一排代表作，粉丝数目那栏是三十多万。

初壹第一次做的是抹茶千层蛋糕，过程很简单，提前准备好面粉，依次加入牛奶、鸡蛋、抹茶粉等材料，搅拌均匀过筛后放入冰箱冷冻一小时，再把平底锅刷油，倒上面糊摊开煎成薄薄的面皮。

加了抹茶粉的面糊制作出来的面皮也是嫩绿色的，十分清新好看，最后抹上鲜奶油，一层层叠加起来，撒上抹茶粉切成小三角形状，嫩绿的面皮里面夹着层层奶油，像是山间清晨的梯田般漂亮。

颜值和美味并存的一道甜品，初壹仅仅是看到它摆在自己面前便控制不住地想咽口水，更别说这道堪称完美的甜品还是出自她手了。

初壹的成就感快要爆棚到炸裂了。

她一边吃着抹茶千层蛋糕一边编辑图片上传微博，配文却和她此刻飞扬的状态不同，十分正经的学术。

“今日推荐:《抹茶千层蛋糕》——不甜不腻，带着淡淡的茶香，适合在午后时光慢慢品尝。”

这不是初壹第一次在微博上发美食，却是第一次自己做的，里头详细的教程照片让粉丝纷纷感慨原来自家大大还这样心灵手巧!

初壹美滋滋地吃着蛋糕看着底下的评论猛吹“彩虹屁”，心情比这抹茶千层蛋糕还要甜上三分。

这段时间乔安琛又忙了起来，刚收假事情格外多，都堆积在一起，每天没日没夜地加班。

初壹时常有种感觉，他们的假期只不过是把工作暂时放一放，等收假了该还的债一个也不少，全部用另外的休息时间补上，名曰放假，其实不过是一种软性加班手段。

有时候看到乔安琛回到家满脸倦色的模样，初壹也会莫名有点儿心疼，在网上找了几个温补食谱，隔三岔五地给他炖点儿汤。

虽然她也不知道有没有用，但聊胜于无。

这天上午初壹睡过头了，去上课时匆匆忙忙的，出门很急忘了带钥匙。

昨晚乔安琛回来得很晚，初壹都睡得迷迷糊糊的了。但大概是两人许久没有过亲密行为，因为乔安琛这段日子以来连睡眠时间都是挤压出来的，初壹还是被他抱在了怀里。

他亲她的时候初壹还躲了躲，嘟囔着太晚了，乔安琛在她的脖子上含了一口，声音含混地道："没事……"

最后初壹还是半推半就地答应了，两人却折腾得很晚，可能真的是素太久了，乔安琛迟迟不结束。初壹感觉脑子一片空白，后来连澡也没洗，眼睛一闭就陷入了昏睡中。

初壹醒来时还在想，乔安琛是怎么做到和往常一样准时起床去上班的，真是拥有非人一般的自制力。

三月初的岚城天气依旧寒冷，但好在天气不错，春日里阳光温暖明亮，照在人身上暖洋洋的。

初壹下了课就打车去检察院。乔安琛今天照常加班，要很晚才能回家，初壹只能到这边来拿钥匙。

说起来这还是她第一次到本市的检察院，之前坐车路过时遥遥看过几眼，庄重威严的建筑一下便让人不自觉地敛起心神，肃然起敬。

出租车停在大门不远处的马路上，初壹付钱给司机时人家忍不住多问了一句："妹子，你到这种地方来干啥呢？"一般他很少接到这边的单，偶尔接到大多也没什么好事。

他看着面前漂亮可爱的小姑娘，眼里不由得带上了几分同情之色。

"啊，我……"初壹不知道为什么就是说不出"老公"两个字，一下卡壳了，思绪转了几转，才找到一个合适的替代称呼，"我先生在这边工作。"初壹说完如释重负。

司机露出恍然大悟的表情，连连点头："这样啊，那挺好的。"

初壹礼貌地对他笑了下，打开车门下车。

背后的出租车很快开走了，初壹一边往检察院走去，一边默默思索着。

结婚以来她好像从来没有叫过乔安琛老公之类的称呼，两人都是直呼名字，就连在外面和其他人面前，初壹也是这样叫他的。

平时同学、朋友开玩笑都会说她家检察官，或者"你家那位"，偶尔也有人直接说"你老公"。

初壹听起来倒不觉得有什么，但自己说就开不了这个口了。她在心里叹了口气，大概是还没有完全适应自己已婚的身份，结婚的时间还太短。

不过她又脑补了一下自己叫乔安琛老公的场景，立刻吓出了一身鸡皮疙瘩。

算了算了，她不强求。

检察院附近很安静，几乎没有闲杂人等，门禁围栏后面就是高高的台阶延伸到正门前。

旁边有保安不准外来人随意进入，远处墙上刻着"人民检察"四个威严的大字。

初壹仰头，看到了正中那枚显眼的国徽，镶嵌在灰白色的建筑上，前面的五星红旗飘荡在蓝天之下，很气派，很威严，也很静肃。

她连脚步都不敢大声了……

初壹咽了下口水，哆哆嗦嗦地掏出手机给乔安琛打电话。他很快接通了，初壹告诉他自己已经到了门口。

乔安琛叫她等两分钟，他马上下班出来。初壹抱着手臂站在一旁，时不时接收着保安朝她投来的目光，芒刺在背、站立难安。

此时的夕阳十分漂亮，天边一片深深浅浅的红霞，像是涂抹上去的水彩，橘色光芒笼罩着马路上的建筑，一切安宁而适意。

泛着凉意的风里似乎带来了一些其他响动，初壹仿佛心有灵犀般抬头，看到了不远处朝她走来的一群人。

其实那算不上是一群人，有四五位，都穿着统一的制服：黑色西装里头是白衬衫，系着暗红色的领带，胸前别着一枚小小的徽章。

他们的表情不是很严肃，几个人甚至有说有笑，可让人见了就是不由自主地生出尊敬和胆怯之意，脚步后退，呼吸放轻，连说话的音量都不敢放大。

初壹从来就是这样没出息，像只小鹌鹑一样站在门口的角落里，哪怕是看到了那里头的乔安琛，也只敢轻轻地朝他挥了挥手："我在这里……"

乔安琛一眼就看到了她，扭头和旁边的几个人说了几句话，接着便朝她走了过来，路过保安身边时还点了下头打招呼。

初壹拉着他走到更远处，离开他们的视线范围才松懈了几分。

"钥匙呢？"她迫不及待地开口。乔安琛表情一顿，从口袋里拿出了小区大门的钥匙和门禁卡。

初壹连忙接过钥匙放进包里，才出声问他："刚才那些都是你的同事？"

乔安琛点头："对。"

"你们打算去哪儿呢？"初壹好像听到乔安琛过来时和他们约了地名及时间，还接收到了几道打量的目光。

"下班去吃饭，待会儿还要回来工作。"乔安琛说完，又想起来，"你今晚吃什么？"

"我想去吃麻辣烫。"

"少吃点儿这些东西。"乔安琛停了停，发问，"对了，你要不要和我一起？"

"你不是都和你的同事约好了吗？"初壹完全不考虑地道。让她和那群检察官一起去吃饭，是想让她表演当场窒息吧！

"好吧……"乔安琛也不多挽留。

初壹朝他挥了挥手："那你快走吧，我也回家了，拜拜。"

"你路上小心一点儿。"乔安琛说完，看着初壹很快蹦蹦跳跳地走到马路边拦了辆车，背影就像是一个没长大的小女孩儿。

他摇了摇头，去跟同事会合。

初壹是那种从小看到警察叔叔都会不自觉地躲到爸妈身后的人，

对这种和国家法律相关的公职人员，她都有种天然的敬畏之心。

所以她第一次见到乔安琛时，心跳频率就超出了平时的范畴。

初壹想，这可能是冥冥之中注定的，让她把这种害怕的紧张感当成了爱情，所以最后才和乔安琛结了婚。

她是绝不可能承认自己当初眼光这么差，识人不清的！

老师一宣布下课，初壹就摘下头上的白色厨师帽，收拾东西准备回去。

旁边的那个男人又凑了上来："要回家了吗？"

"嗯。"初壹不太想搭理他，很冷淡地回了一声。

之前她在学习班一直好好的，但前几天不知道打哪儿来了这么个新学员，老喜欢故意找她说话，即便初壹已经刻意提醒过对方自己已婚，男人依旧不依不饶地缠着他。

初壹也搞不太懂他脑子里在想些什么。

她背着包下楼时，男人依旧跟着她一同进了电梯。他这两天都是如此，找着机会就和初壹套近乎，话还贼多，多到让人完全不想回应，而且还是那种无聊的话语。

比如今天。

"你回去是自己做饭吗？"

初壹："嗯。"

"哈哈哈，那挺好，自己做饭健康又卫生，现在的年轻人自己做饭的很少了！"

"嗯。"初壹附加了一个点头的动作。

"我每天在家也是自己做饭，其实我对厨艺很感兴趣，这不，还特意来报了个甜品学习班。"

初壹觉得不理人家有点儿不礼貌，但又实在不知该回什么好，于是只能尴尬地笑笑。

男人还在一旁喋喋不休地说着话，这让初壹有一种很熟悉的感觉，仿佛看到了另一个高山流水本人站在她面前。

电梯到了一楼，"酷刑"结束，初壹在心里松了一口气，快步走向门口。

她今天特意叫了乔安琛过来接她，刚好周六，他难得有假，初壹有免费劳动力不用白不用，况且最近真的被纠缠得有些烦，必须搬出乔安琛了。

初壹出了大门，旁边的男人依旧如同黏在身上的口香糖一样跟着她，不死心地又追问道："你家住在哪边啊？我看看顺不顺路，可以送你过去啊。"他按了按手里的钥匙，不远处停在路边的一辆半旧不新的灰色桑塔纳亮了亮灯。

初壹耐着性子再次拒绝："不用了，今天我先生过来接我了。"

她左右张望了两眼，没见到乔安琛，低头翻出包里的手机准备给他打电话。

"你老公？真的假的？"男人一脸难以置信的样子。

他是完全不相信初壹真的结婚了的，像这种故意说自己结婚了或者已经有男朋友的女孩儿他见得多了，更何况初壹看起来就像是二十出头的小姑娘，怎么可能年纪轻轻就早婚呢？

他这可真是太误会初壹了，虽然每天来上课她穿的都是少女系的简单搭配，头发绑成个小丸子，一张脸白里透红，胶原蛋白满满的，但她真的是货真价实、即将过自己二十七岁的生日了，是一个奔三的已婚妇女了。

"最开始的时候我就和你说过我已经结婚了。"初壹再次强调，很认真地和他说。男人似乎受了很大的刺激，面色变了几变，站在那里未动。

初壹没再搭理他了，径直往前走去，一边张望周围一边给乔安琛拨电话。

"你站住！"身后突然传来一声怒斥，初壹感到莫名其妙，刚准备转头，就被一股拉力拖着转身。

那个男人紧紧拽着她的手臂，不依不饶地道："你有老公还在这里勾搭我干吗？你们女的怎么一点儿都不知检点啊？你这不是欺骗我的感情吗？"

"……"初壹觉得整个世界都玄幻了。

她脾气好，依旧好声好气地和他讲着道理："请问我的什么行为导致你有这种'勾搭你'的荒谬错觉的？再者，在你老是积极地凑上来找我尬聊的时候，我就已经很清晰、明确地告诉过你，我结婚了。"

"那你第一次见到我的时候为什么冲我笑？你不喜欢别人为什么要这样朝别人笑？你们女人就是这样用欺骗别人的感情来展示自己的魅力的吗？"男人怒气冲冲地说道。

初壹的耐心耗光了，她简直完全不能理解这个人在想什么。初壹很生气，心中罕见地被挑起了怒火，也干脆撕破脸了："第一次见面对别人礼貌的微笑那是一种社交礼仪，再者，我已经完全不记得和你初次见面的情况了。先生，你知不知道有一种病叫作臆想症？如果你不知道，建议找时间去咨询一下医生。"

初壹一口气不停歇地说完，十分畅快，扭着手想要挣脱他的桎梏："现在请你放开我，不然我要报警了！"

那个男人已经被她气得说不出话来，瞪大的眼睛里头似乎掺杂了血丝，喘着粗气，竟然不受控制地扬起另一只手，像是要打她。

初壹这次是真怕了，不怕遇到流氓，就怕遇见不讲理的神经病，万一在大街上不明不白地被打一顿都只能吃哑巴亏地受下了。

她脑中飞快地转动，却又一团糨糊，整个人被吓得六神无主，脑中一片空白。

初壹呆呆地想：她下次应该把瑜伽班换成散打才行……

"你在干什么？"耳边突然响起一句含怒的质问，初壹抬头，看到了冷着脸的乔安琛。

不知他何时过来的，满身煞气地站在那里，直接握住男人抓着初壹的手往后一折，用力往反方向扭去。男人立即被这股力道弄得后退几步，站立不稳，抱着手腕痛得直不起腰来。

"啊！你是谁呀？"他涨红了脸叫道。

乔安琛阴沉着脸，面无表情地冷冷回道："我是她的丈夫。"

他说完看向初壹，目光定格在她的手腕上，见细白的肌肤红了一圈，乔安琛的脸又沉了几分。

"《刑法》第二百三十七条，以暴力、胁迫或者其他方法强制猥亵他人或者侮辱妇女的，处五年以下有期徒刑或者拘役。”

乔安琛盯着那个男人，声音不含任何情绪，明明只穿着一身便服，却似乎比办案的警察更有震慑力：“这边路上应该有监控，你和我去派出所走一趟。”

“你有病吧！”那个男人立刻变得紧张起来，很快又压下去，眼神闪烁两下，打量着四周，趁人不注意竟然抱着手飞快地跑了。

“哎——”初壹气得跺脚，不甘心地望着他的背影，又转头看向乔安琛：“他跑了！”

“跑了就跑了吧。”乔安琛随意地道，视线垂落下来盯着她的手腕，将手指指腹按上去揉了揉，“怎么样，疼吗？”

“不疼，就是很气。”初壹气鼓鼓地说，“怎么不把他抓起来送到警察局里去？”

“他这种程度还不至于，顶多被教育一番。”乔安琛看完她的手，黑眸打量着她，“怎么回事？”

“那你刚才是吓他的？”法盲初壹再次上线，惊疑地问。

乔安琛嗯了一声，目光落在她的脸上：“那个人是谁？”

“学习班的一个同学，可烦了，这几天才来报名上课的，天天找我说话，我怀疑他的脑子有点儿问题。”

初壹不胜其烦地抱怨着，把刚才的始末说了一遍。

乔安琛听完皱着眉头没作声，须臾后才淡淡地来了句：“那你最近先不要去上课了。”

“为什么？”初壹很委屈，顿时睁大了眼叫道，“可这又不是我的错。”

“我知道。”乔安琛说，“但目前来讲暂时没有更好的办法，我们只有把这个情况反映给培训机构的负责人，最后的结果并不一定是我们想要的。

“我觉得刚才那个男人心理有点儿问题，不保证过了今天之后他会做出什么更加过激的举动。”

乔安琛见过太多因为疏忽而引起的惨案，类似于今天这种心理偏执的男性更是数不胜数，有些甚至到了变态杀人的地步。

这样一个隐患，他们只能尽量避开保持警惕。

“好吧……”初壹知道他说的都对，但是心里这一关还是过不去，闷闷不乐地低着头。

“我们先上去看看能不能解决这件事。”乔安琛垂着眼注视了她一会儿，然后牵着她往楼里走去。初壹勉强提起了几分精神，跟在他身后情绪稍缓。

两人和培训机构的负责人反映过情况之后，果不其然，对方面露难色。

“初小姐，我很理解也很同情您的遭遇，但是我们不能以此为理由拒绝对方来上课，不然我们这边会遭到投诉的。

“不过我们可以为您提供对方的上课时间，你们尽量错开，避免见面，您看怎么样呢？”

“那算了吧，谢谢你。”初壹难过地低下脑袋，伤心极了。任谁遇到这种事情都没办法接受，更何况她还因此失去了一项最喜欢的活动，“我怎么这么倒霉啊？呜呜呜！”

两人走在路上，初壹不受控制地叫了出来，原本只是一种情绪发泄，但可能是乔安琛在旁边，她就分外脆弱，没说两句鼻子就酸了，眼眶涩涩的，视线变得模糊起来。

她偷偷用手背抹着眼睛。

“哭了？”乔安琛发现了她的小动作，皱起眉，有些不敢相信地询问。

初壹觉得丢脸，扭开了头。

“别哭了。”脸突然被人捧住，乔安琛伸出大拇指把她眼角的泪水揩去，低声开口。

“我就是觉得生气！凭什么啊？明明我才是受害者，呜呜呜……”初壹一边抽噎一边说，“我都忘记什么时候对他笑过了，怎么有这种人？他简直就是神经病，我太倒霉了，怎么这么倒霉——”

初壹越说越难过，悲从心起，想起自己这三十几年的人生，想起最近的婚姻生活，哭得更加悲惨了。

视线被泪水糊得一塌糊涂，哪怕是被乔安琛牵着走路也成问题，看着周围的人投过来的视线，乔安琛无奈地停住了脚步。

“没事、没事，等过两天就好了。”他把初壹拥到怀里，拍着她的脑袋安慰着。两人在路边不显眼的角落里，娇小的女生趴在男人怀里放声哭泣。

乔安琛一直很耐心地等她哭完后情绪平复下来，其间不停地安抚着她，到后面初壹的眼泪鼻涕蹭了他一身。

乔安琛也没计较这么多，只从口袋里拿出纸巾慢慢地把她哭花的脸擦干净。

“好一点儿了没有？”乔安琛盯着她不再流泪的眼睛问。

初壹点了点头，刚想开口，却仰面打了个响亮的嗝。

乔安琛没忍住笑了一下，初壹感觉脸烫烫的，不自觉地低下了头。

今天大概是她最丢人的一天了。

这晚两人去吃了火锅。

可能是为了让初壹开心一点儿，吃火锅竟然是乔安琛主动提起的。初壹想了想，点了点头。

她吃得十分满足，感觉心中的郁闷都快被热气和美食蒸发掉了，撸起袖子往锅里下菜，嘴巴辣得红红的，战斗力却丝毫不减。

反观乔安琛，脸颊都红了，时不时小口吸着气，手旁还放了一碗清水，从锅里捞出东西之后，再放进去涮一涮，直到把外头的辣油都涮干净才吃。

他吃一口，再用筷子夹起菜又放到旁边的碗里涮一下，有几分狼狈，和他平日沉稳的形象全然不符。

初壹莫名其妙地心情就好起来了。

不再去学习班之后，初壹在家认真画了几天稿子。四月岚城的雨水增多，连续几周都是阴雨连绵的天气，她也不想出门去瑜伽班了，就自己在家里练着。

虽然闷了一点儿，但好在那个男人不再出现在初壹的生活里，那件事情带给她的阴影也渐渐消失了。

初壹比较苦恼的是乔安琛的班仿佛加不完一样，他每天晚上回来都十一二点了，她在那天好不容易感受到的一点温情也消失殆尽。

浴室的水声哗啦啦地响着，乔安琛在洗澡，初壹自己玩着手机，突然柜子上响起了一阵铃声。

她拿起来一看，乔安琛的手机来电，上面显示的是一个未知号码。

“乔安琛，你的手机响了。”初壹立刻掀开被子下床，敲了敲浴室的门，“一个未知号码——”

“不用管它。”里头的水声停了一瞬，乔安琛说。

“哦。”初壹抱着手机又回来了，中途不小心按到了某个键，手机锁屏一下被解开了。

屏幕显示的是一个浏览器界面，上头出现的搜索内容是岚城哪家蛋糕比较好吃。

底下出现了很多答案。

初壹一下顿住动作，心不受控制地跳了跳，涌起一阵难以言喻的期待。

乔安琛的手机是录入了她的指纹的，因为过年那几天初壹的手机出了点儿故障拿去修，她就只好用乔安琛的。

反正他也很少用。

初壹假装自己什么也没有看到，飞快地锁好手机，又放回了原处，上床裹着被子开始胡思乱想。

自己从来没有和乔安琛说过生日是哪天，即便就在下周了，她也没想过会有什么惊喜。她原本想的是到了那天再和他说，两人一起出去吃个饭再买一个小蛋糕。

所以他怎么会知道呢？

田婉好像也并不知道这件事情，她妈妈就更不可能主动跟乔安琛提了。初壹思来想去，觉得大概是乔安琛看了两人的结婚证。

那上面有初壹的出生日期。

脑中神游了半天，最后初壹还是抹去了这个念头。

以过往的经验来看，她不能对乔安琛抱有期望，期望越人，失望也越大。

心情荡漾过后，初壹还是努力地恢复了平静，继续追着漫画，可没看几秒又不自觉地发起呆来。

浴室水声停住，乔安琛擦着头发走过来低头看了眼手机，很快又合上。

初壹看着他的动作，视线在他没什么表情的脸上停留了几秒，最终还是没能问出口。

之后的几天一如往常，乔安琛早出晚归。随着生日越来越近，初壹也不自觉地紧张起来。

她说不出是为什么，大概心底还是有一丝期望吧。

今天又下着小雨，外面阴沉沉的，房间没开灯，哪怕她醒来已经临近中午，光线依旧昏暗。

最近初壹的作息时间又回到了以前，不用出门去上课，她也懒了，都提不起精神画稿了，微博的甜品推荐也许久没有更新了。

自从上次她发了个杧果班戟后莫名其妙地被一个博主转发了之后，粉丝量就噌噌噌往上涨。以前她的粉丝都是她的漫画粉，现在一部分是嗷嗷待哺地等待着她发新的甜品教程上去的粉丝。

因为和其他的美食博主不一样，初壹的图片拍得清新漂亮，文字简洁，整个制作过程一目了然，哪怕是厨房小白都能复制成功，并且最后成品效果还挺不错，不仅好看也好吃。试问又有谁不喜欢这样的美食博主呢？

哪怕人家的主业是画漫画粉丝们也喜欢。

说起来，初壹最近更新的微博底下总能收到几条这样的评论：

“从微博追来了，原本是想准备开始做甜点的，现在嘛，还是先看几部漫画吧！哈哈哈！”

“哇！大大的漫画画得也超好看！第一次看漫画的人哭了！”

“不愧是心灵手巧的美食博主，画起画来也丝毫不逊色于专业人士。”

这条评论底下有许多粉丝回复。

“大大本来就是专业画漫画的，哈哈哈。”

“美食博主才是她的副业……”

“好的，恭喜大大靠做甜品成功吸粉一拨，荣获今年最不务正业漫画作者。”

初壹躺在床上，懒洋洋地翻完最新的评论和私信，又消磨了许久时间，才无精打采地从床上爬起来。

洗完脸，她看着镜子里的人，似乎感觉自己最近苍老了许多。初壹难以置信地凑近镜子，突然发现眼角多了两条皱纹。

她吓得花容失色，拿起手机第一个就想告诉乔安琛。可她马上又想起来，现在刚好是他上班的时间。

初壹停住动作，难过地垂下眸子，脸上的失落之色一览无余。

总是这样，除非是很重要的事情，不然初壹一般不会去打扰他，否则在收到乔安琛匆忙间给她的简洁回复时，她总有种给他增添了麻烦的愧疚感。

最开始她不知道，后面次数多了，总是间隔许久才能看到消息，渐渐也不敢再给他发消息了，有什么事情都默默地压下去，之后就又过去了。

初壹这天晚上等到乔安琛回来，立刻迫不及待地凑过去，焦急地问他：“乔安琛，你看我的眼睛旁边是不是多了两道皱纹？这里、这里，我老了！”

乔安琛刚走进来，浑身的疲惫还未退去，耐着性子仔细查看初壹手指指向的地方。

在灯光下，她的肌肤白嫩如初，一丝别的东西都没有。

“没有啊，什么都没有。”乔安琛说，“还是白白净净的，一点儿都没老。”

“真的吗？”初壹还是不敢相信，拿着镜子细细端详着里面的人，随口道，“可是我都快二十七岁了，已经是即将奔三的大龄妇女了。”

“你看起来才十八岁。”乔安琛一脸诚恳地说。

初壹立即顿住动作，抬头看向他，很认真地问：“乔安琛，你今天是不是被魔鬼附身了？”

“我去洗澡……”

被乔安琛这样一打岔，初壹也忘记去观察他当时听到自己快二十七岁的反应了，好像……他也没什么反应？

初壹在被子里面打滚儿，感觉自己快要被这件事情折磨疯了。

要不然她直接去问好了。

可万一……他又真的记得，想要给自己一个惊喜怎么办？

初壹陷入两难的抉择，最终还是决定不管了。

还有两天的时间，反正这又不是什么不得了的大事。

初壹是这样想的，然而时间被她掰成了两份，每天在家没事干就翻日历，掐着手指头数着生日那天的到来。

这段时间乔安琛看起来正常得不得了。他向来又是一副古井无波的样子，无论什么事情都无法引起他太大的情绪波动。

初壹总是怀疑哪怕有一天天真的塌下来了，他也只会露出一丝诧异之色，然后默默地找个角落躲好，不要第一个砸到他就行。

她生日的前一天晚上，乔安琛在浴室里，手机依然放在一旁的床头柜上，对她毫不设防。

初壹焦躁不安，在床上辗转反侧，什么都看不进去。

她的心有些蠢蠢欲动，卑鄙的念头冒出来又被她压下去，片刻后再度强势地冲出来，慢慢击破她的理智。

初壹在心里狠狠地怒骂了自己一番，最后眼睛一闭，一咬牙从被子里伸出手迅速把乔安琛的手机拿了过来。

啊啊啊啊啊！

初壹此刻无比唾弃自己，手指却十分诚实地立刻解开了指纹锁，把乔安琛的网页信息都点了一遍，目光突然顿住。

最上面的一条短信，赫然是某家蛋糕店预订成功的信息。

初壹瞬间不敢相信自己的眼睛，咬着唇，脸上的笑容不受控制地扩大，认认真真地把短信从头到尾逐字不漏地查看过后，兴奋得几乎快要从被子里跳出来了。

她飞快地把手机锁好，小心翼翼地放回原处，甚至拈起被角把手机上头她碰过的地方擦了擦，生怕留下指纹痕迹。

初壹平躺在床上望着天花板平复着呼吸，就像是一个刚到别人家偷完东西的贼，愧疚自责的情绪快要把她压垮了，却又被铺天盖地、无法自控的激动覆灭。

她好开心呀，怎么这么开心啊？

她完全控制不住啊。

乔安琛出来时，就看到初壹用被子把自己裹成了一条毛毛虫的样子，从床头滚到床脚，再滚回来，脸上是掩不住的兴奋之色，如此反复，乐此不疲。

乔安琛："……"

"你在干什么？"乔安琛满脸疑惑地问，然后脱了鞋上床，扯着被子一角把人拖了回来。

初壹就滚呀滚，裹着被子顺着乔安琛用力的方向，从床边上慢吞吞地滚进了他的怀里。

两人四目相对，初壹只露出了一个脑袋瓜子，乌黑的眼睛睁得圆溜溜的，头发乱乱地遮着脸颊，带了点儿饱满的婴儿肥，像是一只白汤圆。

乔安琛骤然笑了。

"初壹，"他温声说，"你今天这么主动？"

"我不是……我没有——"初壹还没来得及说完话，乔安琛已经捧着她的脸亲上了她的下巴，接着温热的吻一点点蔓延到嘴角，他的气息涌了进来。

初壹被乔安琛从被子里剥了出来，不仅如此，他还顺手把她的衣服也剥掉了。不知何时，那一床被子卷住了两个人，狭小的空间里两人只能紧紧地纠缠在一起。

初壹再次从床头滚到了床尾，又从床尾滚到床头，翻来覆去，头昏脑涨双眼含泪。

她带着哭腔说："乔安琛，我以后再也不乱滚了，你放过我吧……"

"为什么？"乔安琛忙中抽空回道，声音从她颈间含混地传来，带着微微的喘息，"我觉得挺好的……我很喜欢，下次可以再试一试。"

初壹："……"

初壹睁开眼的前一刻，还在梦里经历了一场大战，身体未曾感觉到什么，精神先累了。

她仔细回忆了一下，在梦里她似乎变成了一个女将军，骑马征战了一整晚，从中原打到边疆，一路穿过湖泊、雪山和沙漠，持着长枪斩敌无数，最后终于把敌军赶出领土。

初壹忍不住伸手捏了捏自己的手臂，嗞，一阵酸痛传来，她忍不住倒吸一口凉气。

她想起来了，昨晚临睡前似乎是抱着乔安琛的，大概就是这样，才让她在梦里疲惫不已。

初壹准备从床上爬起来，脑中突然又清晰地出现一个念头。

她二十七岁了。

今天是一个特殊又平凡的日子。

初壹打开手机，收到了一些家人和朋友的祝福。她一一回复完，然后美滋滋地去点红包。

“啊！今年的冠军依旧是程栗小姐！恭喜！”后面还跟了几个放礼花的表情，初壹才发送过去，那头的人几乎是秒回。

“哼，那当然了，妈妈是最爱你的人！”

初壹：“滚！”

那头的人回过来一串狂笑。

初壹看在今天巨额红包的分上，就不和她计较了。

程栗免不了要顺口问一句乔安琛有什么表现，初壹这次终于可以昂起小胸脯回：“嘿嘿，他偷偷给我订了一个蛋糕！”

“真的假的？”程栗完全不敢相信，很直接地戳破了初壹的幻想，“崽崽，你真的没有自作多情吗？”

初壹：“……”

“我没有，我发誓，我偷偷看他的手机了，上面有预订短信。”

“哟，看不出来啊，乔先生这个榆木脑袋终于开光了？你们最近是不是到寺庙里拜佛了？

“我的崽，你现在竟然学坏了，还偷偷去翻老公的手机了，不过我要说一句——

“做得好！哈哈哈哈哈！”

“我也是第一次干，好紧张，感觉很不好，这大概也是最后一次了。”

“为什么啊？我家亲爱的的手机都定时主动上交给我检查的。”

“没有为什么，就觉得这是他的隐私。我这种行为很不尊重他。”

“好吧，你们现在还是相互保持距离的美好时期，等过了这段时间就不会有这种想法了。”

“我不管。”初壹一个字一个字地打上去，“反正目前我不喜欢这么做。”

“哼，看完才这么说，我信了你的邪！”

“哈哈哈——所以我现在不是在向你忏悔吗？”初壹一脸严肃的表情瞬间破功，她在沙发上笑着打滚儿，“老天，原谅我吧！”

“好的，妈妈代表老天原谅你了。”

“呸呸呸。”

初壹经过程栗这么一闹，脑中什么情绪都消散得干干净净。

昨晚身体消耗得有些严重，今天骨头里都泛着酸，初壹躺在床上什么也不想做，干脆给自己放一天假，痛痛快快地玩一天。

有不少朋友约她出去，初壹都一个不落地拒绝了，就连程栗的邀约她都没有答应，更何况是其他人。

初壹今天谁也不想见，只想和乔安琛安安静静地过一个生日。

临近傍晚，乔安琛一直没有动静，初壹不免有些着急了，正准备给他发条消息试探一下时，手机微微振动了两下。

是他发来的消息：“今晚有点儿事，大概会晚些回去。”

初壹心里顿时咯噔了一下，一瞬间说不清是什么样的心情。这是准备惊喜前的欲擒故纵，还是他真的突然有事？

初壹即便有着侥幸心理，但脑子里依旧无比清晰地意识到：乔安琛可能是真的有事要很晚回来。

失落和难过的情绪顿时涌遍她的全身，力气仿佛被人抽得干干净净的，连手机都拿不住了。

她在对话框里写写删删，最后只回复了简单的一句话：“那你早点儿回来，我等你。”

初壹想：可能乔安琛原本准备和她一起过生日，但因为有其他的事情临时耽误了，所以只好先这样和她说。

他一定会尽力赶回来的。

没关系，她可以理解。

初壹独自用了餐，稍微运动过后看了两集电视剧，然后就去洗了澡。收拾完时间都指向晚上十点了，她忍不住再次联系乔安琛：“你什么时候回来啊？”

那边的人迟迟没有回复。

初壹等呀等，等到夜色逐渐加深，小区里都没有动静了，悄无人声的。

初壹坐在沙发上开始打瞌睡，脑袋一点一点的，在即将落下去时，又飞快地惊醒。

她迷迷糊糊地看了眼时间，十一点钟，还有一个小时她的生日就要过去了。

初壹开始急了，也顾不得会打扰乔安琛了，立刻拨通了他的电话号码。

那头传来的却是冰冷的机器音：“对不起！您拨打的用户暂时无法接通，请稍后再拨。”

初壹的眼泪都快掉出来了。

她试着给他打了无数遍电话，都是那冰冷的声音，初壹焦急的心一点点冷了下来，到后面好像觉得也不怎么重要了。

初壹收了手机，去浴室洗了把脸，看着镜子里自己红红的眼睛，脸上没有一丝表情。

她用毛巾擦干净水珠，仔仔细细地拍上护肤品，尤其是眼霜，细致地涂满了眼部周围。

初壹关了灯躺进被子里，此时墙上的时钟刚好指向十二点。

她的生日已经结束了。

凌晨，乔安琛推门进来，房子里一片漆黑，往日给他留的那一盏玄关灯也没有了，屋里静悄悄的。

他摸到墙上的开关，低头换好鞋，脱掉外套。

卧室房门是关着的，乔安琛动作很轻地推开门，房间黑暗，隐约可以看见床上躺着的那个人。

他没多想，走过去把早已没电的手机充上电。

初壹的手机也放在那里，乔安琛刚给手机充上电准备去洗澡时，旁边的手机突然嗡地振动了一下，屏幕亮了。

锁屏上显示出新消息预览框。

“崽崽！今天生日过得怎么样？蛋糕吃得开心吗？”

备注那里的名字是一个像栗子的符号，乔安琛立刻就知道对方是谁了，然而让他怔住的，是程栗发的那句话。

今天……是初壹的生日吗？

乔安琛愣愣地转过头，看到了睡在床上的人。尽管在黑暗中他不太看得清初壹的脸，但脑海中却不自觉地涌上自己生日那天推开门时看到的画面。

她冲自己甜甜地笑、精心准备的蛋糕以及那本现在一直被他妥善收好的小画册。

乔安琛觉得胸口沉甸甸的，似乎有一种名为愧疚的东西压在心头，让他有些喘不过气来。

乔安琛这才想起，初壹的生日似乎就在这段时间。记得自己生日过后的第二天他还特意去看了两人的结婚证，结果一忙却完全忘记了。

临睡前他的手机充满了一小格电，乔安琛开机后看到了上面的未接来电，跟着一串鲜红的数字，还有初壹发给他的短信。

旁边的人似乎睡得不是特别安稳，鼻间轻哼了两声，动了动。乔安琛放下手机，小心地把初壹揽进怀里，拍了拍她的肩膀。

“对不起。”他靠在她的耳边低声道。

初壹醒来已是第二天，依旧是阴沉沉的天气，房间光线不甚明朗，仿佛被什么东西遮盖住了日光，就和她如今的生活、此刻的心情一样。

乔安琛依然不在，床上只有她一个人。初壹动了动眼睑，睫毛覆盖下来。

视线不经意地掠过旁边时，她突然看到床头柜上被贴了一张小小的黄色便笺纸，初壹伸过手去摘了下来。

便笺上面是一行利落遒劲的字，笔锋带着刻意收敛的凌厉气势。

“生日快乐。对不起。”

底下没有署名，但毋庸置疑这就是乔安琛写的，初壹脸上的表情平平静静的，不知道在想什么，须臾后她把那张纸贴回了原处。

她拿过手机，看到了程栗的那条消息。她没有回复，发了几秒呆，接着掀开被子下床。

刷完牙、洗完脸，初壹到厨房倒了杯温水，打开冰箱，里头还有不少食材。

她拿出两片吐司和牛奶准备随便吃一点儿。

门铃突然被按响，在安静的早晨显得有些突兀，初壹脸上露出疑惑之色，放下手里的东西走了过去。

门外是穿着工作服的外卖员，初壹认出了那是某个连锁品牌蛋糕店的衣服。

外卖员露出八颗牙齿的标准笑容，把手里那个包装精美的蛋糕盒子送到她面前：“是初壹小姐吗？麻烦签收一下。”

初壹垂眸盯着面前的盒子，上头系着大大的漂亮蝴蝶结，在此刻看起来分外讽刺。

她轻声问：“预订人的手机尾数是多少？”

外卖员愣了一下，随后还是报出了一串数字，是乔安琛的手机号码。

初壹没什么反应，点了下头，然后从他手里接过单子和笔，签下了自己的名字。

电梯上来，外卖员的背影消失在里头，一直站在原地的初壹动了动，盯了手里的蛋糕盒子几秒，然后走到楼梯口旁的垃圾桶前面，面无表情地把蛋糕丢了进去。

迟来的东西有什么用？生日蛋糕不是玫瑰花，过去了，就没有任何意义了。

乔安琛今天下班很早，回来时天色还是亮的，只是临近夜晚，再加上阴天，整个天空挤满了大朵灰色的云，显得厚重而压抑，看着像是要塌下来似的。

进了楼道光线越发暗沉，电梯口的感应灯随着脚步声亮了起来，他正准备进门，目光突然瞥见不远处的垃圾桶边缘露出来的精美缎带。

他有些迟疑地走过去，看见了里头那个包装完整的蛋糕盒子。

乔安琛进门，客厅里静悄悄的。他走到卧室，看到初壹正蹲在地上收拾着什么，墙角那里还立着一个无比显眼的行李箱。

“你在做什么？”乔安琛皱起眉。

初壹听到声音，仰头看向他。

“你回来了。”她的声音和整个人都显得太过平静，语气似乎没有任何起伏。

“今天这么早？原本还以为要发信息和你说呢。”初壹稍微停顿了一下，才又道，“我打算回自己家住几天。”

“哪个家？”乔安琛的眉头皱得更紧，语气有些加重，“这里不就是你的家吗？”

“哦，那我说错了。”初壹从善如流地改口。

“我打算回我自己买的房子里住几天。”

乔安琛立在那里没动，紧紧盯着初壹的动作，片刻后伸手揉了揉眉心。

“初壹，我们谈谈。”

初壹把手里的衣服放下，然后站了起来，毫无波澜的眸子看向他，淡淡地回复：“好。”

客厅的沙发上，两人相对而坐，乔安琛双手撑着膝盖，十指交叉在一起，身体微微前倾。

“不记得你的生日是我不对，说再多也没有用，但是希望你能给我一个补偿的机会，不要一言不发就判我死刑。”

果然是学法律的人，就连道起歉来都是如此令人无法反驳，初壹想笑，却发现自己连牵动嘴角的力气都没有了。

她垂眼盯着放在膝盖上的手，轻声开口："你昨晚去哪里了？"

耳边安静了几秒之后，乔安琛说道："去看望了一位老人，她最近身体不太好，刚好我过去时她的病情突然发作了，我把她送到医院，一直等到脱离危险才回来。那个时候太晚了，手机没电自动关机了，所以没看到你给我发的信息，对不起。"

"你订的蛋糕，也是给她的吗？"初壹抬起头平静地问。

乔安琛的表情变了变，他想到了什么，说道："她味觉退化严重，只有吃甜食才会有点儿感觉，最喜欢吃的就是蛋糕……"

"我知道了。"初壹打断了他的话，明白乔安琛自始至终不记得她的生日，一切不过是她自作多情罢了。

"我觉得我们现在彼此需要冷静一下。"她起身，平静且笃定地说道。

"我一直很冷静。"乔安琛蹙眉说道。

"那就是我，我需要一个私人的空间独自待一段时间。"

初壹的理由冠冕堂皇，其实她不过是不想再看到乔安琛罢了。不只是现在，未来的很长一段时间，她应该都不想见到这个人了。

说完初壹回房，动作干净利落地把剩余的衣物收拾好，最后拖着行李箱出来。乔安琛等候在门口。

"我送你过去。"他伸手过来，准备从她手里接过箱子。

"不用了，我已经约好出租车了。"初壹避开他的手，神色自若地说，然后毫不留恋地越过他，拉着箱子出了门。

乔安琛站在原地望着她的背影，神色微沉，嘴角紧抿成了一条直线，浑身像是聚集着化不开的阴云，充满了低气压。

初壹走后三天一直未曾联系他。

乔安琛每次回到家屋里都是黑漆漆的，就连原本温暖的被窝都变得一片冰凉。他独自一人看着空荡荡的房间，突然有种孤寡老人的既视感。

第四天的时候，乔安琛忍不住给她发了条信息。

"你……什么时候回来？"

没有人回复。

乔安琛盯着手机整整看了两分钟，手机还是没有任何反应。他忍不住晃了晃手机，怀疑是不是信号出问题了，或者是手机坏了？

乔安琛决定证实一下，给初壹打个电话。

号码拨出去之后，那边迟迟没人接通，忙音一声接着一声，不知过了多久，乔安琛的心都快掉落谷底时，他终于听到那头传来熟悉的声音。

“喂？”

“是我。”乔安琛连忙开口，说完又不自然地清了清喉咙。

那边的人静默了一瞬才道：“我知道。”

“我……刚刚给你发了条信息，你没回，我以为手机坏了，所以给你打个电话试试……”乔安琛迟疑地说。

初壹有些无语，还是耐着性子回答：“你的手机没坏，没有收到回复仅仅是因为我不想回你。”

乔安琛陡然沉默了。

他动了动唇想说什么，又咽了回去，感觉空气一瞬间变得沉闷起来，有种让人喘不过气的压力。

他低下头，睫毛半覆住眼睑，最后轻声问：“那你什么时候回来啊？”

“再说吧。”初壹手指抠着底下的被子，鼻子酸酸的，感觉自己下一刻就能哭出来。

她难过地眨了下眼睛，尽力调整呼吸：“没什么事的话我就挂了。”

乔安琛失落地看着脚下，踟蹰几秒，闷闷地哦了一声：“那，晚安。”

初壹连一句晚安也不想回，径直挂断了电话。

她才收回手，眼睛就红了。

初壹回身拍了拍枕头，把床铺好，拉高被子整个人躺了下去，抹了抹眼角，把上头的湿润擦干。

初壹整整颓废了三天才开始工作。乔安琛一直没联系她，她就一直在和自己较劲。

哪怕昨晚只接到了那个简短无比的电话，第二天初壹的状态还是好了很多。

她准备开始动手画稿时，才发现自己的笔忘记带了。

初壹看着面前光秃秃的数位板，烦躁得想要抓头发。

现在是上午九点，乔安琛一定去上班了，初壹想了想，还是打算起身换衣服出门。

从她家到乔安琛那里只要十来分钟，初壹动作很快，随便套了件毛衣就走了，连头发都没有梳一下，乱糟糟地在脑后扎成了一团。

下了出租车，初壹径直往小区走去。电梯停留在十二层，刚好是乔安琛家的楼层，初壹的思绪不由自主地发散了几秒，很快又被她收回。

旁边的面板上跳跃的红色数字停住，电梯门被打开，初壹正准备进去，却和走出来的人打了个照面，两人不由得愣住。

“乔安琛？”

“初壹？”

面前站着的竟然是乔安琛，他的气色不太好，像是一夜未睡，眼底有淡淡的乌青痕迹，身上的衣服却干净整齐，大概是刚换的。

“你怎么在这里？”两人又是不约而同地开口。

初壹看了他两眼，先解释：“我忘记拿画笔了，回来取一下。”

“哦。”乔安琛应道，目光落在她身上移不开。

初壹提醒：“你呢？”

“我……”乔安琛顿了下，回答，“我昨晚一整晚都在医院，刚回来，现在换完衣服准备去上班。”

初壹不过想了两秒就反应过来，迟疑地问：“是你前几天去看望的那个老人？”

“嗯，她的情况一直不太好，反反复复的。”

“那她的家人呢？”初壹问。

“她的家人……都不在了。”乔安琛抿了下唇，解释道。

“她的儿子是一名警察，以前和我经常有工作上的联系，后来他负责了一个案件……”乔安琛说到这里，目光沉了下来，语气不由自主地变得艰涩，“对方是反社会型人格障碍，出狱之后为了报复，把他连同他的妻儿一家都残忍地杀害了。只剩下他的母亲，因为没有和他住在一起，所以逃过了这场灾难。

“但是留下来的人，或许才是最痛苦的。”

初壹沉默了，久久未能说出一个字，最后是乔安琛抬手看了眼腕表，出声：“我请假的时间快到了，得赶回去上班，你……”他踌躇着，还是只说出一句话，“早点儿回家。”

几天的时间，房子似乎没有任何变化，乔安琛向来爱整洁，屋子比起她在时甚至更干净几分，桌上没了随处可见的零食袋子、纸巾、空饮料瓶等杂物。

初壹在柜子角落里找到了她的笔，拿到之后心情有些复杂地又在房间里转了一圈。

她思考着自己还有什么东西没拿，免得下次再跑过来，然而在看到阳台上堆积了几天没洗的脏衣服时，心中的怒气又都荡然无存了。

好像这几天……他过得不是很好。

初壹想起方才乔安琛憔悴的面容，莫名有种想要原谅他的冲动。

但也只是冲动了一秒钟，初壹想起他之前的所作所为，心不受控制地又硬了起来。她毫不留恋地拿着笔出门，临走前甚至不忘替他锁好了门。

之后几天过得很平静，乔安琛还是时不时地会给她发短信、打电话，初壹不冷不热地回着他，每次都是三言两语，总是很快结束话题。

周五那天，她去外面买了水果回来，到家门口时见到一个熟悉的人站在那里。

乔安琛低着头盯着脚下，神色安静，不知道等了多久。

第四章　可怜丈夫

初壹提着袋子走过去，越过了乔安琛。感觉到他投在自己身上的目光，她没搭理他，径直打开了门。

她握着门把进去的前一刻，果不其然，身后传来乔安琛的声音。

“初壹……”

“有事吗？”她没回头，低垂着眼眸问。

乔安琛顿了顿，声音再次传来，像是向老师汇报情况的小学生：“我……我明天休假。”

“哦。”初壹反应冷漠。

乔安琛又安静了，初壹等了几秒，进屋准备关上门。

斜刺里突然伸出一只手来卡在缝隙间，让她关不上门，乔安琛的面容出现在后头，表情带着一丝小心翼翼。

“你……回去吗？”

“不回。”初壹毫不犹豫地回答。

乔安琛的眼里闪过一丝失落之色，却还是说：“那……晚上能不能一起吃饭？”

他展示了一下手里提着的东西，有些讨好地道：“我买了菜。”

初壹沉默了会儿，最后还是把门打开，侧身让他进来。乔安琛这是第二次来她的房子里，和上次不同，他有些拘谨地站在玄关处。

初壹打开鞋柜，给他找出了一双以前初天穿的旧拖鞋。

“你这几天……一个人住得还好吗？”乔安琛换好鞋子，直起身看着她，抿了下唇问。

初壹平静地回答：“差不多，除了晚上少了个人。”她说完又补充道，“其他都是一模一样的。”

“……”饶是乔安琛再迟钝，也听出了她话里的意思，站在那里不出声了。

初壹往厨房走去，乔安琛很自觉地默默跟在她后头，把提着的袋子放在流理台上，卷起袖子准备开始动手。

初壹帮忙把辣椒、蔬菜等食材拿出来，乔安琛见状立即开口：“你去休息吧，我来做就好。”

“两个人更快一点儿。”初壹没有什么太大表情地说，“我饿了。”

乔安琛没说话，只是手里的动作加快了很多。两人挤在这不大不小的厨房里，各自分工忙碌着。

说起来他们一起做饭的时候也不多，但每次都默认初壹是洗菜、切配菜之类帮工的角色，乔安琛负责掌厨以及带点儿难度的刀工。

初壹喜欢吃鱼，乔安琛买了一条很新鲜的鱼叫老板杀好带过来了。他将鱼清洗干净，放到案板上打着刀花，然后放配料腌好。

购物袋里有一小包红辣椒，个头小小的那种，很辣，还有花生米和一块鸡胸肉。

初壹大概能猜出今天的菜单是什么了。

两个人动作很快，不一会儿就把配菜都准备齐了。乔安琛点火热油，先炒辣子鸡丁。

干红辣椒的味道很呛，一放下去就冒出一股刺鼻的味道弥漫在厨房里，乔安琛忍不住侧头打了个喷嚏，眼睛红红的。

初壹把抽油烟机调到最大档。

一盘菜出来，乔安琛像是经历了一场灾难一样，不停地用纸擦着鼻子。

初壹见他这样，给他倒了杯水：“下次不要炒这个菜了，太辣。”

“嗯……”乔安琛鼻音很重地应了声，顺便擦了擦眼睛。

“你先休息一下吧。”初壹说。

“没事。”他把纸巾扔到垃圾桶里，又转身回了厨房，“还有两个菜，很快。”

乔安琛煎鱼煎得极好，初壹基本放弃这道菜了，因为不管她放多少油，最后出锅时鱼永远是七零八碎的。

但乔安琛就不一样，鱼完完整整地进去，完完整整地出来。

可能真是吃人嘴软，初壹去盛了两次饭之后，神色也渐渐软和下来，看着对面的乔安琛也没那么讨厌了。

吃完她收拾碗筷，乔安琛在一旁帮忙，一个人洗，一个人擦，厨房倒是很快就被弄干净了。

之后便是一片安静，初壹看着乔安琛擦干净手出来，径直道：“你打算什么时候回去？”

他动作一顿，目光不自觉地游离，须臾，停留在初壹放在桌上的水果袋上时，无意识地舔了下唇。

“我好久没吃水果了。”

“……”

“可以尝一点儿你的草莓吗？”乔安琛伸手指向了露在袋子外头的半边草莓盒子，很做作地问。

初壹：“……”

她深呼吸了几秒，然后把袋子拿过来，提到厨房洗了洗，最后端着那盘草莓放在他面前，按捺着脾气道：“吃吧。”

乔安琛拿起一个草莓，又偷偷抬起眼皮打量了她一眼，垂下眸子，慢吞吞地咬着手里的那颗大草莓。

初壹也很有礼貌地坐在他的对面，耐心地等着他吃完。

“你待会儿准备做什么？”乔安琛吃着吃着突然问。

初壹一板一眼地回答：“追剧、玩手机、休息。”

“哦……”乔安琛眼神闪了闪，说，“我待会儿也没什么事情。”

“……”初壹假装听不懂他的疯狂暗示，目不转睛地盯着桌面，仿佛上面有一朵绝世美花。

见初壹不搭话，乔安琛有些失落地收回视线，动作又放慢了一点儿。

初壹见他一颗草莓吃了快三分钟，实在忍不住催促道：“你可不可以稍微吃快一点点？”

“什么？”

“那草莓上有几粒籽都快被你数清楚了！”

被她如此直白地戳破，乔安琛不受控制地老脸一红，三下五除二地把那颗捏了许久的草莓吃完了。

最后一口草莓下肚，他咽了咽口水，很听话地看向初壹：“我吃好了。”

“那走吧，我送你下去。”初壹说完立刻站起身。

乔安琛仰头望着她，欲言又止，嘴里嗫嚅了两句，还是垂眸应道：“好……”他马上又想起了什么，“你不用送我了，我自己走就好。”

“那也行。”初壹替他打开了门，站在一旁等待着。

乔安琛慢慢走出去，感觉自己像是被扫地出门无家可归的可怜男人。

之后的两天，乔安琛都准时到她家报到，也不做什么，就默默地提上一袋子菜，给她做好饭吃完之后，再找着苍白无力的借口多坐一会儿，然后恋恋不舍地离开。

初壹假装看不出他的欲言又止，每次都神色淡淡，也不怎么搭理他。乔安琛碰了几次壁，也不见有什么其他情绪，只是像个被欺负的老好人，默默忍下她所有的行为。

初壹也是不知道，他怎么能做到把过错方的形象变成一个忍气吞声、仿佛受尽刁难的老实人的。

好像做错事无理取闹的人是她一样！

如此又过了差不多一周，初壹已经从最初的不适到现在的无比平和，除了偶尔冒出来的孤独和焦躁感，整个人状态还算良好。

学习班那边说上次那个男人已经很久没来上过课了，自从和初壹发生过那一幕之后，大概是自己也觉得没意思，所以不来了。

初壹等了一段时间，确定他是真的再也没出现过，又开始每天过去上课了，微博也开始更新，生活过得忙碌又充实。

乔安琛如今每天晚上临睡前都会给她打个电话，也没聊什么，就是汇报一下每天发生的事情。

一开始通话总是很简短，说不了几句就结束了，到后来初壹的态度好了很多，大概是时间一长气消得差不多了，只是还有几分意难平，但她对他也没那么冷眉冷眼了。

甚至每晚到了差不多的时间，她总会有几分心神不宁，不自觉地等待着他打电话过来。

今天有点儿晚，初壹躺在床上一直辗转反侧，好像总感觉要听到他的声音才能安心睡觉一样。

她觉得自己这样很没出息，气得把手机扔得老远，瞪着天花板生闷气。过了会儿，她又担心待会儿他打电话过来自己接不到，又默默地从被子里起身把手机捡了回来。

初壹就这样反反复复，心里不停上演着小剧场，直挺挺地躺在床上想象着今天乔安琛是不是出什么事了才会没给她打电话。

他不会在回家的路上出车祸了吧？或者走路时不小心摔坑里了？

难不成是在工作上得罪了人，被人用麻袋一蒙带到角落揍了一顿？

初壹被自己的种种猜测吓到了，正想象得起劲儿时，手机嗡嗡响了，她立即清醒，举起手机放到眼前。

果不其然，上面显示的是乔安琛的号码。

初壹飞快地接通电话，迫不及待地想确认他是否安全。

“睡了吗？”那边传来乔安琛的声音，语气如常，只是尾音落地后还伴随着两声浅浅的咳嗽。

“还没。”初壹迟疑着问，“你感冒了？”

“有一点儿咳嗽。”乔安琛又咳了几声，才清了清喉咙开口，嗓音有点儿沙哑，“这两天下雨天气有点儿凉，你要注意保暖，别穿太少了。”

“你吃药了没有？”初壹的心揪起一点儿，手指又不自觉地拧着底下的被角搓揉。

“没事，一点儿小毛病，过两天就好了。”乔安琛不在意地说。

谁也没再开口，气氛陡然变得有些沉默，初壹情绪低落地垂着眼眸。

乔安琛顿了顿，像是在哄小朋友，语气很温和耐心地道：“你今天做了些什么？”

“画稿，上了节课，然后在家哪儿也没去了。”初壹乖乖地回答。

“晚饭吃了什么？”

初壹停了下，回答：“麻辣烫。”

果不其然，对面的人又开始了：“你这周都吃三次麻辣烫了，初壹，不是说过叫你少吃一点儿吗？这种东西不健康是其次，很多地方也不卫生。”

初壹已经可以脑补出乔安琛在那头用力皱起眉头的样子，他的声音很沉，响在耳边很像长辈教训家里不听话的小孩儿。

她敷衍地道：“知道了、知道了。”

“你每次都这样说。”乔安琛无可奈何，还被她气得用力咳嗽了两声。

初壹有点儿害怕，担心他真的会被自己气得病情加重。

“我真的不吃了，以后一周最多吃一次可以了吧？”初壹觉得有点儿憋屈，明明是她生气和他冷战才出来住的，怎么到头来乔安琛还管起她来了？

初壹故作不耐烦地开口：“那就这样吧，我要挂了。”

乔安琛在这头愣了愣，过了几秒还是说道：“那你一个人多注意一些，早点儿睡觉，晚安。”

“晚安。”初壹说完又忍不住补充了一句，“你自己多注意自己的身体吧。”

她没等乔安琛回答就迫不及待地挂了电话，然后发了会儿呆，在被子里翻了个身，望着通话记录上的名字，又情不自禁地弯起了嘴角。

初壹前几天到超市买了半箱苹果。因为做活动打折，一个阿姨硬拉着她拼单，初壹想着也没多少钱，就顺手买了。

回来她才发现吃不完，恰好甜品课上教了一个奥地利苹果馅饼的做法，初壹抽空就试着做了一次。

味道挺不错，她把教程做好发到微博上之后，又忍不住打开相机拍了几张照片，加了滤镜修图过后，发到了朋友圈。

文芳女士在底下秒评论：“看起来挺好吃的。”

初壹拿着手机立刻给她回复：“吃起来更好吃！”

“妈妈也想吃。”后面还跟了一个大哭的表情，最近她不知道从哪儿学来的，天天喜欢发一些夸张的表情出来，不过和她的性格倒是很搭。

初壹看着她的这条回复，思忖了下，自己也有段时间没回家了，趁着今天有空不如回去一趟。

于是初壹立即回复：“那我给你送过去呀，晚上顺便在家吃饭！”

文芳女士明显也是拿着手机在玩的，很快和她聊起了今晚的菜色，两人就在这条动态底下码起了高楼，却谁也不愿意高抬贵手，去私敲一下对方的聊天框。

最后在朋友圈里定好了时间和行程，初壹终于放下手机，开始换衣服准备回家。

隔了段时间没见，二老也没什么变化，依旧生龙活虎的，倒是知道乔安琛白天要上班，没有主动提起他，初壹省了解释，舒心不少。

初壹带来的苹果馅饼得到了两人热情的夸赞，文芳女士直呼果然结了婚就是不一样了，竟然隐约有了几分贤妻良母的气质，让她这个妈妈十分自豪。

初壹皮笑肉不笑地冲她点点头，没有解释自己为什么去报了这个甜品班。

临近吃饭时，两人倒是问了乔安琛晚上有没有空过来，初壹直接替他回答：“他晚上都要加班的，没时间。”

两人没再说什么了。

一顿饭吃得十分温馨，初壹自结了婚之后回来就少了，难得像从前一样一家三口在一起，倒是有说不完的话。

吃完饭天色已经有些暗了，夕阳下山了光线就昏沉起来，初壹在客厅看了会儿电视，正准备告别回家，似乎有人敲门。

文芳女士在厨房里，离得近，立刻跑去开门了，过了会儿喊道："一崽，快出来，安琛来了——"

初壹准备去拿橘子的手顿住，她惊讶地抬起头，看到乔安琛走进来，西裤、衬衫，外头加了件薄针织开衫，面容如常，黑眸注视着她，在这种情境之下，目光似乎带了点儿不知名的感觉。

初壹仰着脸，微皱起眉疑惑地问他："你来干什么？"

乔安琛弯了下嘴角，表情平和，须臾，温声说："来接你回家。"

初壹还没来得及作声，一旁的文芳女士先开口了："哎哟，你瞧瞧安琛多疼人，还特意过来接你，快走吧、快走吧。"她甚至提起了初壹放在沙发角落的包包，一副准备送初壹出门的架势。

初天也在一旁寒暄："安琛啊，吃饭了吗？"

"吃了，爸。"乔安琛温和有礼地回答，把晚辈的谦逊发挥得淋漓尽致。

果不其然，初天神色舒展："平时也多注意休息，别太忙了。"他说着拍了拍乔安琛的肩膀。

乔安琛极其乖巧地点头："我会多注意的，谢谢爸。"

初天很受用，脸上都快笑出皱褶了，两人之间的气氛其乐融融。

初壹看不下去了："爸，我们走了。"

"走吧、走吧，路上小心。"两人把他们送到门口，初壹朝二老挥手告别。

"我下次再来看你们。"

"好、好、好。"两人望着他们登对般配地站在一起，乐呵呵地道，"下次记得叫安琛也一起过来吃饭。"

在自家爸妈的眼皮子底下，初壹不好多说什么，敷衍地点了点头。

倒是乔安琛很殷勤地答应了。

两人沉默地走到外头，乔安琛的车就停在不远处。

初壹立即停住脚步，冷着脸说："你自己走吧，我回我家。"

乔安琛准备去开车门的动作一顿，他转过头来看她，语气和先前全然不同，期期艾艾地道："你……还在生我的气啊？"

初壹闷不吭声，抿着唇没回答。

安静了一会儿，乔安琛突然有些讨好地说："我……给你买了个东西。"

初壹眼中露出诧异之色，接着她看到乔安琛快步走到车前，打开了后备厢。

一大片刺目的红色差点儿晃花她的眼，初壹用力眨了眨眼，生怕是自己出现了幻觉。

面前的车厢内堆满了红玫瑰，还摆成了一个巨大的心形，初壹看到那颗巨大红心的中间用粉色玫瑰拼成了三个字：对不起。

旁边还散落着一些彩带、气球、小灯泡，挂在上头忽闪忽闪地亮着灯，在这个光线昏暗的居民楼底下——要多土有多土、要多浮夸有多浮夸。

初壹表情石化了一秒，一时间竟不知该做出什么反应才好。

乔安琛忐忑地打量着她，见她站在那里一动不动，干脆抱起玫瑰花旁边那个包装精美的盒子送到她面前："这个是给你买的礼物。"

初壹的目光终于从那车极为夸张的玫瑰上移开，落在他手里那粉色心形的礼盒上，她直愣愣地看着，不停地暗自深呼吸做好准备。

"说吧，是什么？"

乔安琛被她的反应弄得更加忐忑了，抿了下唇，有些不安地打开盒子。

初壹一瞅，发现里面是整整齐齐的几排口红，一个她常用的国际知名的牌子，整个系列的色号估计他买齐了一套，有几十支。

她惊了，这个礼物太不像是乔安琛这种人能送出来的。

今晚的整个流程怎么看都像是他从哪里学来的一个哄女朋友的标准套路，放在他身上极为怪异。

初壹看了几秒，微微偏了下头，望着他问："这些你都是从哪儿学来的？"

乔安琛目光闪烁了两下，动了动唇，视线不由自主地避开她，盯着地面。

"我就……随便上网搜了一下。"

“哦。”初壹颔首，懂了，“难怪。”

“难怪什么？”乔安琛略为好奇地抬眼问，像极了求知解惑的好学生。

初壹笑了下，语气温柔地道：“难怪……这么假。”

“……”乔安琛低下头，默默地把手里的盒子盖上，不言不语地站在那里，一动不动，仿佛费尽心思去讨人欢心结果却被嫌弃，很可怜的样子。

初壹在这一刻心软了。

至少在她看来，乔安琛愿意为她做出改变，哪怕并不是什么很令人开心和惊喜的举动，但至少他愿意去做了。

初壹在心里暗叹了口气，上前一步从他手里接过那个盒子，轻声说：“走吧。”

“嗯？”乔安琛一下没反应过来。

“回家。”初壹说完，越过他径直往前走去。

乔安琛愣了两秒，脸上情不自禁地冒出惊喜之色，连忙跟了上去。

“是，回我们的家吗？”须臾他还是忍不住再次确认。

初壹这次没理他，直接打开了副驾驶座的车门。

一路上乔安琛的嘴角似乎都是上翘着的，情绪丝毫不加掩饰。初壹靠在座椅上，侧头望着窗外，细看眼里也是含着笑意的。

除去之前过来取画笔那一次，初壹有将近半个月的时间没回来了，抱着怀里的玫瑰花打量着四周，屋子还是没什么变化。

乔安琛在后头提着她的行李箱进来，两人中途到初壹家收拾了日常用品，他想得十分周到，将箱子拿进房间后，竟然还取了衣架把她行李箱里的衣服拿出来挂好。

初壹连忙出声：“哎，那个我自己来就好了。”

她把手里的花放下，走过去自己动手整理，看着乔安琛呆站在一旁的模样，又忍不住说：“你该干吗就干吗去吧。”

“哦。”乔安琛闷闷地应完，正准备离开，挪动的脚步又停了下来，“我也没什么事。”

“哦对了。”初壹倒是想起一件重要的事情，“你把底下车子里的花拿去卖掉吧，我看小区旁边那家花店好像可以回收。”

乔安琛：“……”

那一车子的花实在太多了，下车时初壹只抱了一把上来，家里刚好有两个花瓶可以拿来插，剩下的她也实在有心无力了。

她总不能都拿上来晒干用玫瑰花瓣泡澡吧？

不然初壹也想不到有什么更好的处理办法。

“这种华而不实的东西你下次还是少买，就算买也不要买一车了，其实……”初壹想说：其实只要你对我说几句软话我差不多就没脾气了。

可她还是将这话咽了下去。

乔安琛听完答应道：“好。”说完兴许又觉得自己态度不太端正，补了一句，“知道了。”

初壹见他这般郑重的模样，一个激灵，立即强调：“当然，像一些重要的节日和时间，适当的仪式感也是要有的。”

“哦。”乔安琛眼眸低垂，轻声说，“我记住了。”

初壹实在见不了他这个模样。每次只要乔安琛稍微露出有点儿失落的样子，她就什么脾气都没了，心底反而酸酸涩涩的，像是心疼，又像是不忍。

她把自己这种莫名其妙的反应归根于母性情结。

人家网上不是说，和女朋友吵架她叫你滚时，最好的处理方法就是顺着她的话滚，但不要滚太远，就蹲在旁边委屈巴巴地看着她，唤醒她的母性情结，这样她很快就不再生气了。

初壹觉得乔安琛无师自通地把这一招发挥得淋漓尽致。

乔安琛卖完花回来，初壹基本都收拾完了。她检查了一遍家里，除了更干净、更整洁、更加没有烟火气，其他的都差不多。

她的牙刷杯子和毛巾摆放的位置都一模一样。

乔安琛回来就去洗澡了，不一会儿吹干了头发上床。

被子被掀开，初壹旁边的床铺塌下去了一点儿，男人的体温和气息传来，熟悉而久违的感觉涌了上来。

两人有段时间没有睡在一起了，初壹竟没出息地有一点儿紧张。

她不自然地动了动身子，眼睛认真地盯着手机，细看之下目光却是飘忽的。

“初壹。”乔安琛突然在身后叫她，初壹感觉心颤了一下，假装随意地回：“嗯？”

许久都没有声音，初壹一直等待着，乔安琛却迟迟不开口，她有些不耐烦地转身：“你叫我干什么？”

乔安琛的面容出现在眼前，他微抿着唇，闷不吭声地瞧着她，刚洗过的头发蓬松而柔软地覆在他的额上，几缕碎发遮住了眉。乔安琛是不明显的双眼皮，浅浅一层，在眼尾处延伸开来，显得眼部形状特别好看。

初壹的目光落在他的唇上，乔安琛天生皮肤白，白得并不过分，是自然健康的奶油色，眉眼极黑，嘴唇总是带着浅浅的红，一副正气凛然的神色。

初壹想，应该很少有女性能抵挡这样的男人。

“我就是……想叫一下你。”安静了一会儿，乔安琛回答，似乎带着点儿小心。

初壹默了默。

“哦。”她说完又转身回去，背后再没有声音了。

关了灯，乔安琛早就规规矩矩地躺好，初壹也收了手机，在被子下动了动准备睡觉。

房间漆黑安静，彼此的呼吸声都轻不可闻，旁边一点儿响动都没有，像是已经睡着了。

初壹不知道闭了眼多久，脑中终于有了点儿睡意，突然又很想翻个身。

临睡前都是这样，总感觉自己不动一下不舒服，初壹皱着眉，还是转过身，脸几乎快要靠到乔安琛的肩头了。

初壹仿佛能隐隐感觉到他身上传来的温度。她的脑袋在枕头上蹭了蹭，眉间舒展开来。

乔安琛今晚失眠了。

原本他尽力调整着呼吸准备慢慢入睡，可才收到点儿成效，初壹又动了，浅浅的呼吸拍打在他的肩上，温温热热的。

乔安琛默默忍受了一会儿，实在忍不下去，还是往旁边挪了挪，离她远一点儿。

他刚闭上眼睛要睡了，谁知道初壹又跟了过来。这次更加过分，她直接抱住了他，手臂松松地搭在他的胸前。

乔安琛的呼吸停了一瞬，随后长出了一口气。

其实平时初壹睡觉也不老实，总喜欢追着他往他身上蹭，乔安琛刚开始还不习惯了一阵，后来时间久了也就习以为常了，偶尔还会主动把她抱在怀里，睡得反而更好。

女孩子的身体香香软软的，比起小时候田婉送给他的那只小熊还要舒服一点儿。

经常早上乔安琛一睁开眼，第一件事情就是去关闹钟，然后小心翼翼地松开初壹，掀开被子下床。

但是今晚，乔安琛有些难以忍受。

大概是分开太久了，乔安琛原本还没什么，只是偶尔会冒出一点儿念头，但两人一躺在同一张床上，身体里的渴望就像是抽丝一般，从四肢百骸中一点点涌上来汇聚在一起，变成让人难以拒绝的冲动。

可是现在初壹还在和他生气，虽然她回来了，但乔安琛能感觉到初壹还有几分不开心，所以不可以那样做。

乔安琛内心天人交战，理智和欲望在来回拉扯，脑中的神经都已经不由自主地绷紧。

他正准备强迫自己入睡时，初壹呓语了两句，习惯性地伸出大腿搭在了他身上，还很不安分地蹭了两下。

乔安琛几乎很清晰地听到脑中嘣的一声，他的那根理智的弦断掉了。

初壹是被热醒的，似乎是从骨头里冒出来的燥意，涌遍全身，肌肉发着酸，又控制不住地战栗。

她迷迷糊糊间，意识逐渐感知着周围的环境，颈间湿湿热热的，好像有个脑袋在上头又亲又咬。她蹙着眉头忍不住轻哼，差不多清醒过来了：“乔安琛……你干什么呀？”

初壹将手指插入他蓬松的发间，揪着他的头发抱怨。下一秒，吻从脖子上移开，一路沿着下巴、侧脸，含住了她的唇。

她呼吸加重，被热气拍打着，感觉自己发昏了。

“初壹。”乔安琛又在她耳边叫她，声音像是在喉咙里滚过两番一样，又低又沉，还带着某种时刻特有的沙哑。

初壹软了嗓音，颤颤地回：“干吗呀？”

他又不说话了，仿佛只是想叫她的名字，到后面初壹只象征性地推拒了他两下，便带着哭腔闷哼了出来。

黑夜变得无比混乱，仿佛在这一层黑纱的笼罩下，一切失控都变得顺理成章。

两人肆意放纵，抵死缠绵，直至筋疲力尽。

初壹最后沉沉睡去时，脑中只有一个念头。

果然，禁欲这种东西不能太久，不然容易出事。

两人再见面已经是第二天的傍晚，乔安琛下班回来，初壹正站在厨房拿着勺子试鸡汤的咸淡。

他走进来，拖鞋踩着地板发出一丁点儿响动。

“好喝吗？”乔安琛在她旁边问。

初壹点了点头，把勺子送到他的嘴边：“你尝尝。”

乔安琛就着她刚才没喝完的汤又尝了一口。

“可以。”他也点头，说道，“刚刚好。”

“那就出锅了。”初壹说完准备去拿厚手套，谁知道一转身，刚好撞到了乔安琛怀里。他不知怎么站得很近，就在她后头。

初壹猝不及防地小声叫了一下，乔安琛反应很快地扶住了她的腰，差不多把她整个人抱在身前。

她抬起头看着他，乔安琛也直愣愣的，好一会儿没有松开手。

“你放开我啊。”初壹先反应过来，提醒着。

乔安琛哦了一声，慢吞吞地松开了手，神色似乎隐约还有些不舍。

初壹把鸡汤端出去，乔安琛亦步亦趋地跟在她后头。初壹去拿碗，他也无意识地跟着；想起抽油烟机没关初壹再次折身回去，乔安琛也像个小尾巴一样跟了进去。

这样来回几次，初壹察觉，不禁皱着眉质问：“你跟着我干吗啊？坐在那里吃饭就好啦。”

乔安琛一怔，卡住了，须臾才反应过来，神色有些飘忽，愣愣地回：“我也不知道……”

吃饭时，乔安琛胃口好像很好，比起平时吃得多了一点儿。在他第三次伸手去盛饭时，初壹忍不住问：“我最近的厨艺提高了吗？”

乔安琛顿了下，含混地道：“好像是有一点儿。”

“真的假的？”初壹有些不相信，又把每个菜都尝了一遍，还是中规中矩的味道，比起乔安琛平时的手艺还是差了老远。

她自言自语地嘟囔：“没有啊，我觉得还是和以前一样，没有你做的好吃。”

“大概你自己尝不出来吧。”乔安琛故作平静地说。

初壹若有所思片刻，最后点了点头：“那也有可能。”毕竟很多做菜的人最后吃饭时是没什么胃口的，因为感受了太多油烟气。

两人和往常一样话不多，都是说些琐碎小事。吃完饭后乔安琛洗碗，初壹半躺在沙发上吃水果，电视开着，在放最近很红的一个综艺节目。

他收拾完走过来，从她盘子里拿走一个草莓，动作无比自然地放到自己嘴里。

“你干吗？”初壹不满，护食似的把盘子往怀里揽，看着里头仅剩的几颗草莓，有些不舍。

乔安琛默了默，似乎有些无语：“吃一颗也不行吗？”

“不行！要吃自己去洗！”初壹愤愤地道。

乔安琛站在那里闷不吭声地瞅着她，须臾转身走了。

初壹莫名有些愧疚心虚。她最近对乔安琛的态度好像坏了很多。

她准备做些什么补救，实在不行把剩下的这几颗给他也可以……初壹正自顾自地纠结着，就看到乔安琛再次走过来，手里端着满满一盘饱满又红润新鲜的草莓。

他坐到初壹旁边，把手里的盘子递给她，面色平静地道：“吃吧。”

"我不要。"初壹咕哝，低头盯着盘子，"我都吃了一盘了，你自己吃吧。"

"那我们一起吃吧，太多了，我一个人也吃不完。"乔安琛说完，又停顿了一下，补充，"我愿意分享给你。"

初壹总觉得他最后的这句话别有深意，也可能是她自己本就心虚，但是……她咽了咽口水，望着那盘诱人的草莓，还是没有任何原则地妥协了："那好吧。"她迫不及待地伸出手去，"我开始吃啦。"

"嗯。"乔安琛点了下头。

两人难得能一个晚上这样坐在一起一边吃着水果一边看综艺节目。初壹的目光落在电视屏幕上津津有味地看了会儿，她忍不住转过头，观察乔安琛的神色。

他坐得极其端正，和初壹歪七扭八的姿势截然不同，认真地盯着电视像是在进行某种正式的活动，表情十分专注。

初壹惊奇了，咦了一声："你看得懂吗？"

乔安琛的表情似乎崩裂了一秒，他扭过头看着她。

初壹也后知后觉自己这个问题问得似乎有些过分，什么叫"你看得懂吗"？他又不傻。

她避开他的视线，不自然地咳嗽了一声。

主要是乔安琛平时从来没有看过这些娱乐节目，甚至连电视剧、电影都几乎没看，在初壹的潜意识里，他身上就是有个真空绝缘体，把这一切都隔开了。

初壹心目中已经不知不觉地把乔安琛和那些七八十岁的退休老人划分为一类了。

像是为了回应她的话，乔安琛再次将目光放在了综艺节目上，淡淡地点评："里面的这些夫妻都是真的结婚了吗？"

这档综艺节目是明星夫妇真人秀，里面有歌星、演员、主持人和全职太太，节目主要展示的是在旅行中两人之间的一些暖心甜蜜的小细节，还有每对夫妻之间的互动，顺便可以让观众欣赏旅途中的各种漂亮景色。

初壹见状立即回答："当然啊！"

里面有不少她喜欢的女演员和她们的老公，都结婚很多年了，而且每对夫妻之间的相处模式都很特别，这是初壹最近最喜欢的一档综艺节目了。

“我还以为都是专门请来的演员。”乔安琛说道。

初壹莫名其妙地说：“当然不可能，观众又不是傻子。”

“哦。”

“你干吗这么说？”初壹有点儿生气，觉得喜欢的节目被乔安琛侮辱了。

“就觉得……”乔安琛转过脸，慢吞吞地说，“有点儿不真实。”

“嗯？”

“他们……”乔安琛指了指电视，有些困惑，“和另一半每天真的都是这么相处的吗？”

里面的每对夫妻基本都会跟对方说“我爱你”，分别时会亲吻，大大小小的事情第一时间想分享给对方，每个特殊的节日会有属于自己的不一样的庆祝方式……

还有许许多多他们未曾经历过的东西。

初壹懂了。

大概在乔安琛的眼里，这些都是不可思议的，因为他们从来没有像那些夫妻那样子生活过。

“当然了。”她一本正经，假装笃定地说道。

“难道你以为所有人的婚姻都像我们这样无趣吗？正常的婚姻生活都不是这样的。”

“谁说的？”乔安琛不紧不慢地反驳她，很认真地说，“我觉得我们这样就很好。”

他非常满意了。

除了先前初壹闹的小脾气，乔安琛觉得他的婚姻简直挑不出一点儿毛病。

其实在没结婚之前，乔安琛对婚姻并没有一丝想象和憧憬的想法。

他在感情方面的经验几乎为零，从小到大最感兴趣的事就是读书，看法律相关的杂志，看新闻案件，还看一些乱七八糟的杂书。

在周围人都开始谈恋爱的时候，他对那些青春靓丽的女同学并没有太多感觉，甚至觉得她们还不如一本书有趣。

而等到大家都开始成家立业了，乔安琛还是独自一人。他并不觉得这有什么不好，甚至有点儿享受一个人的生活，只是这两年明里暗里地被父母催婚弄得有些麻烦。

为了解决这件事情，乔安琛被动地见了几个相亲对象，各种各样的女性都有，穿着打扮、谈吐都不同，但他毫无感觉，甚至想到要和对方生活在一起还会莫名地抗拒和反感。

乔安琛觉得这样的社交活动没有任何意义并且非常浪费时间，正准备找时间和父母好好谈一谈宣布自己暂停相亲的决定，家里已经提前给他安排好了和初壹的见面时间。

乔安琛是个时间观念和责任感非常强的人，答应的事情基本就会尽全力做到，所以即使有满满一天的工作，他还是抽时间出来和初壹见了个面。

但他没想到，就出现了一个例外。

乔安琛还记得第一次见到初壹时的场景。

对面的女孩子坐在那里，弯起眼睛笑着，声音软绵绵的，有点儿奶，让乔安琛想起他妈养的那只刚断奶的小猫崽。

她和他以前遇见的那些相亲对象都不一样，粉粉的、温顺、可爱，没有一丝攻击性，黑色的长发在头顶绑成了一个……乱七八糟的鬏鬏？她身上也没有奇奇怪怪的香水味，没有化妆，眼睛很干净，嘴唇是自然的淡粉色。

他破天荒地没有生出反感。

初壹身上似乎有种天生的亲和力，让人想要亲近她。乔安琛每一次和她见面之后，对她的印象就会再次加深，心底的感觉也慢慢变得有些不一样了，好像是什么刚萌芽的东西一点点伸展壮大，最后盘踞在里头，牢牢占据了一个位置。

所以，当乔安琛得知要和她步入婚姻殿堂时，第一反应不是意外和抗拒，而是一种很复杂又很莫名其妙的心情，似乎是忐忑，又似乎是紧张，甚至还有一点儿说不出来的期待。

但所有情绪里面，都没有一点点和拒绝有关的东西。

他很顺从地接受了。

婚后的生活是他二十几年的人生中最特别的体会，他每天回家面对的不再是空荡荡的房子，里头多住着一个人，在他下班时会冲他笑、会和他说话、会撒娇、会闹脾气。

吃饭是两个人，出门是两个人，待在一起什么也不做时，也是两个人。

晚上两人睡觉时被窝里总是暖的，空气是清香的。初壹就和他想象的一样，很软、很温顺，还带了点儿莫名其妙的甜。

乔安琛觉得这比他没结婚时的生活要好太多太多了。

客厅里灯光明亮，电视里传出了女嘉宾的笑声，还有她们的丈夫的说笑打闹声。

乔安琛的表情十分郑重，甚至带了点儿正气凛然的严肃，初壹从他的脸上可以深刻认识到——他说的都是真心的话，甚至是发自肺腑的。

“我觉得我们这样就很好。”

他对他们的婚姻生活是真的十分满意，并且没有任何想要改变的念头。

初壹想说的话都消失得无影无踪了，熟悉的无力感再次涌上心头，她转回头，面无表情地吐出两个字：“行吧。”

那她也没什么好说的了。

乔安琛也没觉得自己哪里不对，但初壹明显不高兴了，他在旁边默默地坐了会儿，实在坚持不住了。

他也不知道今晚自己为什么要坐在这里看这么无聊的节目，但感觉时间也差不多了。

“我先回房了？”乔安琛试探地询问一旁的初壹。

初壹头也不回地点了点头：“嗯。”

乔安琛抿了抿唇，默默起身，然后回了房间。

他一走，初壹就绷不住了，抓起旁边的抱枕仿佛将其当作某人，用力拉扯蹂躏，咬牙切齿地道：“讨厌、讨厌、讨厌！乔安琛太讨厌了！”

这晚直到临睡前，初壹才回房间。

乔安琛都已经收了书准备睡觉了，只开了一盏小床头灯，一室静谧。

初壹闷不吭声地爬上床，拉起被子躺下，把自己盖好，全程没有和旁边的乔安琛讲话。

倒是乔安琛察觉到动静，睁开了眼：“我关灯了？”

初壹闭着眼睛懒得看他，冷淡地嗯了一声。

乔安琛顿了几秒，伸手关了灯。

房间黑了下来，初壹一动不动地躺在那里，感觉自己直挺挺的，好像胀满气的河豚。

她有些气得睡不着觉，一想到乔安琛在旁边，怒气更是不打一处来，甚至想要去隔壁客房睡了！

就在初壹独自生闷气而毫无睡意时，乔安琛突然动了。他伸手过来，竟然想抱住她。这可是一个太好的机会了。

初壹一把打掉他的手，只听黑暗中传来啪的一声脆响。

根据那声音的响亮度还有手心传来的微微痛感，初壹也能想到乔安琛此刻一定更痛。

她心中有些畅快，满腹怒气消了一点点。

“你干吗打我？”果不其然，乔安琛立刻说话了，声音里似乎还带着困惑和难以置信。

“我今天没心情。”初壹冷冷地说，有一种报复成功的快感。

气氛安静了一下，须臾乔安琛无辜又委屈，十分莫名地开口：“我只是想抱着你睡而已，没想做其他的。”

初壹：“……”她有些脸热，刚退下去的怒火成倍地翻了上来。

“抱着睡也不行！”初壹加重音量，几乎是慷慨陈词了。乔安琛在被子底下揉了揉自己被打痛的手，过了会儿，委屈地小声道：“抱一下也不行吗？”

“不行！”初壹又义正词严地道。

乔安琛抿了抿唇，有些失落：“好吧。”

初壹恨恨地翻了个身，扯着被子睡到了床边上，离他远远的。

她用力闭上眼睛，感觉自己真是受够了。

这段婚姻也没有什么让人留恋的价值了！

乔安琛倒是没想这么多，只感觉初壹心情好像不太好，尽量不去惹她。

于是他也不敢说话了，自己默默地准备睡觉。

夜里不知道睡到几点的时候，初壹又蹭到他怀里来了，手不规矩地往他的脖子上攀。乔安琛迷迷糊糊地被她弄醒，伸手把她往胸前揽了揽，顺便把她揽在他脖子上的手放到腰间。

初壹在梦里咂了咂嘴，乖乖地抱住了他。

对这一切，初壹当然是无从知晓的，因为她一觉醒来时乔安琛已上班去了。

纵使满腹怨气，初壹还是给他准备好了晚饭。乔安琛晚上回来看到一桌热菜，心情立刻变得轻松起来。

他去厨房拿碗，然后在桌边坐下。初壹解掉身上的围裙，到他对面拉开椅子。

乔安琛盛了饭，接着拿筷子夹了根盘里翠绿的芦笋，吃完点头评价："好吃。"

他的态度这么好，初壹也不好再摆脸色，自己也伸过筷子去夹菜，淡淡地道："好吃你就多吃点儿。"

"嗯。"乔安琛很听话地点了点头，然后吃了三碗饭。

两人在做家务上一直是很自觉的，谁有空就做一下，但一般有空的都是初壹。她也不忍心让刚下班回来、带着满身疲惫的乔安琛去干活。

但是做饭的那个人都不用洗碗，这是一种默认的潜规则。

乔安琛在洗完碗之后就去洗澡了。初壹把阳台上的干衣服收进来，然后整理叠好，乔安琛的衬衫比较麻烦，还要简单熨一下。

她把熨斗插好电，衣服平铺开放在桌上，渐渐有热气冒了出来。初壹垂着头认真地握着熨斗抚平衣服上的褶皱。

乔安琛洗澡向来很快，没几分钟就好了。他穿着睡衣气息湿润地打开门准备去厨房倒水，刚好看到这一幕。

乔安琛停了下脚步，定定地注视了初壹几秒，灯光下她眉眼清秀，神色很平和，让乔安琛莫名感觉到了一种别样的温柔。

他觉得初壹很好。

到厨房倒了水出来，乔安琛握着杯子慢慢踱到了初壹旁边，低眸认真地看着她的动作。

初壹莫名地抬起头看他："你在这儿干什么？"

"看你怎么弄的。"乔安琛有些好奇。他以前的西装、衬衫都是送到楼下洗衣店去干洗，婚后便一直是初壹在打理，乔安琛没有注意过这些细节。

此时他看着初壹的动作，眼里带了新奇之色。

这是需要很细致的动作和耐心才能完成的一件事情，有些皱巴巴的衬衫在她手下渐渐变得平展整齐，就像是他每日上身时一样。

"你今晚是不是很闲？"初壹低着头随口问道，手里动作依旧不停。

乔安琛顿了顿，回答："还好。"

"那如果你有时间的话，可以去把地拖了。"初壹抬眼注视着他，脸上表情似笑非笑，"这样我待会儿就不用再去拖了。"

乔安琛："……"

"好吧。"他默默地放下了手里的杯子，到一旁去找拖把。

初壹没再管他，继续熨着衣服。

旁边还有好几件衣服等着熨，初壹一般是把他的衬衫累积起来，等差不多可以凑够一洗衣机了，就放在一起清洗。

因此初壹给乔安琛买了七八件衬衫，以免出现那种不够更换的场面。

客厅里，熨斗发出细微的响声，初壹把衣服弄好挂在衣架上，偶尔抬眼，就看到前面乔安琛穿着一身蓝格子睡衣，脚上踩着亚麻拖鞋，正低头弯着腰拿着拖把认真地拖地，那表情严肃专注得仿佛连一粒灰尘都不会放过。

她意识到自己笑出来的时候，又飞快地调整好表情，绷直嘴角，眼观鼻、鼻观心地加快了手上的动作。

乔安琛拖完地之后，初壹也差不多快结束了，他还特意走过来和初壹报告了一下，像小学生大扫除结束报告老师一样，眉眼间有种出乎意料的乖巧劲儿，似乎还有种想要求夸奖的意味。

“我拖完了。”

“嗯好。”初壹打量了一眼，地板光洁照人，找不到一丝灰尘，便点了点头应道。

乔安琛动了动嘴唇，似乎想说什么，又算了，最后只开口道：“那我先回房了。”

“嗯。”初壹又点了下头，这次还抬脸认真地看了他一眼。

乔安琛站了几秒，转身走了。

客厅变得无比安静，等初壹把衣服都熨完，时间也不早了，她又慢腾腾地洗了个澡，吹干头发，开始保养肌肤。

她先在脸上涂抹了各种护肤品，其流程手法堪称复杂，就在最后乔安琛以为结束了时，只见她又拿出一大瓶东西，卷起裤脚擦起身体来。

里里外外细致地涂上了一圈，乔安琛想着这该差不多了，然而初壹又不知从哪里翻出了一个小瓶子，挤出一点营养液在手心搓开，又抹起头发来。

她这可真是从头到脚，最后连头发丝都不放过。

一系列操作下来，乔安琛手里的书都翻了一大格了，初壹终于上床，身上有着混杂在一起的各种香气。

气味不难闻，对乔安琛来说甚至已经非常熟悉了。

时间差不多已经十一点了，初壹的生物钟现在被乔安琛调整得十分健康，从刚开始结婚时的凌晨两三点睡，到结婚没两个月时的十二点睡，再到现在，已经基本和他同步，每晚过了十一点她就关灯开始酝酿睡意。

两人各自睡前娱乐，没多久房间的灯就灭了。

初壹放下手机，准备入睡。

闭上眼睛没一会儿，旁边的乔安琛突然开口说话，声音平板无波，初壹仿佛能想象出他在黑暗中面容平静的模样。

“初壹，你昨天睡到半夜的时候，钻到我怀里来了。”

初壹：“……”有事吗？他突然说这个？

她呼吸凝滞了片刻，还是保持镇定地回答：“哦，我睡着了不知道。”

“你每晚睡觉的时候基本都是这样。”乔安琛又语气平平常常地说，初壹胸口一哽，差点儿一口气提不上来。

她很想教育乔安琛一顿。

“人艰不拆”[1]这个词他是没听说过吗？

沉默在房间里蔓延，初壹的脑子里闪过无数猜测，是她本来睡相就不好还是真的在梦里无意识地暴露出了对乔安琛的饥渴？她有没有说什么梦话？除了往他身上蹭她应该没有做出其他少儿不宜的事情吧？

初壹越想越慌，整张脸都皱在了一起。如果乔安琛打开房间的灯，就可以看到她已经羞愤得快要哭出来了。

乔安琛还是无所察觉地把要说的话继续说完：“所以你迟早是要抱着我睡的——”他顿了下，接着开口，语气镇定且平静，“不如现在就开始。”

初壹：“……”

见她不说话，乔安琛等待了几秒，又补充了一句：“因为你每次过来的时候我都会被你弄醒，所以我想……”

求你闭嘴好吗？初壹都快要把这句话喊出来了。

但她还是用强大的自制力将话压了下去，深深吸了口气，冷冷地道：“不用了。”

似乎觉得这句话没有什么说服力，初壹又咬字极为清晰地强调：“我想我今晚会控制住自己。”

1　网络流行语，“人生如此艰难，有些事就不要拆穿”的意思。

乔安琛默然了，须臾忍不住自言自语地嘟囔：“都睡着了怎么控制住自己啊？”

“好了，闭嘴，睡觉。”

初壹忍无可忍，用最后三个词结束了他们这一次睡前的交流。

乔安琛有点儿憋屈地闭上了嘴巴。

早晨没有闹钟的周末显得十分宁静美好，白色纱窗被阳台风吹起，阳光悄悄洒了进来。

初壹的意识一点点清醒，她迷迷糊糊地睁开眼睛，无意识地在手里抱着的人胸前蹭了蹭。

抱着的人？胸前？

初壹一个激灵，彻底醒了。

她睁开眼，恰逢乔安琛也慢慢清醒，长长的睫毛颤了颤，终于睁开眼睛，和她对上视线，那双黑眸显得有些蒙眬，似乎还未从睡梦中抽离出来。

初壹放空了两秒，反应过来，默默地从他腰间抽回了自己的手，然后转身掀开被子下床。

她刚穿上拖鞋，还没来得及消失，就见乔安琛抓了抓头发坐了起来，神情极其无辜，嘴里咕哝：“看吧，我就说控制不了的……”

初壹：“……”

她真的想原地爆炸。

因为这件事情，初壹一早上没能拉下脸和乔安琛说话。乔安琛倒是毫无察觉，自在舒适得很，煮了壶咖啡，还主动问初壹喝不喝。

初壹面无表情地拒绝了。

类似这样的事情一天发生了好几次，乔安琛在她这里碰了几次壁之后，也感觉到了什么，后来就没说话了，一个人默默地在旁边做事。

初壹后知后觉，感觉有一点儿愧疚。

傍晚乔安琛出了一趟门，初壹在厨房里洗菜，没注意，等到他回来时才发现他手上提了什么东西。

乔安琛把袋子放到桌上，随口说：“家里没水果了，我去买了点儿。”

他走到初壹旁边，接过她手里的菜刀："我来吧，你去休息。"

初壹没说话，洗干净手就出去了。她经过餐桌时，打开乔安琛提进来的那个袋子，发现里面是满满的两盒草莓和车厘子，角落里还有一个粉色的小蛋糕，上头点缀着一颗大草莓。

这晚关了灯，房间黑漆漆、静悄悄的，初壹慢慢地挪过去抱住了乔安琛。

他似乎僵了一下，然后听到初壹说话，在黑暗中声音轻轻的、软软的，好像刚做出来的大朵棉花糖。

"我想了一下，反正我迟早是要抱着你睡的——"她将脸靠在他的胸前，两只手环抱着他的腰，有点儿不真实的虚幻感，"不如现在就开始。"

两人似乎回到了之前的状态，初壹也不再和乔安琛闹脾气了，反正到最后痛苦的总是她自己。

因为乔安琛不难受，她会难受；乔安琛一难受，她更加难受。

到头来被折腾的还是她。

就像一个没有任何浪漫情趣的人，察觉到她不开心，闷不吭声地跑出去给她买了水果和小蛋糕，她就心软得一塌糊涂，没有任何脾气了。

生活反正不好不坏，只要乔安琛乖乖的，不要再做出什么让她难以忍受的举动，初壹觉得自己对他可以再包容一下。

天气渐热，没过多久岚城的初夏来临，乔安琛最近也很忙，好像出了一起很大的经济案件，连新闻上都时不时在报道，初壹偶尔刷到社会热点，都会看到有关这个案子的信息。

她从来不会主动去询问或者了解乔安琛工作上的事情，在最终结果没出来之前，变数太大，况且他们的保密性很严格，就连有关案情的卷宗都不能带出办公室。

这晚初壹一直等到将近十一点乔安琛都还没回来。她刚想给他打个电话时，门边终于传来响动。

她掀开被子下床，打开房门说道：“怎么这么晚才回来？”

话音刚落下，她就看到乔安琛脸色疲惫，搭着西装外套的那只手后头还牵着一个小孩儿。

小男孩儿六七岁大，穿着短袖和长裤，胳膊小小的，眼睛又大又亮，安静地看着她，身子躲在乔安琛的腿边，表情怯生生的。

初壹惊疑不定，难以置信地问：“乔安琛，你这是从哪里弄来的小孩儿？”

时间像是定格了一瞬，乔安琛似乎动了下唇，组织几秒措辞之后，有些底气不足地开口：“他……家里出了点儿事情，没有地方住，所以我先带他到我们家暂住一下。”

初壹：“……”

她大概懂了，就是乔安琛又做好人了。

没关系，初壹深吸了一口气，看向他身后的小孩儿，尽量将自己的语气和神态放柔和：“那你先带他去洗个澡，我去把隔壁房间收拾一下。”

乔安琛目光闪了闪，点了点头：“好。”

家里是没有小孩儿的衣服的，小孩儿洗完澡出来还是穿着那一身衣服。他格外安静，不知道是因为性格本来就如此还是因为到了陌生地方才这样。

初壹问乔安琛：“他吃过饭没有？”

乔安琛露出茫然的神色，接着仿佛才想起来，低头问那个小孩儿：“你吃过晚饭了吗？”

小孩儿抬起头，有些胆怯地摇了摇头。

初壹：“……”

她看了眼乔安琛，不知该如何反应了。

“那我去给你煮点儿东西吃好不好？你想吃面条还是饺子？”初壹弯腰下去柔声问。家里也只有这两样东西了。

小孩儿抿了下唇，小声说：“饺子……”

“那你等一下，姐……”话一出口，初壹就感觉自己似乎应该是被人叫阿姨的年纪了。

她纠结了几秒，艰难地道："阿姨去给你煮饺子。"

初壹说完正准备去厨房，小孩儿看了她几眼，突然开口，声音稚嫩又犹豫："你看起来一点儿都不像阿姨，像姐姐……"

初壹顿时笑了起来，忍不住指向旁边的乔安琛说："那你觉得他像什么？"

"叔……"小孩儿说了一个字，反应过来，有些心虚地改口，"哥哥。"

初壹收起脸上的笑，很认真地看着他，教育道："小朋友是不能撒谎的哦，不然鼻子会变长！"

"叔叔！"小孩儿立刻仰头看着乔安琛，有些迟疑，又郑重地补充了一句，无比清脆响亮地叫道，"叔叔。"

乔安琛："……"

饺子不一会儿就煮好了，初壹将其盛在盘子里端出来，一个个白胖胖、热乎乎地冒着气。小孩儿明显饿狠了，拿起筷子就往嘴里扒拉，腮帮子鼓鼓的，动作虽然有点儿急促但不狼狈，看得出来家里教育得很好。

初壹在对面坐着，忍不住揉了揉他的脑袋。

小孩儿吃完一盘饺子后，初壹也差不多了解了。小孩儿今年刚满六岁，在读一年级，名字叫黎言，今天原本是六一儿童节放假在家，爸爸妈妈却突然被带走，家里也被查封了，他已经在警察局待了一整天。

乔安琛晚上刚好过去确认事情，负责这起案件的那个警察立刻拉着他不放，说头痛不已，不知道该怎么处理这个小孩儿。

他们家亲戚都在国外，警方虽然已经联系上了，但亲戚回来也要好几天，这边相关的人员都被限制人身自由了。

而这几个值班的警察要么是一个人住，要么连女朋友都没有，唯一一个结婚了的人家里也没有多余的房间，总不能让人家两个闺女和小孩儿挤一张床吧。

最后思来想去，警察们正好看到乔安琛过来，把主意打到了他身上。大家都知道他去年才结婚，妻子人还挺好。

小孩儿就一个人缩在角落里，听到说话声，仰起头可怜巴巴地看着乔安琛。

乔安琛一时之间也说不出拒绝的话来，似乎让小孩儿暂住两天也不是不行，家里刚好有空房，初壹也在家。

乔安琛当时没有考虑太多，几双眼睛都盯着他，就顺势答应了。

后来回来的路上他才发现好像有点儿不好，因为他貌似没有提前和初壹说过。

推开门时他还在想着怎么跟初壹开口，但好在最初的惊讶过后，初壹对这个小孩儿好像比对他还好，乔安琛悄悄松了口气。

小孩儿吃过饺子就去睡了。他话很少，只有在初壹询问他的年龄、姓名等问题时才会抬起眼小声回答，大概是今天一天经历了太多事情，已经超出了他这个年纪的孩子应该承受的范围。

帮他关好灯，小心关上房门退出来之后，初壹脸上的笑意瞬间消失。她板起脸盯着身后的乔安琛，严肃地道："你过来，我们好好谈谈。"

卧室里，两人穿着睡衣在床上相对盘腿而坐，初壹质问着乔安琛："你突然带一个小孩子回来为什么不和我商量？"

乔安琛心里咯噔了一下，连读书时面对老师都没有这种紧张感。他甚至屏气咽了下口水，脑中飞快想着怎么解释。

"当时……大家都在等着我回答，那个小孩儿也在，我不好再特意出来打电话跟你商量。"其实……他不敢说是自己忘记了。

初壹倒是勉强接受了这个解释，但心里总觉得哪里不对劲儿，让她胸口一口气不上不下的。

"那你回来的时候怎么也不提前和我说？"她立刻瞪过去，终于想到哪里不对了。

"我……怕你睡了。"乔安琛弱弱地道。况且事情已成定局，他再说什么好像也没用了，而且那个小孩儿就坐在后头，他总觉得有点儿开不了口。

"……"初壹才不信他的鬼话，憋着气又忍下去了，还是勉强心平气和地道，“他家里是怎么回事？”

乔安琛倒是悄悄松了口气，立即回答：“就是最近出的那起最大的经济案件，他父母都是涉案人。”说完，他又补充了一句，“情节还挺严重。”

初壹沉默了下来，过了会儿，还是问：“那他以后怎么办？”

“一般是其他近亲属代为抚养。”

“那如果没有近亲属呢？”

乔安琛默了一下，回答：“可能会被送到孤儿院。”

气氛因为这句话而变得沉重起来，初壹也没有心思再去纠结她和乔安琛的那点儿小事，在这种关乎一个人命运的话题上，似乎什么都是不值一提的。

她又想起刚才那个安静沉默的小男孩儿，一时间突然什么都不想说了。

“睡吧。”须臾，初壹出声。

乔安琛顿了顿，点头。

第二天刚好是周日，乔安琛一大早起来去加班了，初壹也不敢赖床，在他走后没多久也跟着起来了。

那个小孩儿的亲属接到通知在准备回国，但具体时间还没确定，初壹一时半会儿也不知道他还要住多久。

准备好早餐，就听到隔壁门发出了咔嗒一声响，初壹抬头，看到门后露出那张怯懦的脸时，朝他笑了笑：“小言，早呀。”

“姐姐早。”他抿了抿唇，走过来乖乖地爬到餐桌前的椅子上坐好。

“刷牙洗脸了吗？”次卧也是有独立卫生间的，初壹打量了一眼他白嫩干净的脸，出声问道。

“洗了。”小孩很乖地回答。

因为有小孩子在，初壹也不能像以前那样随便准备早餐了，破天荒地热了牛奶，做了三明治，还洗了新鲜水果。

两人吃完早餐，初壹带他出门去商场买衣服。

昨天来的时候，小孩儿只背了一个小书包，其他的什么也没有，初壹带着他打车去了附近的商场。

整个过程他很安静听话，初壹让他试什么就去试，买完之后很小声地和她说谢谢。

两人经过一个甜品店时，他的目光落在橱窗那里展示的冰激凌上好几秒没有移开，被初壹发现之后，倒是咻的一下收回了视线。

“走吧，我们进去看看。”初壹突然改变了方向，准备走进去，小孩儿立刻拉住了她的手，嗫嚅着道：“姐姐，我不想吃冰激凌。”

“可是姐姐想吃啊。”初壹笑眯眯地说。小孩儿垂下头不说话了，乖乖地被她牵着进去。

最后两人一人拿了一个草莓冰激凌出来，那圆圆的雪糕球上头还点缀着颗大草莓，粉嫩诱人。

小孩儿的眼眶有点儿红红的，他咬了口手里的冰激凌，睫毛颤动两下，像是快哭了。

“怎么啦？”初壹立即心酸了，蹲下来看着他，难过不已。

“没什么。”他死死地低着头，伸出手背抹了抹眼睛，嗓音带了哽咽，“就是怕……以后再也吃不到这么好吃的冰激凌了……”

初壹的视线瞬间就模糊了。她半蹲在他面前，把小孩儿抱到了怀里，拍着他的脑袋不停地安慰：“不会的，小言，过几天你的小姨他们不就从国外回来了吗？他们会像姐姐这样对你好的……不，会比姐姐对你更好。所以不要难过了。无论多大的苦难都会过去的。”

“嗯……”他埋在她肩头闷闷地应道。初壹仰头眨了眨眼睛，逼退里头的泪意才开玩笑地说：“再不吃冰激凌要化啦。”

小孩儿立即从她怀里站直身，有些不好意思地擦了擦眼睛，然后努力地对她笑了一下。

“嗯！”他低头咬了口冰激凌，含混地道：“好好吃。”

买完衣服和一堆其他乱七八糟的东西回去，时间才下午三点，初壹又带他去超市逛了逛，买了菜和水果。

时间还早，初壹顺便把家里剩的黄油和面粉加上蔓越莓，做了一盘小饼干。

小饼干一出炉，空气中都是香甜的味道，烤得焦黄的饼干上点缀着红红的蔓越莓干，一口咬下去又脆又香，还带着酸酸甜甜的味道。

初壹很喜欢吃蔓越莓饼干，做过好几次了，现在都十分熟练了。

小孩儿倒是很惊喜，初壹把盘子端出去放到他面前，让他开心得立即眼睛一亮："姐姐，你好厉害！"

"尝尝，好吃吗？"

他拿起一块饼干，咬了一口后不停地点头："比我在外面买的还要好吃！"

"那全都给你。"初壹把盘子推到他面前，眉眼弯弯地道。

"姐姐去做饭了，你自己乖乖玩，不要吃太多，要留着肚子吃晚餐。"

小孩儿乖巧地点头答应。

乔安琛今天倒是回来得比以前都早，初壹才弄完一半，就听到门边传来动静。

他看到黎言一个人坐在椅子上，面前摆着一盘饼干，又不见黎言吃，就这样干看着。

"怎么不吃？"乔安琛走过去问，顺手拿起一块饼干放到嘴里。

黎言动了动，仰头看着他叫了声："叔叔。"

乔安琛动作一顿。

黎言叫初壹姐姐，叫他叔叔，那他和初壹之间的辈分算什么？

乔安琛错乱了两秒，又不好意思让人家叫他哥哥。

算了算了，反正这又不影响什么，乔安琛索性不去想了。

"姐姐在做饭，让我留着肚子吃晚餐。"黎言很乖顺地回答。初壹让他不要吃太多，他就真的只吃了几块，然后忍着不动了。

"哦。"乔安琛点点头，然后看向了厨房的初壹。从他进来到现在，她都没搭理过他。

乔安琛想了想走进去，在她旁边主动问："今天做什么菜？"

初壹抬了抬下巴示意了一下手边的配菜，发出一个单音节，意思是让他自己看。

乔安琛默了两秒，又说："你们今天做什么了？"

"给小言买了点儿衣服。"这次初壹倒是搭理他了，只是语气不冷不热的。

乔安琛顿了顿，半晌悻悻地说道："我来做吧，你去休息。"

"不用了。"初壹转头打量了他一眼，语气听不出喜怒，"你上了一天班，还是去休息一下吧。"说完初壹就自顾自地忙活了。

乔安琛在原地站了会儿后，默默地转身走了。

晚上吃饭时气氛倒是挺好，初壹面色柔和，嘴角时刻带着笑意，和黎言聊着天，乔安琛偶尔也能插上两句。

说起他明天要上学的事情，乔安琛出声："和我上班的时间差不多，我明天送你过去。"

"你顺路吗？"初壹看向他问。

乔安琛回答："离得不远，没关系。"

"好。"她点了点头，然后对黎言笑了笑："那姐姐下午去接你放学。"

"对了。"初壹又想起什么，说，"待会儿我把小饼干用袋子装起来，你明天可以带去学校吃，晚上有什么想吃的菜吗？"

黎言摇了摇小脑袋："姐姐做的我都吃。"

"姐姐做菜好吃吗？"初壹见状开玩笑地问。

黎言正在咬鸡翅，闻言很捧场地大力点头："好吃！"

"那下次这位叔叔有空了叫他给你做一顿，叔叔做的菜更好吃。"初壹望着乔安琛笑吟吟地打趣。

黎言立即有些惊奇地仰头望着乔安琛，眼睛瞪得圆圆的，好像很不可思议。

"干什么，不相信吗？"乔安琛睨了他一眼，黎言立即摇头。

"不是……"他低着脸扒饭，声音含混不清地说，"就是你长得不像是会做饭的样子……"

初壹乐不可支，乔安琛都被他气笑了，追问："那叔叔长得像什么样子？"

"就……"黎言歪着脑袋认真思考了许久，最后怯怯地看了乔安琛一眼，吞吞吐吐地道，"很严肃，有点儿吓人。"

乔安琛："……"难怪昨晚这个小孩儿全程一句话都不和他说，一到家立刻就对着初壹开口了，原来是他长得吓人。

“乔安琛，你以后晚上不要出门了。”初壹对他说。

乔安琛很郁闷，莫名其妙地问：“为什么？”

初壹慢悠悠地补全了后半句：“因为你会吓到小孩儿。”

“……”

周一黎言去学校上课，初壹难得早起，在乔安琛的闹钟响了他松开她之后，几番挣扎，终于迷迷糊糊地揉着眼睛坐了起来。

乔安琛洗漱完，一出来看到她坐在床上，诧异地挑眉：“你怎么起来了？”

“今天小言要上学，我不太放心……”初壹睡眼蒙眬地掀开被子下床，拖拉着脚步走去洗手间。乔安琛瞧着她的背影，心里莫名感觉有点儿奇怪。

结婚这么久，初壹从来没有送过他上班，这是第一次和他一同起床，而理由还是因为一个小破孩儿。

乔安琛缓缓出了口气，压下心底的复杂情绪。

初壹只简单地刷牙洗脸，没有换衣服。

乔安琛一般不在家里吃早餐，准备在路上给黎言买点儿吃的。初壹拉开黎言的小书包，把昨晚包装好的蔓越莓饼干放了进去。

把两人送到门口，初壹弯腰微蹲下身子，对黎言有些不放心地嘱咐：“在学校乖乖的，就和平常一样，不要想这么多，等姐姐下午过去接你。”

小孩儿睁着那双黑润干净的眼眸望着她，点了点头。

初壹伸手温柔地摸了摸他的脑袋。

她站直身子，乔安琛拉起黎言的手正准备开门，初壹又叫住了他：“等一下。”

“怎么了？”乔安琛疑惑地回头，看着初壹凑近，盯着他的下颌处，突然伸出手来整理了一下他的领结。

“领结歪了。”初壹说。今天要出庭，因此乔安琛穿了一身正式的制服，感觉刚才被初壹动过的地方似乎有些不对劲儿。

乔安琛抿紧唇，面色未变地朝她点了点头，然后牵着黎言出去。

乔安琛没有说话，绷着脸十分严肃。黎言偷偷看了他一眼，又看一眼，低着小脑袋大气都不敢出一下。

直到进了电梯，乔安琛还是忍不住伸手去摸了摸领结，对面光滑的镜面中显示出了他此刻的模样，里头的男人不由自主地弯起了嘴角。

黎言用力眨了眨眼睛，怀疑是不是自己看花眼了。

初壹送两人出门后，打了个哈欠，穿着睡衣去弄早餐。

她一个人吃得很随便，因为下午还要去接黎言，所以提前开始画稿。

埋首桌面大半天，初壹终于抬起头伸了个懒腰，面前屏幕上的几张黑白线稿已经初具轮廓，今天工作效率还不错。

她起身舒展了一下身体，踱到冰箱前，打开冰箱门，从里面拿出一瓶酸奶仰头喝了两口。

中午她依然叫的外卖，吃完在沙发上休息了一会儿，继续画了两个小时稿子，看了眼时间，差不多到黎言放学的点了。

她提前从家里出发，拦下的士上车时，在考虑自己是不是应该去买辆车了。

初壹的驾照还是大学那会儿考的，属于有证理论一族，她基本没有实操经验，贸然让她开车上路，或许还有点儿危险。

以前出门少，初壹完全没有需求，但最近感觉似乎应该把这项丢失的技能捡起来了。

到学校时外头已经等了不少家长，初壹找了个视野好的位置，没过多久就听到了铃声响起。

一群背着书包的小萝卜头激情四射地冲了出来，黎言混在其中，扯着书包带子低头安安静静走路的模样显得格格不入。

初壹一眼就看到了他。

“小言！”她出声叫道。小孩儿抬起头，望见她那一瞬间就笑了。

“姐姐……”他走过来小声说，初壹摸了摸他的脑袋，把他背上的小书包拿过来提在自己手里。

“今天在学校怎么样？”初壹边牵着他往前走边问。

黎言点点头，仰着脸回答：“挺好的。”

“有没有吃饱睡好，认真听课？”

“嗯！有。”他又大力点着脑袋。初壹晃了晃牵着他的那只手，笑着说：“小言真乖，今天姐姐给你做小蛋糕吃。”

“好！”小孩儿顿时喜笑颜开，干净稚嫩的脸上是简单快乐的表情。初壹看着，心尖像是被人重重拧了一把，酸得她有些想哭。

“啊……那小言是喜欢抹茶味、杧果味还是草莓味呢？”

她吸了吸鼻子说着。两人就这样一边聊一边往回走，小孩儿的手被她牵在掌心，软乎乎的很热，一如她此刻的感觉。

晚上乔安琛回来，带来了一个不太好的消息。

黎言那边的亲戚突然出了点儿状况，要一周后才能回国。

小孩儿听完低着头没说话，初壹和乔安琛对视了一眼。她拍着黎言的肩膀，温柔地安慰道。

“小言，听说是小姨的公司出了紧急状况，她必须处理完才能来接你，你再宽容她两天好吗？”

“没关系的。”须臾，小孩儿抬起脸来，艰难地朝她笑了笑，声音很轻地道，“姐姐，我可以等。”

说完他又补充了一句，声音很小：“只要她能来就好了。”

这晚初壹一直待在黎言的房里，陪着他读书，和他讲话，睡前给他讲了一个小故事哄他睡觉。

故事是童话《小王子》。

“最后，小王子终于回到了自己的星球，找到了那朵玫瑰……”

话音刚落，躺在她身旁的小孩儿也支撑不住了，缓缓地闭上了眼睛，喃喃道：“姐姐，小王子回家了……”

“对啊，我们的小宝贝黎言也会回家的。”初壹摸着他的头轻声说。

“嗯……”小孩儿沉沉地睡了过去。

片刻后初壹合上手里的书，轻手轻脚地关了灯，掩上门回房。

墙上的挂钟指向十一点，乔安琛看向旁边，初壹背对着他十分沉默。自回来之后，她一句话都没有说过。

乔安琛收起书，抬手按灭了灯。

“心情不好吗？”他躺下去，伸手把人抱到怀里。

初壹依旧背对着他，过了许久，轻嗯了一声。

乔安琛想了想，说：“因为黎言？”

“嗯。”

“每个人都有自己的路要走。”乔安琛思考了一下，缓缓道，“你没有办法为别人的命运负责。”

“可是我刚好看到了。”初壹忍不住转了个身，在黑暗中凝视着他，“我没有办法不去想。”

“那我们这几天对他好点儿？”乔安琛想了想说。

初壹突然泄气：“还用你说！”

乔安琛沉默了，确实，初壹原本就对黎言很好，好到连他都有点儿不是滋味。

“不要想了，睡觉吧。”乔安琛最后亲了亲她的额头，低声道。

初壹没说话，只把脸往他怀里埋了埋。

没过两天，端午节放假，初壹想带黎言出去玩散散心，提前问了乔安琛，他很快答应了。

初壹想带黎言去游乐园，小孩子都喜欢那种地方，热闹欢快，充斥着梦幻般的场景。

不说其他的，初壹回忆自己的童年时，记忆里美好的片段，很多是在游乐园里诞生的：刺激又新奇的碰碰车、像童话里一样的旋转木马、甜甜的冰激凌、各种可爱的小玩具。

上午十点，初壹把自己和黎言收拾整齐，两人背着包包出门了。

小孩儿难得露出了这几天以来最灿烂的笑脸，看得出来他是真的开心了，一路上迈着小短腿，脚步都是蹦蹦跳跳的。

初壹牵着他，感觉自己都有些按捺不住，一同变得欢快起来。

乔安琛一大早接了个电话，好像要去检察院里送什么资料。她还没起床，他就开着车出去了。

临走前他还对着睡眼蒙眬的初壹叮嘱，叫她和黎言到时候先出发，他直接从检察院过去和他们会合。

初壹出门前给他打了个电话。乔安琛说他还要一会儿，初壹让他快一点儿。

今天是节假日，游乐园门口人很多，大太阳晒得有些烫人。

初壹先去买了票，和黎言找了个地方坐下，买了两杯果汁，一边等着乔安琛一边慢慢喝着。

时间一分一秒地过去，大概等了半个小时，就在初壹忍不住要再次催促时，乔安琛突然给她打来了电话。

他很抱歉地在那头说自己突然出了点儿急事，来不了了，让她和黎言好好玩。

初壹看了眼身旁小孩儿期盼的眼神，忍了几秒，最后还是没有发脾气，只冷淡地应了两句，挂断了电话。

“小言，叔叔工作上突然有点儿急事，没办法过来了，我们不理他，自己玩好不好？”初壹笑眯眯地开玩笑道。

黎言虽然有点儿失望，但还是用力地点了点头，弯起了眼睛：“好！”

两人在游乐园疯玩了一下午，小火车、城堡世界、激流勇进等叫得上名字的项目都试了一遍，初壹的嗓子都快喊哑了，黎言兴奋得小脸红扑扑的。

“姐姐，这个好好玩，我们可以再玩一遍吗？”他指了指身后的儿童过山车，意犹未尽地道。

初壹咬牙几秒，点头道：“行！那我们去排队吧！”

日薄西山时，回到家初壹感觉整个人都虚脱了，躺在沙发上浑身无力。黎言抱着今天玩游戏赢来的纪念品，整个人还未从兴奋的状态中脱离。

“姐姐，这个粉色的给你，她是女孩儿，我的是男孩儿。”他手里拿了对小玩偶，一只粉色的一只蓝色的，初壹伸手接过，又听到黎言说，“粉色的是小初，蓝色的是小言，他们是一对姐弟，非常相亲相爱。”

初壹忍不住唇边的笑意，拉着小孩儿的手把他抱到怀里，揉了揉他的脑袋："小言，今天开心吗？"

"开心！"

"那就好，姐姐下次再带你去玩。"

乔安琛推开门时，初壹和黎言正准备吃饭，菜都做好了，整齐地摆放在桌上散发着热气。

两人的手旁还各自有一个粉色小蛋糕，精致可爱。

就他没有。

乔安琛的目光在蛋糕上停留了两秒，接着他抿了下唇，认真地道歉："对不起，今天突然有个当事人来找我，没能和你们一起去游乐园。"

他顿了下，又道："下次有时间我一定补上。"

"没关系叔叔。"黎言先开口了，说完目光从乔安琛身上移开，偷偷打量着对面的初壹。

气氛安静了几秒，初壹面色平静地开口："先吃饭吧。"

吃饭时，乔安琛总是忍不住去偷看初壹，她的神色实在是太过正常，正常到让他觉得有几分异样。

可整个气氛又说不出地自然，初壹给黎言夹菜，乔安琛说了句小孩子多吃蔬菜对身体好，初壹便望着黎言轻声教育："听见了吗？叔叔说得对。"

"嗯嗯。"小孩儿猛点着小脑袋瓜子，把碗里的青菜扒拉进嘴里。初壹满足地笑了笑。

乔安琛也忍不住扬起嘴角。

只是等黎言睡下，乔安琛莫名地感觉心里惴惴的。他想了想，试探着过去把人一点点拉进怀里，直到胸膛贴上她的背脊。

初壹没有挣脱，乔安琛暗松一口气，抱着她轻声问："初壹，你今天是不是生气了？"

"没有。"她的声音传来，因为陷在被子里，听得有些嗡嗡的，不真切。

乔安琛不太敢相信，忍不住再次确认了一遍："真的吗？"

“不然呢？”初壹突然面对着他，眼睛睁得很大，乔安琛一时愣住了，好一会儿没说话。

见他这样，初壹又忍不住叹了口气：“我知道你工作忙，这是没办法的事情，我不怪你。”

“对不起……”半晌，乔安琛讷讷地开口。

初壹闭着眼睛说：“睡吧。”

乔安琛犹豫了两秒，低头凑近她，在她的唇上吻了一下：“晚安。”

待他睡下，初壹无意识地抿了下唇，似乎还能感觉到上头温热的触感，心里不自觉地暗叹一口气。

端午节的假期有三天，连着周六、周日一起放了，田婉打电话过来叫两人回去吃粽子，好不容易过个节。

初壹答应了，和乔安琛商量之后没有多考虑，就决定带黎言一同过去。

他们总不能让他一个人在家吧，再说让他多出门走走见见人也是好的。

因为提前说过，下车时田婉和乔父一见到黎言就热情地迎了上来。

初壹教过，黎言小声叫人：“奶奶好，爷爷好。”

“哎，真乖。”田婉满脸慈爱地摸了摸他的脸，一副怜爱的模样。

一进屋，黎言刚在沙发上坐下，田婉就拿了一堆小孩儿玩具过来，什么拼图、积木、变形金刚……都是知道他要来特意买的。不只是黎言，初壹都有点儿受宠若惊了。

“谢谢奶奶。”黎言怀里抱着一堆东西开心地道谢，嘴唇的弧度像是道小月牙，长长的睫毛颤呀颤的。

田婉一下捂住了胸口：“哎哟，我的心肝啊，这娃娃怎么长得这么招人喜欢呢？”

中午吃饭的时候，田婉一个劲儿地往他的碗里夹菜，黎言的碗里堆得冒尖，初壹连忙劝阻：“妈，小言吃不下这么多的，够了……够了。”

“小孩子正在长身体，多吃点儿没事。”乔父在一旁忍不住插嘴。

黎言正在低头吃饭，乌黑的眸子打量着两人，闻言加快了速度。

见他的腮帮子都撑得鼓了起来，初壹哭笑不得地摸了摸他的头：“爷爷奶奶是为你好，但不一定要你全部吃完，不然胃会被撑坏的。”

“没事。”黎言小声说，“我吃得完。”

小孩儿眼里讨好的神色不加掩饰，不仅初壹心疼，田婉也受不了，和乔父对视了一眼，轻呼：“真是造孽啊。”

吃完饭，初壹陪着黎言在客厅里玩，两人拆了田婉买的那盒积木，一起研究着怎么把城堡搭建起来。

午后阳光明亮，一大一小坐在地板上，头抵着头，神色认真专注，时不时嘀咕两句。乔安琛感觉他们好像遇到了巨大的困难，忍不住走过去：“需要帮忙吗？”

“叔……”黎言叫了一声之后立刻反应过来，改口道，“哥哥。”

路上他被初壹特意叮嘱过，在爷爷奶奶家不能叫乔安琛叔叔，黎言牢牢记在心里。

乔安琛对这一声哥哥十分受用，脸色都不由得柔和起来，在黎言旁边坐下：“你在搭什么？”

“城堡。”黎言短短的手指头费力地打开配套的图纸给他展示着城堡的图片。

乔安琛对比了一下卖家秀和他们面前的买家秀，眼里露出了深思的神色。

不得不说，初壹在动手能力方面真是一点儿天赋都没有，带着小孩儿把一个简单无比的城堡搭得乱七八糟的。

他忍不住挽起了袖子：“我来吧。”

乔安琛加入进来之后，三下五除二地把他们之前的基础几乎全部拆掉了，按照图纸一步步理顺，将每个小积木归位，城堡在他手下慢慢显现了出来。

黎言露出了极其崇拜的眼神：“哇！哥哥你太厉害了！”他在一旁雀跃地鼓掌。

初壹也眼睛亮晶晶地看着乔安琛，乔安琛难得有了丝莫名的赧然感觉。

“这个挺简单的。”他镇定地说，面上看不出分毫不对之色。

初壹趁机教育道：“因为哥哥读书的时候非常认真知道吗？”她揉着小孩儿的脑袋一本正经地说，“所以他就变成了很厉害的人。”

“我以后也要变成很厉害的人。”小孩儿仰着头郑重地道，好似许下了某种誓言，“像哥哥一样。”

“所以你现在要做的事情是什么呢？”初壹柔声引导。

小孩儿认真思考了几秒，望着她回答：“认真读书。”

“对了。”初壹满足地笑了，黎言同她对视着，也傻乎乎地开心。乔安琛望着他们两个，不自觉地柔和了神色。

不远处的田婉和乔父把这一幕尽收眼底，田婉突然忍不住对旁边的人说：“阿原，我们家乔安琛是不是应该要个孩子了？”

“嗯？”乔父诧异地侧目，又转回头望着那酷似一家三口的景象，陷入深思。

“我就是担心……”他欲言又止。

田婉的目光也定格在那边，她声音很轻地道：“我总觉得有了小孩儿之后，乔安琛会慢慢转变。你看，他和小言相处得多好。”

“万一像我们当年一样……”

“不会的。”田婉转头注视着他，眼神很坚定，“初壹不是我，乔安琛也不是你，他们的性格很适合也很互补。”

傍晚，两人准备告别后回家，田婉把初壹叫到厨房，给她准备了一堆的吃食和粽子。

她们一边打包一边闲聊着，黎言像个小尾巴一样跟在初壹脚边。厨房不大，初壹怕转身时撞到他，刚好手里在弄粽子，于是给他剥了一个小肉粽，拿勺子一起放到他手里。

“小言，乖乖去外面吃粽子，这是奶奶亲手包的，特别好吃。”

“好，谢谢奶奶。”小孩儿仰头道，拿着手里的粽子迈着小短腿很听话地出去了。

望着他消失的背影，田婉唇边的笑意还未收起来，她转回头，状似不经意地问道：“对了，初壹，你好像很喜欢小孩子？”

“对呀，小孩儿很可爱。”初壹没深思，随口答道，低头收紧袋子把里头的粽子都装好。

“那以后你和乔安琛的小孩儿一定特别幸福，有这样一个好妈妈。”田婉开玩笑地说。

初壹手里的动作一下顿住，她抬头看着田婉，讷讷地叫着：“妈……”

“我就随口说一下。”田婉耸了耸肩膀，语气很轻松地说，“你们两个的事情我不插手的。”

初壹扯着唇努力笑了笑，最后还是没有说话，转移注意力似的专注地摆弄着手里的东西。

屋外，乔父和乔安琛并肩站在阳台上，扶着栏杆眺望着远处的风景。

晚风凉凉的，吹动着额前的头发，橘红色的夕阳寂寥又绚烂。

“你和初壹打算什么时候要小孩儿？”乔父单刀直入，很简洁地开口。

乔安琛有点儿诧异地侧目：“爸，你怎么突然问起这个？”

“今天看到黎言所以突然有些感触，你们结婚也快一年了吧？”乔父上上下下打量了他一番，嫌弃道，“也老大不小了。”

乔安琛已经过了二十九岁的生日，算起来似乎也确实不年轻了。他想了一下，点了点头：“好像是，我也快三十了。”

可奇怪的是他从没想过要小孩儿，仿佛在他的认知里这并不是一件必须去完成的事情。对乔安琛来说，他并没有抱过期待。

他甚至从未去设想过在生活中多这么一个小东西的存在，想想还有点儿麻烦，现在只有他和初壹两个人也挺好的。

不过被这样一提醒，他才蓦然发觉，如果按部就班的话，他这个年纪确实是应该走到这一步了。

“对啊，不要搞到最后人家说你老来得子。”乔父威严地说。

乔安琛倒有些新奇：“爸，这个词你从哪里学来的？”他想到什么，说，“不会是每天陪着妈看电视……”

“别转移话题！”乔父有点儿磨不开面，教训他道，“你到底是怎么想的？”

"我没想过。"乔安琛很诚实地回答。

"我觉得现在就挺好的。"

乔父哽了一下，须臾又不死心地劝诱："那你就不想像今天一样？一家三口，多个小孩子陪你和初壹一起生活，看着他从一个小不点儿慢慢长大，叫你和初壹爸爸妈妈。"

乔安琛听着他的最后一句话，心蓦然动了一下，不由自主地脑补着那个场景。

他把今天堆积木时黎言的样子换成他和初壹的小孩儿，破天荒地竟然觉得有点儿向往和憧憬。

乔安琛皱了下眉头，百思不得其解。

难道是……人到了一个年纪，以前的想法和主张自然而然地就会发生质变？

回去的路上，乔安琛还在沉思，脸色凝重地开着车，一句话没说。

初壹有些奇怪，不过乔安琛经常这样，她差不多已经习惯了他陡然沉默下来。

她抱着一旁的黎言小声说着话："爷爷奶奶家好不好玩？"

"好玩。"黎言仰着小脸甜甜地笑着。

初壹的神色越发柔和："小言喜欢爷爷奶奶吗？"

"喜欢！"小孩儿立即叫道，声音响亮但不刺耳，是那种稚嫩的童音，带着点儿奶气。

初壹忍不住低头靠近他蹭了蹭他的额角，声音温柔得不像话："爷爷奶奶也很喜欢小言呢！"

乔安琛从后视镜里把这一幕尽收眼底，看着那一大一小两个人亲密地依偎在一起的模样，目光最后定格在初壹含笑的脸上。

有什么东西破土而出，蠢蠢欲动，渐渐又变得坚定。

玩了一天，小孩子精力不济，到家之后黎言就开始打哈欠，眼睛迷瞪地眨着。

初壹让乔安琛带着他去洗澡，洗完澡黎言很快就钻进了被子里，只伸出小脑袋来，很乖巧地和她说晚安。

初壹看着他睡着，才关了灯回房。

浴室里有水声，乔安琛还没出来，初壹自己先爬上床，正准备躺下，门被打开了。

乔安琛换了睡衣，头发被热水打湿了一点，露出来的肌肤白皙湿润，眸子是干净润泽的黑色，像是浸着水光。

“对了，我有件事情想和你商量一下。”他随口说着。

初壹动作一顿，坐在床上，盘起了腿：“什么事？”

不知为何，乔安琛看着她清亮的眼眸，话到嘴边莫名地停了一下。

他动了动唇，放缓了声音，罕见地有点儿不好意思起来：“你觉得我们要个孩子怎么样？”

话一出口，空气凝固了，初壹有些难以置信地望着他，神色愣愣的。

过了会儿，她反应过来，有些不可思议。

“乔安琛……”初壹皱起眉，颇为艰难地道，“你怎么会突然冒出这种想法？”

“很奇怪吗？”乔安琛也被她的神色弄得有些困惑，眉心微蹙，“我们结婚快一年了，年纪也都不小了，要个小孩儿不是很正常的事情吗？”

“可是……”初壹思绪杂乱，回忆纷至沓来，从两人刚结婚到现在的一幕幕在脑海中快速回放，心中越发沉甸甸的，恐慌压得她快要喘不过气来。

“我觉得我们现在不太适合要孩子。”最后她语气笃定地下了结论。

乔安琛的脸色沉了下去，神情变得严肃。

“为什么？”他很奇怪地质问道。除了出乎意料他还有种很强烈的失落感，里头似乎还掺杂了一些其他东西，让乔安琛心绪翻涌，五脏六腑都拧在了一起。

“你不觉得我们现在的状态很不好吗？”初壹认真地说。

乔安琛眉心的皱褶更深了，话几乎是脱口而出：“哪里不好？”

“哪里都不好。”初壹感觉到他的情绪有些不对，语气也变得不太好。

乔安琛深吸了一口气平复心情，望着她冷静地说：“初壹，我不明白你为什么突然有这样的认知，但在我看来，我们之间没有任何问题，而且我们结婚后一直相处得很好不是吗？”

“那是你认为的。”初壹坐在床上，穿着淡粉色的睡衣，眼睛睁得很大，神色郑重，仰着脸义正词严地道，“我们两个之间没有任何共通点，从来没有一起出去开心地约过会，没有试图去了解彼此，没有共同语言，没有接触对方的朋友圈子，更没有像普通夫妻一样相处生活。”

初壹一口气说完，把长久以来压在心底的郁气挥霍一空，有些意犹未尽又解脱似的看着乔安琛，不管不顾地加重语气宣布道：“由此可见，我们的婚姻已经岌岌可危了！”

乔安琛：“……”

他足足确认了三分钟，才发现初壹真的不是开玩笑的。

乔安琛此刻的心情难以言喻，他甚至有种不真实的荒谬感，紧盯着初壹的眼睛，许久无言。

是他有问题还是这个世界有问题？

乔安琛忍不住发出了来自灵魂的拷问，感觉长久以来的世界观受到了无比剧烈的冲击。

“那你……想让我怎么做？”他一时思绪万千，脑中闪过无数念头，到最后只艰难地吐出了这句话。

初壹沉默，须臾才静静地道：“不是我想让你怎么做，而是你该怎么做。”

乔安琛一脸崩溃的表情。

初壹说完，也觉得自己似乎有点儿难为人，可此刻她实在没有心情也没有耐心再和他讨论这个话题。

从对他们的婚姻下结论的那一刻，初壹就无比疲惫，伴随着强烈的酸楚和难过，还有种淡淡的悲哀。

她感觉自己此刻完全没有办法和乔安琛待在同一个空间里。

初壹下床穿好鞋子：“我今晚去和小言一起睡。”

初壹说完没等乔安琛回答，也没有去看他此刻的表情，垂下眼径直离开。最后关上门时，她又停住脚步，头也不回地低声道：“你也早点儿睡。”

房间又恢复了安静，似乎静得有些可怕，变故发生得太快，在几分钟之间，乔安琛的认知就被彻底颠覆。

直到此刻他都有点儿恍惚，怀疑刚才的一切是不是真的发生过。

可是空荡荡的房间和面前这张已经无人的床又在提醒着他，刚才的一切都是真实的。

乔安琛低垂着脑袋在原地站了许久，阳台的风刮了进来，满身凉意。他情不自禁地打了个哆嗦，如梦初醒般回过神来，愣愣地环顾周围，再也寻不到初壹的半分影子。

这一晚谁都没有睡好，初壹还好，乔安琛满脸憔悴地顶着两个黑眼圈去上班，迎面撞见靳然，靳然被吓了一跳。

“乔安琛，你怎么回事？

“昨天又彻夜加班了？

“我说你不要这么拼命，院里是会多给你发奖金还是颁发锦旗？”

乔安琛对工作是出了名地认真负责，甚至到了不要命的程度，说好听了是为人民服务，说难听了就是死心眼。

为了案子他可以彻夜不眠地加班，结婚后稍微收敛了一点儿，之前真是让他们这些同事在检察院里没办法做人。

乔安琛被靳然吵得不行，本来差不多一晚上没睡，太阳穴就泛着痛，此刻更是嗡嗡作响。

他揉了揉眉心，没理靳然，越过靳然就往办公室走去。

“哎，你有什么事情可以和哥哥说说呀，‘智多星’靳然在线为你排忧解难……”

他一如既往地耍着嘴皮子，最喜欢调侃乔安琛了，每次一见到乔安琛脸上崩坏的表情总有种莫名的成就感。

靳然笑嘻嘻的，原以为会像以前那般被乔安琛冷漠以对，谁料他竟然一下停住了脚步。

乔安琛一脸高深莫测地看着他，靳然脸上的笑顿时凝住，他怔怔地咽了下口水：“怎……怎么了哥？”

清晨，空无一人的办公室里，乔安琛放下手里的包，拉开椅子坐下，看向对面的靳然，一边打开电脑一边状似不经意地问：“如果，我是说如果，你的妻子突然对你说你们的婚姻已经岌岌可危了，是什么意思？”

靳然的表情空白了两秒，他睁大眼睛，难以置信地盯着乔安琛。

“不会是……”他震惊得有些说不出话来，伸手指向乔安琛，指尖颤抖。

“这不重要。”乔安琛不耐烦地打断他道，“说重点。”

靳然一下收回手，咽了下口水，神色凝重地思考了许久，才缓缓地慎重道：“一般来说……听字面上的意思，差不多……”

他抬眼看着乔安琛，有些期期艾艾，吞吞吐吐地开口：“应该……就是想要和你离婚的意思了吧？”

乔安琛原本刚端起杯子准备倒水，闻言，哐当一声，杯子失手重重地砸在了桌上。

幸好杯子没碎……靳然目光发愣地盯着那个杯子，脑中木木地想着。

“你给我想清楚了再回答。”乔安琛回过神来，恶狠狠地警告他。

靳然无辜地大叫：“不是你自己说的，说你们的婚姻已经岌岌可危了？不然你重新给我描述一遍当时的场景，说不定你老婆是在和你开玩笑，当作一种夫妻间的情趣呢？”

情趣？

如果乔安琛认为初壹那一脸严肃是情趣的话，那他应该是真的疯了。

他黑着一张脸不说话，靳然见情况不对，脚底抹油，立即出声告别，徒留乔安琛一人坐在办公室里陷入了沉思。

晚上他回到家情况丝毫没有缓解，初壹像是把这段时间的不满全部发泄出来了一样，也不再维持着表面的和平，全程吃饭下来，一句话都没有和他讲。

就连黎言都察觉出了不对，闷头扒饭，大气不敢出一声。

初壹发现后缓和了脸色，给他夹了一筷子菜：“慢点儿吃，别噎着了。”她柔声说着，“晚上再给你烤点儿小饼干，明天带去学校好不好？”

“好。”黎言咽下嘴里的饭，连忙点头，两人相视一笑。

乔安琛独自坐在一旁，心里更加不是滋味。

睡前初壹又抱着枕头去了黎言的房间，乔安琛盯着手里的书半天看不进去，最后一把掀开被子下床，走到隔壁去敲了敲门。

“初壹。”他低声叫道。

里头的人很快就回了，声音和往常一样，却失了温度：“有事吗？”

“你出来。”

屋里安静了许久，窸窸窣窣的响动传来，接着是很轻的脚步声，初壹打开门，面容出现在门缝里，很平静地望着他。

乔安琛突然就说不出任何话来。

他停顿了一会儿，还是鼓起勇气道：“你今晚能不能回来睡？”

初壹抿着唇很久没有回答，就在乔安琛的忐忑和期待一点点消失殆尽时，她开口道：“不行。”

“为什么？”乔安琛立即追问，掩去眼底的失望之色。

“因为我们现在在冷战。”初壹握着门把手说道，脸上没有一丝表情，“我不能再对你心软。”

第五章　追妻路漫漫

这晚依旧是个不眠之夜。

第二天乔安琛破天荒地连班都没加，下班后提起包径直回家。

同事很惊讶：“这是……？”

知情人靳然靠了过来，压低声音道：“体谅一下，乔检最近内务出了点儿问题。”

该同事反应了两秒，回过神来张着嘴睁大了眼睛：“不会是……？”

靳然一脸凝重地点头：“是，就是你想的那样。”

乔安琛万万没想到，不过两天时间，他和老婆感情不和的消息就传遍了整个检察院，迎面撞见的同事都对他行注目礼，露出那种同情又感慨的目光。

他一头雾水地打开电脑，对面的同事神秘兮兮地凑近，小声道：“乔检，老婆嘛，多哄哄就好了。”

乔安琛：“……”

“谁和你说的？”他蹙眉问道。

对面的同事表情一顿，目光心虚地四处转着：“呃，这不是……人家都知道吗……？”

靳然！乔安琛在心中咬牙切齿，恨不得把他当场处决。

昨晚他特意准时下班，初壹的态度丝毫没有软化，就如同上次两人吵架一样，初壹搬出去住，整整一星期的时间都没有消气。

乔安琛对此记忆犹新，现在回想起来还是胆战心惊的。他再也不想经历第二次那样的生活了。

然而这次问题似乎来得更加汹涌。

如果说上次他还能知道初壹生气的原因，可以道歉想办法去哄她，这次却让他全然找不到方向。乔安琛回想着两人那天晚上的争吵，脑中留下深刻印象的只有最后那句话。

“更没有像普通夫妻一样相处生活。”

所以普通夫妻到底都是怎么相处生活的？

他紧皱着眉头，感觉遇到了有生以来最大的难题。

检察院里是有不少已婚人士的，看起来大家也都和另一半相处得不错，乔安琛沉思着，又突然想起靳然，立刻就打消了这个念头。

他今天也没有加班的心情，一到时间便迫不及待地起身下班，果不其然又迎来了一波注视，只是和前一天不同，这次大家都是同情的目光。

乔安琛也快疯了，再次在心里把靳然痛骂了一顿。

乔安琛回去时初壹正在端菜，小不点儿黎言在她旁边帮忙拿着碗筷，吃饭时，乔安琛有个正式的名头可以搭话。

“对了，黎言的小姨明天就回国了，到时候可能需要过去一趟。”乔安琛说道。

初壹和黎言的筷子纷纷顿住，她抬眸看了过来：“她会把小言接走吗？”

“对方主动要求抚养黎言。”乔安琛顿了顿，说，“作为最近的亲属，这也是最合适的安排。”

气氛安静了一会儿，初壹看向一旁的黎言，他整个人也有点儿愣愣的，像是没反应过来。

毕竟年纪还小，突然又要从一个刚熟悉的环境去另一个完全陌生的地方，他一时间肯定难以接受。

“小言，你对你小姨熟悉吗？”初壹想了想问。

黎言先是摇摇头，随后又点了点头，小声说：“以前见过她两次，她每次回来都会给我买礼物。”

初壹摸了摸他的脑袋：“那这样，我们明天去见见她，如果你喜欢她你就跟她走，不行咱们再想想办法好吗？”初壹轻声哄道，黎言乖乖地回应好。

可即使这样说，饭桌上的气氛还是变得别样地安静，谁都知道，这已经是最好的安排了。

晚上初壹把黎言哄睡后，特意想去找乔安琛聊一聊，敲了两下门，乔安琛很快便打开了门，只是看着神色有丝慌乱，像是紧张。

初壹没想太多，径直问：“明天我们一起过去见家属吗？”

“嗯，到时候我来接你们。”

“不用了。”初壹说，“我们自己打车过去就行了。”

乔安琛抿了下唇：“好吧。”

“他……小姨，你们这边都详细了解过吗？家庭、性格、条件都怎么样？”初壹还是不放心地问，这些东西当着黎言的面不好聊，只能在私下找乔安琛打听一下。

“她几年前嫁到了国外，丈夫是美籍华人，两人有一个女儿今年三岁，一起经营了一家小公司，经济条件还不错，据说性格挺好的。”

乔安琛一五一十地把自己知道的信息都说了出来，像是被老师审问的学生。初壹点了点头，没说话了。

“那晚安。”须臾，她出声道。

乔安琛欲言又止，最后藏下眼底的期盼：“晚安。”

约好的见面时间是上午，初壹直接带着黎言过去，乔安琛也在，现场还有几名警察。

一位三十多岁的女人站在那里，面容白净，脸上有一点皱纹，黑长发，化了淡妆，气质不错，整体给人的感觉很舒服。

黎言一见到她眼睛就亮了亮，因为被初壹牵着没有立即跑过去，而是走近她身旁叫了声姨姨。

女人立刻蹲在他面前，揉了揉他的脑袋和脸庞，眼睛似乎有些红。

“对不起小言，是姨姨来晚了。”她说着把黎言抱到了怀里。

黎言没有挣扎，只是沉默着松开了初壹的手，轻拍了拍女人的背。

两人静静地拥抱了一会儿，女人才站起来平复好情绪，看向初壹：“这位就是初小姐了吧？”

“你好。”初壹颔首。

“小言这段时间麻烦你们照顾了，真是感激不尽。”

“只是一点儿小事，而且小言很听话。”初壹含笑说着，看了黎言一眼。他被小姨牵着手，仰着脸还是很乖巧的样子。

女人眼里含着感动之意：“无论如何，还是要谢谢你们。中午我请你们一起吃顿饭吧，不然心里实在过意不去。”

初壹想了一下，答应了。

吃饭是一回事，她主要还是想多接触一下这位小姨，毕竟是自己带了这么久的孩子，不能这样贸然交到别人手上。

几个人聊完就在附近找了家餐厅，看得出来黎言还是亲近他小姨的，只是太久没见有些生疏。

饭桌上有个小细节让初壹勉强放下了心。

黎言想吃鱼，而那盘鱼离他又有点儿远，于是小孩儿只能伸长了手握着筷子去夹，被他旁边的小姨察觉，就顺手替他夹了一块鱼肉过来。

那时她刚好还在和初壹说话，一边聊天手里一边将那块鱼里的刺都挑干净了，才放到黎言碗里，神色和动作都很自然，像是已经习以为常，在家应该是经常照顾小孩子的。

黎言的小姨在这边逗留了三天，把所有的手续都办完了。初壹这两天和黎言还见过几次面，每一次都可以看到他和他小姨的关系日渐亲密。

初壹买了个小行李箱，把这段时间黎言的东西都装了进去，每一件小衣服、去游乐园玩时拿到的小玩偶，还有一些七七八八的小物件都装进去了。

她去机场送他那天，天气晴朗，阳光明亮，透过机场玻璃打到地面上像是橘色糖果。

黎言拖着这个小箱子被牵着跟在他的小姨后面，不住地回头张望初壹。

初壹笑着朝他挥了挥手，小孩儿绷着一张脸，扁着嘴，好像快哭了。

眼见小小的身影随着人流渐渐消失在安检口，带着那个小小的行李箱一起消失不见了，初壹再也忍不住，眼眶一热哭了出来。

乔安琛把她揽进了怀里，初壹没有抗拒，伏在他的肩头，哭得身子颤抖。

但是很快，她就平复好了情绪。

初壹擦干脸上的泪水，推开乔安琛，面上没有太多表情。

乔安琛没有说话，只是默默地站在那里看着她。

回到家，黎言所有的东西都被带走了，曾经他住的那个房间显得无比空荡，初壹慢吞吞地收拾着东西，几度红了眼睛。

外面很安静，乔安琛没有发出任何声音。初壹这几天一直没怎么和他说话，男人默默地把该做的事情做好，也没有其他多余的举动。

不知为何，离别的悲伤突然就加剧了，初壹坐在地上靠着墙壁，双手抱膝，将下巴埋在里面，哭得上气不接下气，难过极了。

原本还有黎言陪着她，悲伤似乎也没那么多，可他走了之后，她才发现这个房子是如此空荡冰冷。初壹再也没有躲避的地方，没有一个可以让她藏住难过、忘记悲伤的地方。

乔安琛站在门外，收回了原本准备去敲门的手。他沉默地听着里头传来的哽咽声，胸口处传来的剧烈疼痛让他有种不知所措的慌乱感。

等初壹收拾好自己的情绪再出去时，餐桌上已经摆好了饭菜，乔安琛坐在那里盯着手机不知在看什么。

她拉开椅子，对面的乔安琛有所觉察，抬起眼，接着摘下了塞在耳朵里的耳机。

“吃饭了。”他开口，声音有点儿沙哑，接着又清咳了两声，恢复正常。

“嗯。”初壹低头应道，拿起面前的筷子。

这顿饭吃得格外沉默，没有黎言在，两人之间僵持的气氛展露无遗。初壹低头挑着碗里的饭粒，丝毫没有胃口。

晚上初壹还是睡在隔壁房间，躺下没多久，就听到敲门声。初壹垂眸去开门，看到乔安琛端着碗小馄饨站在门口。

“我看你……晚饭没怎么吃，就煮了点儿东西。”乔安琛似乎觉得有点儿烫，又换了只手端碗，指腹在衣角上蹭了蹭。

他这个样子有些狼狈，眼里又是讨好的神色，两种东西混杂在一起，初壹没办法拒绝。

她默不作声地接过碗，然后关上了门。

晚餐初壹确实没吃两口，过去几个小时了，她的胃里有点儿空。

这个小馄饨是田婉自己包的，特意给他们带过来冻在冰箱里，里头有新鲜的虾仁和瘦肉，皮薄馅大。

初壹吃了大半碗，有点儿撑，又站了会儿才继续上床睡觉。

此时已经快十二点了，初壹躺在床上还是辗转反侧，在黑暗中，时间悄无声息地流逝着。不知过了多久，半梦半醒间，她似乎听到了门边有细微的响动。

她没有放在心上，以为是在做梦，直到旁边的床塌下去一块，一具温热的身子贴上她，小心翼翼地从背后把她搂到怀里。

初壹闻到了乔安琛的气息，猛地睁开眼睛：“你干什么？”

初壹想转身，乔安琛一下按住了她，立刻解释：“你别动，我不做什么，就抱着你睡。”

“我不要，你走开。”初壹冷声道。

乔安琛的手依旧没松开，似乎注视着她许久，接着他微微叹息道：“初壹，你说的那些问题我都认真考虑过了，我会慢慢地改，你不要难过，给我时间好吗？”

初壹没有回答，久久沉默着。

乔安琛等了一会儿，接着把她往怀里更紧地搂了搂，低声道：“你不答应也没关系，今晚让我陪着你，明天继续生我的气也可以的。”

气氛依然安静，初壹却没再动，两人就这样静静地依偎在一起，感受着彼此的体温和存在，慢慢地，动静彻底消失。

初壹闭上了眼睛。

早上乔安琛起床的时候，初壹迷迷糊糊间似乎感觉到了一点儿动静，好像有人在她的额头上亲了一下，然后耳边传来低语。

“我去上班了。”

吃早餐时，初壹忽然想起这件事情，疑惑地伸手摸了摸额头，怀疑是自己做了个梦。

十点左右，初壹放在桌上的手机忽地振动了一下，她停下手里的笔，抽空拿起手机看了眼，竟然是乔安琛发来的消息。

“起床了吗？”

初壹蹙眉，只给他回了一个问号。

那头的人倒是很快回过来消息：“今天早餐吃了什么？”

初壹回复了一串省略号。

她放下手机，又有些心神不宁，正犹豫不决之际，乔安琛给她发了新消息。

初壹点开，看见是一张图片，他在检察院食堂吃的早餐。

“我今天吃了包子和油条，豆浆味道有点儿淡了，其他还可以。”

初壹：“……”她眯着眼睛看了会儿，敲手机键盘，“你今天怎么这么闲？”

乔安琛：“……”

初壹：“话这么多。”

“……”

这头，乔安琛放下手机，神色怏怏，须臾，满脸愁容地叹了口气。

初壹回完便关了网络，扔开手机埋头画稿，感觉到饿的时候，时间已经指向中午十二点。

她思索着要点个外卖，于是再度点开手机。

这一下，手机接连振动，新消息不停地跳出来，全部都是乔安琛发来的。

最顶上一张图片，饭盘里是两荤一素的菜色，旁边还有一小碗西红柿蛋花汤。

整个画面和构图都很烂，看得出他就是随手一拍。

“中午食堂有椒盐排骨和花菜，味道没有你做的好。

“你吃了吗？”

兴许是初壹迟迟没回，过了半个小时乔安琛又给她发过来两条消息。

“记得吃饭。”后面他还补充了一句，并加上了大大的感叹号，“少吃麻辣烫！”

初壹：“……”

她默默退出了外卖软件麻辣烫商家的主页，最后点了份很养生的红枣枸杞山药炖排骨，再加上一小份米饭和青菜。收到外卖之后，初壹调整好角度拍给乔安琛看，发出去时还顺手加了个滤镜。

“知道了！今天吃得很养生！”

那边的人没有立刻回复，初壹也不管了，觉得自己愿意给乔安琛回消息已经很不错了，毕竟现在他们还是在冷战状态。

后面乔安琛连续发来几条消息——

“这么晚才吃饭？

“米饭有点儿少，多吃一点儿。

“我们现在是下午茶时间，但很忙没有空休息。”

初壹看完轻轻哼了一声，干净利落地合上了手机，不再理他。

这天乔安琛依然回来得很早，初壹发现以前不吵架时，乔安琛每天加班忙得不见人影，现在一吵架他竟然准时下班了。

她这样一想，心里更气了。

两人坐在一起吃饭。黎言走了，初壹也没心思研究菜色了，随便炒了两个菜将就，反正只有她和乔安琛，也吃不了多少。

闷头吃了会儿，乔安琛突然开口：“你今天怎么不回我消息？”

“嗯？”初壹抬起头，想了一下反应过来，他是指今天下午最后那几条消息。

“我在画稿，没空。”初壹淡淡地说。

乔安琛顿了下，又不依不饶地追问：“那画完了也没空吗？”

“干吗呀？”初壹停住动作，仰着脸瞪他，有点儿无理取闹的样子。

“你给我发消息我就一定要回复你吗？”

乔安琛被她的质问弄得怔住了，半晌才低下头小声嘟囔：“可人家不都是会回的吗？”

“什么？”初壹没听太清楚，蹙眉追问。

乔安琛连忙摇头，继续吃饭：“没什么。”

初壹觉得自己是一个极其没有骨气的人，尤其是在乔安琛身上。昨晚还是无比崩溃感觉天都要塌下来的状态，今天她不过收到他的几条消息，就莫名其妙地没有那么难过了。

她把这一切归根于时间，毕竟已经过了一天一夜，再大的情绪都逐渐被缓解了。

晚上初壹和黎言视频，他那边正是早晨，阳光灿烂，房子明亮温馨，他穿着合身的小短袖，那双圆溜溜的大眼睛又黑又亮。

“姐姐！”他兴奋地叫着她，初壹连忙冲他挥手。

“小言，在姨姨家还好吗？”

“好！姨姨家里很漂亮。”说着，他立刻切换了摄像头，给她看房子里的样子。

初壹认真地睁大眼，镜头掠过他小姨的一家，高大的男人和怀里的小女孩儿都冲她打招呼，小姨把她的小女儿抱过来让女儿叫人：“宝贝，这是初姐姐……”

初壹不好意思地笑了出来：“该叫阿姨啦。”

黎言叫着好玩可以，但面对眼前才三岁大的小姑娘，初壹实在没脸让人家叫她姐姐。

“阿……姨……”小姑娘艰难地开口，声音稚嫩，拍着小手掌，旁边的人都笑了起来，手机又被拿到了黎言面前。

他的脸放大在屏幕上。

“妹妹好可爱。”他小声说，眼里都是细碎的光。

初壹这次是真的笑了："小言是哥哥，以后要保护妹妹的知道吗？"

"嗯！"黎言点头。

初壹将下巴搭在膝间，望着他轻声说："小言也很可爱，要顺顺利利、平平安安地长大，有什么事情记得和姐姐说，姐姐永远都在这里。"

"好……"小孩儿的眼睛似乎又红红的了，他低下头用力眨了眨，突然又说，"姐姐以后也会有小孩子吗？"

初壹有些诧异："怎么突然问这个呢？"

"那次去爷爷奶奶家不小心听到他们说的。"小孩儿咧开嘴笑了，眉眼弯弯的，像是个可爱的小天使。

"如果姐姐以后有小孩儿，我就是哥哥了。我一定会好好保护弟弟妹妹的。"

初壹挂了视频，心情还久久未能平复。她发了好一会儿呆，才慢慢收拾好自己的情绪。

她打开面前的电视时，乔安琛刚洗完澡出来。初壹的目光无意识地落在屏幕上面，耳边却听着不远处的轻微响动。

乔安琛打开了冰箱，从里头拿出一瓶冷冻咖啡，然后脚步声越来越近，竟然走过来坐在了初壹旁边。

一股潮湿的沐浴露香气逼近，接着是开瓶声，乔安琛仰头喝了口咖啡，视线落在了面前的电视屏幕上。

"在看什么？"他出声问道。

初壹慢吞吞地转头，莫名其妙地看了他一眼。

"怎么了？"乔安琛微挑了一下眉。

"没事。"初壹扭回头继续盯着电视，接着声音平淡地传来，报出了一个乔安琛从没听过的电视剧名字。

他没太惊讶，反正也没有哪部电视剧是他看过的。

乔安琛端坐在那里，陪着她认真地看着电视剧。

这似乎是部古装剧，但里头的对话和服装又很不正规，有种古不古今不今的感觉。

尤其是里头的女主角，穿了一身古装的宽袖长裙子，布料却薄得不行，袖子也是透明的，锁骨和手臂都露在外面，长相还是十分女性化，可谈吐、坐姿却无比粗犷。

而且里面的男主角也很奇怪，和女主角在一起时，总有种莫名的弱小感。

乔安琛不自觉地皱起眉头，心中这种怪异感一直到后面才被解开，因为原本好好的画面突然出现了画外音，竟然是硬朗的男声。

他足足确认了三秒钟，才确定这是代表女主角的心理活动。

乔安琛蒙在原地，初壹很贴心地为他解释："这个女主角是穿越的，原本是个男的，谁知道一道雷劈下来就变成了女人，所以很崩溃。"

乔安琛："……"

他此刻也有点儿崩溃。

他回忆了一下之前那个女主角把男主角压在身下，挑着男主角的下巴，那种种亲密的画面。

原来这两个人都是男的?

乔安琛愣神，无意识地咽了下口水。

初壹再次在旁边贴心地开口："看不下去就不要勉强自己，你自己回房去休息吧。"

"……"他决定先去缓一缓。

"我去给你洗点儿水果吧。"乔安琛果断起身，往厨房走去。

初壹望着他的背影，弯了弯唇，发觉后又很快收起，抱紧了怀里的小枕头，满脸趣味地继续追剧。

乔安琛洗了点儿水果回来，又陪着她认真地看起电视，不知为何，到后面虽然也觉得很雷，但竟然看出了几分乐趣。

乔安琛苦中作乐地想，这样也好，时间没那么难熬了。

两人就这样平和地坐在一起，时不时还能聊两句和剧情有关的内容。看完了几集电视，初壹瞅了眼时间也不早了，打了个哈欠，睡意上来了。

“我要去睡觉了，你要继续看吗？”初壹问。

乔安琛有几分留恋地收回目光，接着猛摇头：“那我也去睡了。”

“好。”初壹点点头，起身关了电视然后回房，走到门口时，停住脚步看向身后那个人，“睡觉就睡觉，你跟着我干吗？”

“我……那个……”乔安琛吞吞吐吐半天，最后抬起眸子，有些期盼地看着她，“能一起睡吗？”

“不能。”初壹面无表情地道。

在家里，初壹晚上是没有反锁门的习惯的。她相信彼此的人品，同住一个屋檐下，肯定会有最基本的信任。

然而初壹想，她终究是看错了乔安琛。

大概是昨晚睡得早，耳边响起短促的闹钟声时，初壹一下醒来。

乔安琛松开她，动作很轻地下床。初壹蒙了几秒才反应过来，他昨天晚上又摸到自己的床上来了。

初壹胸口的闷气无从发泄，因为乔安琛已经去浴室洗漱了，她在床上翻滚了两下，准备等他出来好好算账。

闭着眼睛，不一会儿她又昏昏欲睡，时间还是太早了，没到初壹平常的生物钟起床时间。她睡得半梦半醒间，似乎听到了响动。

初壹正准备睁眼，脸颊就被碰了一下，软软的，触感有些温热，停留了好几秒。

这次没人在她耳边说话，乔安琛轻手轻脚地关上门，出去了。

初壹睁开了眼睛。

这个上午初壹都有点儿心神不宁，画稿也进入不了状态，倒是时不时就打开手机看一下，对话框里还躺着几条乔安琛发的消息。

和昨天一样，他差不多是在和她汇报每日的行踪，然后说一堆废话，像是自言自语的絮叨，呆呆的，很无聊。

初壹手指摩挲着屏幕，眼里却不自觉地荡开了笑意。

这晚乔安琛依然坐在她旁边陪她看那部穿越狗血剧，但他已经能接上昨晚的剧情了，竟然也能很顺畅地继续看下去了。

初壹特意观察了他一下，发现他竟然看得津津有味？

初壹有点儿难以接受，很怕自己到时候会影响到乔安琛，把他变成一个奇奇怪怪的人。

好在没过多久，他就自己看起了手机，不知在查看什么东西，表情很专注。

初壹默默地松了口气。

没一会儿，电视里的两个人已经吻得难舍难分，不知道哪里来的花瓣纷纷扬扬地从天上飘落，男、女主角抱在一起边亲还边旋转，画面唯美浪漫又十分“中二”。

乔安琛突然把手机递过来，说道：“我选了几个适合度蜜月的地方，你看一下有没有特别想去的地方，没有我再找找。”

初壹：“……”

她瞪大了眼睛，一脸被打击到的样子看向乔安琛。

“怎么？都不喜欢吗？”乔安琛有些莫名地收回手，准备再重新找。

初壹反应过来，咽了下口水平复了情绪，找回了自己的声音：“你干吗要突然去……”

初壹都说不出“度蜜月”这三个字了。她就没见过结婚一年的老夫老妻说一起去度蜜月的。

“我们不是一直没去吗？”乔安琛也很无辜，理所当然地看着她。

两人就这样对视着，须臾初壹收起脸上的表情，坐直身子，板起脸道：“我不希望你勉强自己。”

“不勉强，一点儿都不勉强。”乔安琛立刻摇头，眼神真挚，语气无比诚恳，“这都是我作为一个丈夫应该做的。”

初壹足足打量了他一分钟，才确认乔安琛是认真的，顿了顿，说道：“你不是很忙，没有假吗？”

“我去申请了年假，虽然经历了一些波折，但上面已经批下来了。”乔安琛回答。

初壹想了下又问：“你们领导同意吗？”

“开始不同意，后来同意了。”

“为什么？”初壹好奇地问。

乔安琛犹豫了会儿，还是很老实地答：“我和他说因为工作忙，我的婚姻已经岌岌可危了。”

初壹几乎是强忍着才没让自己笑出来，绷着嘴角，面无表情地哦了一声。

乔安琛见状立刻凑近，把手机放到她面前：“你看一下有什么特别想去的地方吗？”

最后两人研究了半天，初壹还是未能免俗地选择了一个度蜜月的胜地——巴厘岛。

这个季节似乎很适合去海边，阳光、沙滩、椰树，还有一望无际的蔚蓝海水，在沙滩上和自己心爱的人一起携手散步，想想都觉得是种诗意般的享受。

初壹看着上面的图片，控制不住地心旌摇曳，被刻意压在深处的隐秘心思终于可以冒出来，肆无忌惮地憧憬着以前想都不敢想的事情了。

两人很快就订好了机票和酒店，直到真正出发那天，初壹都有种不真实的感觉。

六月岚城的清晨空气微凉，初壹穿着嫩绿色的小吊带和短裤，外面一件长开衫，戴着大遮阳草帽，墨镜、防晒用品一应俱全。

乔安琛拉着两人的行李箱，短袖加休闲裤，脚上是一双和她同款的白鞋子，显得很年轻。

经历漫长的飞行，两人终于抵达巴厘岛，一下飞机热浪滚滚，迎面而来的风里混杂着海水的味道，天空蓝得像是一面澄澈的镜子。

直接打车到酒店，初壹推开门，海景房的视野极好，正中那张大床柔软舒适，看着就让人有扑上去打滚儿的欲望。

初壹直接踢掉鞋子，撒开脚丫扑了上去，在上头连连滚了几番：“啊——好舒服啊！”

女生短短的小吊带在动作间被卷了上去，露出纤细的腰肢和白白的肚皮，乔安琛看着那个在床上不停地撒欢儿的人，突然有点儿后悔没有早带她出来。

因为好像这真是一件能让她非常开心的事情。

初壹高兴完，才冷静下来，在行李箱里找出自己的拖鞋，然后开始整理东西。

长时间的飞行虽然没消耗什么体力，却让人十分疲惫，初壹洗了个澡出来才感觉缓解几分，决定先睡个午觉。

乔安琛没什么意见，只是看着外头已经临近黄昏的天，有些迟疑地道：“那我们定个半小时的闹钟，然后去吃饭？”

“半小时怎么够？”初壹一边整理枕头一边嘟囔，“至少一个小时。”

“好吧。”乔安琛也不说什么了，只掀开被子躺到了她旁边。

他极其自然地伸手过去想抱初壹，被初壹一下躲开了。她整个人缩在被子里，只露出一双骨碌碌转的眼睛，极其无辜地看着他。

“早知道就订双人房了……”这段时间两人一直还是分房睡，只是初壹学会了反锁门。乔安琛听她抱怨完，都被气笑了。

“初壹，你见过谁度蜜月还要双人房的？”

“谁结婚一年才出来度蜜月呢？”初壹有理有据，开始背诵她在网上查到的资料，理直气壮地道，“度蜜月，顾名思义是指新婚夫妇在婚礼后马上和爱人一起去旅游度假，作为夫妻恩爱、白头偕老的开始。很抱歉乔安琛，我们已经永远错过了‘蜜月’这个词。”

乔安琛默然。自从两人摊牌后，初壹就像是一只小奶猫露出了锋利的爪牙，时不时地挠他一下，刺痛刺痛他，他又只能这样受着。

初壹说完自己先生气了，恨恨地翻了个身没理他。乔安琛沉默地望着她的身影，须臾在心里叹了口气。

这一睡，两人睡得极好。

耳边响起吵人的闹铃时，初壹往被子更深处钻了钻，捂住耳朵。

乔安琛睁开眼，起身过去关掉闹钟，缓了几秒，伸手去捞她：“初壹，别再睡了，天都要黑了。”

初壹没有反应，甚至躲开他离得更远。

乔安琛又叫了几声，无果后坐起身子，撑着额头，看了眼旁边熟睡着不肯起来的人。

顿了会儿，他掀开被子下床，绕到另一边，直接把初壹从床上抱起来走去浴室。

“你干什么啊？”初壹立刻惊醒了，一边拍他一边蹬腿，在乔安琛怀里不停地扑腾挣扎着，到了洗手间的镜子前被放下来时，睡意倒是一点儿都不剩了。

她愤怒又无比哀怨地瞪着乔安琛。

“不能再睡了，再睡晚上得失眠了。”乔安琛一脸淡定地替她接水、挤牙膏，“洗漱完我们去吃海鲜。”

初壹不甘不愿，气鼓鼓地接过了他递过来的牙刷，放进嘴里用力刷着。

乔安琛笑了一下，弯起嘴角在她旁边也开始刷牙洗脸。

两人收拾完，外头的太阳已经全部沉了下去，晚风里有了清凉的温度，酒店不远处就是一片沙滩，此时那里有许多人在散步。

天空是墨蓝色的，海浪一阵阵拍打着沙滩，发出哗啦哗啦的响声，高大的椰子树投下剪影，旁边的餐厅都亮起了灯光。

乔安琛提前查了攻略，在路上就订好了位子，两人直接过去。

餐厅气氛很好，音乐轻缓，橘色浅灯，从旁边窗户往外看就是一望无垠的大海。一边吹着海风，一边剥着螃蟹，初壹觉得此情此景下，看着对面的乔安琛都顺眼了很多。

吃完螃蟹，面前还有一大盆虾，初壹正准备动手去拿时，乔安琛仿佛瞬间被惊醒，立刻放下手里的东西去阻止她：“我来。”

初壹一头雾水，接着就看到乔安琛开始剥虾，动作生疏僵硬，好不容易剥完了一只放到她的盘子里后，继续艰难地去剥第二只。

初壹有些无语。

“你干吗？我自己剥就好了，我有手。”她白了乔安琛一眼，然后戴着手套拿了只虾剥壳去头，动作熟练无比，三下五除二就解决了，比起乔安琛的笨手笨脚，初壹的动作干净利落。

乔安琛：“……”

为什么这些招数一到初壹面前就不适用了？

他有点儿悲伤。

两人吃完，在海边散步顺便消食。初壹走在前面，时不时弯腰从沙子里翻出两个贝壳，丑丑的，她看了两眼又遗憾地扔掉了。

乔安琛跟在后头望着她的动作，注意起周围的沙滩来。

就这样漫无目的地走了会儿，在一处空旷无人的海滩上，初壹脱掉鞋子踩进了海水里，涨潮时，一阵海浪吻过她的脚背，痒痒的、凉凉的，像是别样的亲吻。

她低头看着，忍不住笑出声来。

不远处的乔安琛小跑了过来，手里似乎握着什么东西。他走到初壹面前叫了一声："初壹。"

"啊？"她抬起脸，灯光昏黄一片，映在他身后，乔安琛的面容变得无比安静，他朝她温柔地笑着。

"我找到了这个。"他摊开手，掌心中躺着一枚贝壳。

贝壳是纯白色的，扇形，上头的花纹完整漂亮，完全不同于她刚才捡到的那些残次品。

初壹静静地看了会儿，忽地抬眸，声音很轻地说："你在哪里找到的？"

"就在前面。"乔安琛似乎有些不好意思地抓了抓头发，浅浅一笑，然后再次把手往前递了递，"给你。"

"这个外面不都有卖的，干吗还要自己去找？"初壹垂眼嘟囔，乖乖地伸手从他的掌心抓过贝壳，贝壳硬硬的棱角硌着她的手心，有点儿难受。

"就刚好看到了。"乔安琛不在意地说着，打量了一下周围的环境，"前面好像有一个夜市，去逛逛吗？"

夜市上灯火通明，和方才的安静截然不同，人来人往十分热闹，狭小的街道两旁摆满了各种各样的手工制品。

初壹看到了大大小小、形状千奇百怪、颜色各异的贝壳，还有些做成了精巧别致的模样。

乔安琛轻轻啊了一声，微微感慨："这里真的有很多贝壳卖。"

他看了初壹一眼，叹息道："比我刚才找的好看多了。"

初壹没有作声，却握着手里的小贝壳，不去碰其他贝壳一下。

市场两边有许多吃的，见过的、没见过的，煮的、炸的、烤的，初壹晚餐吃得很多，现在没有胃口再去消化其他东西，所以只在旁边买了一杯果酒。

那里排队的人很多。大家不是都说，到外面旅游，看到人多的地方跟着买一定不会有错。

初壹也不管这么多了，跟风买了一份。

果酒酸酸甜甜的，似乎有奇异果和梅子的味道，有一种说不出来的感觉，但挺好喝，初壹不知不觉就喝掉了大半杯。

乔安琛在一旁有些担忧地问："这里面有没有酒精？"

"没有吧。"初壹晃了晃脑袋，"我都没有喝出一点儿酒精味道。"她还冲他比了比手指头，食指和拇指间一丁点儿的距离，眯着眼睛，拉长了声音说着。

乔安琛总觉得心里怪怪的，拿过她手里那杯果酒："我尝尝。"

初壹很顺从地给了他，反正她也喝不下去了。

乔安琛喝了两口果酒，发现味道真的还挺好。两人就这样一路走回去，吹着夜风，看着热闹的街景，到酒店楼下时，乔安琛已经把那杯剩下的果酒喝完了。

走了段路，也就十几分钟，初壹却觉得无比累，脑袋发蒙，手脚发软，进电梯时都扶着乔安琛才稳住。

她嘀咕道："怎么才走了这么会儿我就不行了？看来是太久没运动了，不行、不行，过几天回去我得去办个健身卡……"

乔安琛看着她微醺的脸，有点儿怀疑她是不是喝醉了。

进了房间，初壹只想往床上扑，乔安琛费力地拉住她，把她推到了浴室里。

"洗完澡就睡觉。"他打开了花洒，伸手想去解初壹的衣服。

初壹连忙挣扎，死死捂住自己："你干吗？"

"流氓！"

"好、好、好，我不碰你，你自己来好不好？"乔安琛举起双手投降，初壹又瞪了他一眼，才慢吞吞地松开。

"出去！"她中气十足地喝道。乔安琛觉得此刻的初壹丝毫不像是喝醉了的样子，反而比谁都要厉害。

他十分自觉地出去然后替她掩上门，还不忘说一句：“你自己洗，有事叫我。”

乔安琛一直在外面掐着时间等着，很害怕她一不小心就睡在里头。好在没多久初壹就裹着浴巾出来了。

她一边按着浴巾一边还朝他嚷嚷：“你怎么不帮我拿睡衣啊？”

乔安琛：“对不起……”

“算了。”她又说道，自己去行李箱里翻了睡裙出来，然后径直解开浴巾。

乔安琛：“……”

他立刻转过身子，捂住额头。

“初壹，”乔安琛忍耐地叫着，控制着语气和音量，“我还在这里。”

“好了。”只听她干脆地说了一声，接着脚步声靠近，乔安琛转头，看到她已经换好了小睡裙，一下钻进了被子里，睁着双眼无辜地看着他，“我要睡觉了。”

乔安琛：“……”

他也不知该说什么了，只能自己默默地找了睡衣去浴室。他出来时，初壹闭着眼睛似乎已经睡着了。

乔安琛站在床边看了她一会儿，接着关了灯同她一起入睡。

半夜的时候，乔安琛是被人推醒的，耳边还有难受的声音，是初壹。

他一下睁开了眼睛。

“乔安琛，我口渴……”乔安琛打开灯，初壹没睁开眼睛，整张脸埋在枕头里，只一个劲儿推着他，被子底下的脚还在不停地蹬着，踢到他身上有一点儿疼。

“我去给你倒水。”乔安琛一出声，嗓音沙哑，带着浓重的睡意。

他立刻掀开被子下床，发现酒店只有瓶装水，拧开递给初壹时她咕咚咕咚地喝了两大口，然后立刻变脸。

“怎么是冷的啊？”她带着哭腔道，“好难喝。”

“我去给你烧热水，你等一下。”乔安琛立马收回手，找到烧水壶去接了水插上电。

初壹将脸压在被子上一动不动，过了好一会儿，又猛地惊醒，惨兮兮地叫着他：“乔安琛……”

“怎么了？”乔安琛正站在一旁等水烧开，睡意渐渐消散。

“我想喝蜂蜜水。”初壹可怜巴巴地望着他，似乎恢复了几分理智，“我感觉我有点儿晕晕的，可能晚上喝醉了。”

“那我去给你买点儿药？”乔安琛试探地问。

初壹猛摇头：“不要，我就想喝甜甜的东西。”

乔安琛揉了把脸，很耐心地回答：“好，那你在这里等我一会儿，我很快就回来。”

他之前回来时看到酒店旁边好像有一家二十四小时便利店。乔安琛动作迅速地换好衣服，拿着房卡和钱包出了门。

半夜三更，乔安琛终于在货架角落找到了一罐蜂蜜，付完款，几乎是小跑着回到酒店。好在初壹一直很安分地趴在床上，好像又睡了过去。

水烧开了，又放凉了一会儿，乔安琛把杯子消毒后兑了蜂蜜进去，感觉温度差不多了，又尝了一下水的甜度，才拿给初壹。

她迷迷糊糊地抬起头来，就着他的手喝着水，结果没喝两口便推开他，眼睛一闭又要睡过去：“我喝好了……”

看着那个陷在被子里睡颜恬静的人，乔安琛默了默，最后自己仰头把那杯蜂蜜水喝完了。

再次上床，他差不多是毫无睡意，把初壹搂进怀里之后，伸过手去关灯，刚摸到开关，人又醒了。

初壹突然从他身前抬起脸，睁大眸子一眨不眨地看着他，在橘色夜灯下她的眼睛显得格外干净，就像是清透无瑕的琉璃。

乔安琛盯着她的眼睛感觉有些后怕，在想是不是自己刚才动作太大把她吵醒了。他不知所措地和初壹对视着，她忽地仰头亲了过来。

软绵绵的嘴唇撞到他，里头甜丝丝的。乔安琛刚抚上她的后脑，初壹就离开了，还是那双大眼睛一眨不眨地看着他。

“乔安琛，你真好。”

深夜安静的房间里，乔安琛怔住了，愣神许久才反应过来。初壹却已经窝在他怀里恬然地睡去。

半夜折腾了一通，导致第二天两人都睡过头了。乔安琛还好，初壹抱着被子哼唧，闭着眼睛不肯起。

“九点了。”乔安琛看了眼腕上的手表提醒她。

“今天我们要去鸟巢秋千和潜水。”

初壹的意志和身体搏斗，几番挣扎，她终于从床上爬下来。

“乔安琛……”她看着外头的大太阳，萌生退意，突发奇想，仰起脸看着他道：“要不我们今天就待在酒店吧？”

乔安琛：“……”

“我们就在床上睡一天吧！”初壹脑袋沉沉的，十分困顿，开始胡言乱语，只想再次回归软床温暖的怀抱。

乔安琛听完，目光不自觉地飘到了她身后那张大床上，眼里露出深思和遐想。

“也……不是不可以。”他看向初壹，语气带了丝询问，“不过，你确定？”

没料到他如此配合，初壹顿时睁开眼看他，瞥见乔安琛眸中异样的神色时，反应过来了，瞬间睡意全无。

“你想什么呢？”初壹瞪他，精气神立即回来了，气呼呼地跑去洗漱。

两人的第一个目的地是乌布原始森林深处的大秋千，在山谷和悬崖的上方，巨大的秋千荡出去，底下全是茂盛的丛林。

前头有游客在玩，初壹不过是站在旁边看了眼便吓得腿软，无比钦佩地望着那些在半空中晃来晃去的人。

乔安琛有些好奇，似乎是想尝试，被初壹死死地拉住：“不要去！”

“怎么了？”

“谁知道那个绳子牢不牢靠？万一断了人摔下去岂不是连骨头都不剩？”初壹无比害怕，可能是职业病的原因，总是想象力丰富。

乔安琛听了倒没说什么，旁边售票处有位黄皮肤的大叔似乎听懂了，连忙叫道："哎，小姑娘你可不要乱造谣！我们这边都是经过安全检查有保证的！"

他这样吼了一嗓子，周围人都看了过来。初壹自觉丢脸，连忙拉着乔安琛离开了。

这边除了可以荡的大秋千外还有种鸟巢秋千，悬挂在半空的树木之间，一个巨大的鸟巢，里头圆形的可以坐人，是拍照圣地，底下排了一条长龙。

来的情侣居多，也有单身女性，还有不少是来度蜜月的夫妻，上去的人拍照时摆着各种亲密的姿势，有些更是毫不顾忌地亲上了对方。

在这个特别又难得的地方，大家似乎一定要留下珍贵的瞬间。

排了很久的队，终于轮到初壹和乔安琛了，一上去她突然有点儿拘谨，仰头看着乔安琛，只知道傻笑。

坐在半空中，视野开阔，底下的游客和吵闹声似乎被自动屏蔽掉，乔安琛揽着她拍了几张照片，时间差不多时，初壹有点儿遗憾地准备离开。

"初壹。"乔安琛突然叫她，声音从头顶传来。

她仰起脸，"嗯"字还未完全逸出，就被覆盖住，乔安琛在她的唇上停留了两秒钟，就抬起头来："好了，我们下去吧。"

初壹跟在他后头，不自觉地咬了下唇。

照片出来，效果非常好，初壹看着有些舍不得移开眼。

乔安琛在一旁叫她："这里挺漂亮的，要不要给你拍几张照？"

"你拍照技术行吗？"初壹慢吞吞地收起照片，朝他走过去。

"我试试。"乔安琛谨慎地回答。

初壹站在那里，迎着风，裙摆飘动着，乔安琛半蹲在她身前，姿势十分专业。

拍了两张照后，初壹迫不及待地就要看成品图。她已经做好了最坏的打算，毕竟像乔安琛这种人，应该就是男朋友死亡视角。

谁知道乔安琛完美地扬长避短，把她的腿拍得特别长，脸还拍得很小，整个人看起来十分清新自然。

初壹有些不可思议地抬头看他："乔安琛，你学过的吗？"

乔安琛顿了一下，然后含混地道：“没有，就在网上不小心看到过一点儿……”

“拍得真好，快、快、快，给我多拍两张。”初壹没仔细听，把照片放大再缩小，细细看完后，迫不及待地招呼他。

乔安琛收起表情，清了清嗓子回答：“好。”

下午两人去了海边，报了潜水项目，海水蓝得像一块晶莹剔透的蓝宝石，可以看到底下细细柔软的沙子。两人换好衣服跟着教练下水，到一定深度时，身边出现了各种各样的鱼群和珊瑚。

大的小的、蓝的红的、成群结队的、形单影只的，各种各样的鱼摆动着身子缓缓游过。五彩缤纷新奇无比的海底世界，让人惊艳得目不转睛。

初壹兴奋不已，睁大了眼睛，用目光向乔安琛表示着喜悦之情。两人双手划着水，在深蓝的海底沉浮。

潜水体验的时间很短，感觉没看多久就上岸了，初壹觉得意犹未尽，朝乔安琛比画着：“你刚刚看到了吗？那个鱼好漂亮，是彩色的！”

“看到了，很好看。”乔安琛点头附和。

“还有鱼群，一大片从我手旁边穿过，我好像都碰到了滑滑的鳞片！”

“我也是。”乔安琛牵住她的手，把她的脚步往正确的方向带，“待会儿我们去游泳。”

临近傍晚，阳光没有那么毒辣了，泡在凉凉的海水中无比享受，初壹游了许久，感觉有点儿累了才上来，在沙滩遮阳伞底下休息。

乔安琛不知从哪里捧来了两个绿色大椰子，上头还插着吸管。初壹躺在椅子上完全不想动，只是懒洋洋地抬起墨镜看他。

初壹的目光从他奶油色的肌肤上掠过，途经胸膛，最后落在薄薄的腹肌上，她突然有些好奇：“乔安琛，你健身吗？”

“我会跑步，还有些简单的运动。”乔安琛说完，打量着她，“你不知道吗？”

“……”家里是有台跑步机的，只是初壹好像很少看到他用，还是好奇，“跑步会有腹肌吗？”

乔安琛：“……”

“你一天到晚在想什么呢？”不知为何，看着她发亮的眼睛，乔安琛有些不自在，抓起挂在椅背上的T恤从头上套下去穿好。

初壹略微遗憾地收回了目光。

两人的“坦诚相见”基本都是在夜里和床上，初壹从来没有真正仔细地看过乔安琛的身材。然而抵达海边，男人穿着宽大的沙滩裤，赤裸着上身，踩着拖鞋，只是简单行走的模样便引人注目。

即使墨镜挡住了他的大半面容，在举手投足间，依然掩盖不住他的帅气。

国外热情的金发女郎时不时地投来视线，笑着和身旁的同伴说着话，似乎在讨论什么。

不一会儿，有人在同伴的鼓励下走到乔安琛的躺椅旁，笑着看了眼初壹，用英文问他：“请问她是你的妹妹吗？”

初壹立刻睁大了眼睛瞪过去。

乔安琛看向初壹，然后转过头回答：“不，她是我的妻子。”

女郎露出遗憾的神色，然后对初壹道歉：“不好意思打扰了。”

“……”

待她走后，初壹才十分不满地开口：“怎么？我看起来很像你的妹妹吗？”

“没有，她这是在夸你年轻。”乔安琛连忙接话。

初壹酸溜溜地哼了一声，满脸不高兴。

乔安琛垂眸揉了揉鼻子，讨好地说：“我们下去游泳吧，你不是说想学蝶泳吗？我教你。”

初壹的游泳水平还是最基本的狗刨式，结果一下水发现乔安琛是姿势优美的蝶泳，她羡慕得眼睛都红了。

两人在一起游，立刻可以分出高下。没有对比就没有伤害，初壹早就想学蝶泳了。

她状似勉勉强强地应了一声，然后跟着乔安琛下水。

“手的入水点在两肩旁，斜插下去，对，往前伸，划水……”

初壹在水中扑腾，乔安琛站在一旁扶着她的腰不让她掉下去，一边给她讲解要领一边纠正动作。

折腾了半天，初壹勉强学了点儿皮毛，每次一失重总是不自觉地切换成了她的狗刨式，手臂都酸了。

"太难了……"初壹告饶，打了退堂鼓。

乔安琛在一旁蹙眉，然后说："我们再试最后一次。你不要怕，放开动作，我在旁边不会让你淹水。"

"好吧。"初壹皱着眉应道。

她在脑海中回忆着动作和步骤，放松身体，在水里渐渐划开，然而没两下身体又本能地往下沉，她连忙扑腾着拍水。

乔安琛立刻提醒："就按照这个姿势，不要慌，慢慢来。"

因为他的这句话，初壹原本想换成狗刨式的动作立刻停住了，她继续死磕，只是没两下就彻底沉到水里去了。

"啊啊啊——"初壹立刻闭气，脚往下踩，手胡乱舞动着，被一个人抓住往上带，她犹如找到支撑般紧紧抱住了他。

"呜——"脑袋终于冒出水面，呼吸到新鲜空气了，初壹惊魂未定，把下巴搭在乔安琛的肩头大口呼吸着。

"我就说不行，你硬是让我试。"她气得打了他一下。

乔安琛抱紧她往岸边走去："好了、好了，我们不练了，去吃晚餐。"

初壹像只无尾熊一样挂在他身上，手紧紧抱住他的脖子，两条腿环在他的腰间，此刻也不觉得别扭和难为情了，反正就是不想再回到水里了。

两人冲完澡换回衣服，照例在海滩旁边找的餐厅，只是这晚是露天的音乐烧烤，初壹看着乔安琛前前后后地拿着烧烤夹忙活，把料理好的食物放到她面前，不知道为什么，总觉得有点儿怪异。

他好像太殷勤了。

这场景隐约似曾相识。

初壹想了想，可能是两人差不多一直冷战的缘故，乔安琛就算是块木头也应该知道主动一点儿了。

她想通了，心安理得地接受起他此刻的改变来。

毕竟，谁知道这种状态还能维持多久呢？

晚上回到酒店，初壹看着乔安琛从浴室出来，他穿着宽松的白T恤，在阳台上伸手挂衣服时，衣摆缩上去一截，隐约露出了腰腹肌肉。

初壹一下想起了今天看到的画面，心里莫名地惦记起来。

乔安琛回到房间，正准备上床，初壹拍了拍她身旁的位置，笑得一脸乖巧："乔安琛，你要睡了吗？"

"嗯，怎么了？"他疑惑地过去掀开被子躺下，就看到初壹凑了过来，压低声音，在他的脸旁小声问："我能摸摸你的腹肌吗？"

"……"

乔安琛一时间竟不知该说些什么才好。他愣愣地看着初壹，好一会儿才找到自己的声音。

"你别闹。"嗓音都变得有些低哑，光是想着那一幕，乔安琛就有点儿控制不住自己了。

"我没有。"初壹很认真地回答他，"我就是单纯有点儿好奇。"

"我每次画别人的腹肌的时候都是在网上找的图片，还没有真正见过。"更别提她上手去摸了……

初壹觉得自己实在太亏了，结婚这么久，每天晚上和他睡在一起，连这点儿福利都没有享受过。

就连做那种事情的时候，她都是紧紧闭着眼睛，害羞得哪里都不敢碰，全靠乔安琛主导。

看着她求知若渴的眼神，乔安琛罕见地哑言了，脑中天人交战半天，最后才迟疑地出声："那……那好吧。"

初壹立刻期待地坐直了身子。乔安琛盯着她的眼睛，突然有种怪异的感觉，怎么好像是在进行某种掺杂了金钱的交易一样？

他还是顺从地躺了下去，撩起了自己的衣服。

白天惦记了一天的画面再次出现在眼前，初壹仔细打量着乔安琛的腹肌，同他的肌肤一样都是奶白色的，薄薄一层并不是很突出，但胜在匀称，很养眼。

初壹直直地看着，咽了咽口水，随后慢慢地伸出手放了上去。

是肌肤柔韧的触感，底下似乎有点儿凹凸不平，又是很硬朗，她说不出来是什么感觉，有点儿陌生又有点儿奇特。

初壹摸了一把没什么感觉，又忍不住在上头摩挲了两下，忽然听到乔安琛发出一声闷哼，抬眼一看，他的眸色都变了。

她立刻惊觉，猛地抽回手放在脸侧，眼含戒备地吞吞吐吐警告道："乔安琛，我、我摸完了，你别乱来啊！"

乔安琛没回答，只是平静地把自己的衣服放下来，然后抬头看向她。

初壹有些忐忑地和他对视，刚准备松一口气，猝不及防地被他握住手臂一把拉了过去。

脸撞在他的胸膛上有点儿微痛，初壹正想抬头抱怨，眼前就落下一片阴影，挡住了头顶的灯光。

乔安琛把她揽在身前，炙热动情地亲着，亲到……初壹有点儿受不了。

似乎是许久未这般亲密，他含着她，吮着、咬着。初壹被动地承受着他的动作，严重呼吸不畅，心脏跳动越来越剧烈，全身发软。

亲得她唇舌有点儿刺痛，乔安琛终于松开她。初壹得以喘息，仰着脸大口呼吸，还未平复下来，手就被他拖着塞进了衣服里。

掌心传来陌生又熟悉的触感，和几分钟前的一模一样，初壹顿时僵住。

乔安琛将唇贴着她的耳朵，热气尽数喷洒过去："给你——摸个够。"

初壹感觉头皮都发麻了，手贴在他的腹肌上一动不敢动。

乔安琛没理她，只埋头亲着她，从耳后一直到颈间，细细密密地留下点点红印。

到他亲到某个地方时，初壹忍不住呜咽了一声，手从他的衣服里抽了出来，抱住了他的脑袋。

接下来的事情就不受控制了，初壹只记得沉沉浮浮间，头顶灯光晃动，让她色欲熏心的那片腹肌一直在她眼前，模糊的视线里，有一滴汗水似乎顺着肌肤滑落，她一眨眼间就看不见了。

事后初壹窝在被子里有气无力地嘟囔着抱怨：“你怎么这样啊？”

乔安琛刚洗完澡出来，擦着头发，闻言看过来问：“怎样？”

“摸一下就不行了。”

乔安琛气笑了，坐到床边手伸进被子里把初壹捞过来：“你知不知道我多久没碰过你了？”

初壹默默在心底算了算，似乎快要一个月了。她有点儿心虚，又立刻想起引发这一切的原因，理直气壮了。

“所以，还不是因为你！”她振振有词道，“别以为这样我就原谅你了，这个不算数的！”

乔安琛的神情立刻低落下来，他垂着眼，头抵着她的额头，喃喃自语：“那怎么样才算数？怎么样你才能原谅我？”

他已经使尽浑身解数了。

最近的日子里，他做了这些年来从来没想过的事情，他都感觉不是原来的自己了。

念及此处，他又忍不住暗自幽幽地感慨一声：哄老婆可真难。

初壹闻言，眼眸低了下去，避开了他的视线。

话到嘴边，又好像什么也说不出来，初壹推开乔安琛的脸，心虚地拉起被子：“我困了，要睡觉了。”

乔安琛在原地望着她，半晌叹了口气。

他关灯上床，刚躺下，那个方才还闭着眼睛一脸熟睡的人就蹭了过来，伸手抱住他。

怀里的人软绵绵的，透着香甜，动作间都是依赖，乔安琛暗自认命。

他还能怎么办，只能继续受着。

第三天，两人吃过早餐，乔安琛租了辆小摩托车，带着她在岛上闲逛了一圈。

环海公路上风很大，吹散了空气里的热气，初壹在后座上戴着小头盔抱着乔安琛，阳光热烈，天空湛蓝，似乎和旁边的海连成了一片。

她忍不住张开手臂欢呼："乔安琛，这里好美啊。"

"热吗？"

"不，很舒服。"她现在觉得出来玩一定要克服懒惰，酒店再好、床再大，哪里比得上外头的无限风光呢！

"你小心一点儿，抱住我别摔了。"乔安琛不放心地嘱咐。

初壹嗯了一声，乖乖地伸手环住他的腰："开慢一点儿，我要多看几眼海哦。"

"好。"

骑车遛完一圈，时间已经过去几个小时了，两人开始前往情人崖。那是一处海边有名的断崖，以日落美丽著称。

两人抵达目的地时太阳已经变得不那么强烈了，光线偏橙色，柔和而明亮。

临海矗立着的断崖陡峭奇特，翠绿色的植被中夹杂着粉紫色的不知名的花，底下是一望无际的蔚蓝海水，泛白的浪花拍打着礁石，和着海风，美丽而惬意。

初壹勾着乔安琛的一根无名指，沿着海边小径，慢慢和他并肩散步，夕阳一点点降落。

天空被染成了热烈的橘色，一轮金色的落日缓缓沉入海面，这一幕壮丽又浩大，人在大自然面前渺小得宛如蝼蚁。

初壹和乔安琛坐在崖边，风吹起她的裙摆、他的头发，心变得无比宁静、悠远，旁边传来不知名的乐声，一位流浪歌手弹奏起了他的吉他。初壹突然很想靠着乔安琛。

她微微侧过脸去，把头搭在他的肩膀上。

乔安琛转过脸来看了她一眼，然后又收回目光，嘴角弯起一点儿。

时间仿佛定格在了这里。

橘红的天空渐渐被墨蓝替代，光影变得半明半暗，白天和黑夜交替的时刻充满着异样的色彩。

两人慢慢走了回去，这一次乔安琛牢牢地牵住了她，两只手交握在一起。

在附近餐厅吃过晚饭，正是夜生活开始的时候，玩了整整一天，初壹有些累了，径直回了酒店。

洗完澡，乔安琛在查明天的景点攻略，初壹翻着今天拍的照片，一张张滑过，在看到其中某一张时，手忽然顿住。

是在情人崖那里，她靠在乔安琛的肩膀上看日落，被一个玩摄影的小姐姐偷拍的，后来小姐姐将照片发给了她。

在被夕阳染红的天空下，两人依偎在一起的背影，海水和断崖，浪漫而唯美。

初壹看着这张照片，整个人仿佛又回到了那一刻，那个傍晚的感觉让她难以忘怀。

只是很平淡的时光，却因为无与伦比的景色和用心陪伴的人，而被镀上了一层独一无二的颜色。

直到结束最后一天的旅行，在飞机上望着外面棉花糖一样的云朵，她脑中浮现的还是在断崖上的那个日落时的画面。

如火的天空中满目橙红色的光芒，她静静地靠着乔安琛的肩膀，两人无声地陪伴着彼此。

两人从巴厘岛回到岚城，一时间还有些不适应，过于凉爽的空气、高楼建筑、堵塞的车流和望不到尽头的城市……没有了那片一望无际的蔚蓝大海，没有了洁白的沙滩，也没有了辽阔的天空和清爽的海风。

一出机场，初壹就抱着乔安琛的肩膀开始哭泣："呜呜呜——乔安琛，怎么办？我现在就已经开始想念巴厘岛了……"

"那……我们下次再去？"他试探着问道。

初壹立刻变脸："那还是算了，都去过了，如果你下次有假期我们再去别的地方玩吧！"她兴奋地说着，全然不见了方才低落的情绪。

乔安琛："行吧……"

两人上车回到家中，不过短短几天，竟有种恍如隔世的感觉。看着熟悉的房子，初壹又是亲切又是陌生，最后摇头叹息："又得大扫除搞卫生了……"

刚回来谁都不想动，初壹换了床单便没了下文。乔安琛倒是比她勤快，把两人这几天的脏衣服都拿出来放进洗衣机里清洗。

弄好后他又拿着拖把拖了地，把窗户都打开通风，忙完一切，才洗干净手躺到床上，从身后抱住初壹，把脸靠在她的颈后。

“是不是累了？”她轻声问。

乔安琛嗯了声，整个人没有动。

初壹转身面对着他，两人静静地抱在一起。

“明天你就要上班了。”她将脸搭在乔安琛的肩膀上，望着不远处放空心中的一切，“我总感觉这几天像是做梦一样，现在梦醒了，又要回到现实了。”

乔安琛抬起头看了她片刻，然后靠过来吻她的嘴唇，动作很温柔，含两口又分开，交换着彼此的温度和气息。

“对不起。”亲了会儿，他突然说。

初壹有些诧异：“干吗突然说这个？”

“没有办法每天陪你。”乔安琛神色愧疚地道。

初壹一听，内心更加愧疚了：“你有你的工作，怎么可能每天陪我出去玩？”说起这个，初壹倒是想到了什么，狐疑地看着他，“对了，你最近是不是又在网上看什么乱七八糟的东西了？”

“没有啊。”乔安琛顿了顿，回答，“怎么了？”

“就觉得你最近好像开窍了。”

“……”

“说话、做事完全不像以前的样子了。”

“那你觉得好还是不好？”

初壹摸了摸下巴，沉思一下后缓缓道：“说不上来，有时候可以，有时候有种用力过猛的感觉。”

乔安琛：“……”

他也是挺难做人的。

如初壹所料，收假后的乔安琛几乎经历着一场战争，工作似乎都堆积在那里，等着他回来一一处理。

上班第一天，他就加班到深夜，到家已经是十一点了。初壹等着他回来，等到眼皮都快打架了。

“你怎么还没睡？”乔安琛推开房门，看到往日冰冷的卧室里现在多了一个人。

初壹从床上坐起来，有些蒙地望着他：“你才下班啊……”

“嗯。事情太多了。”乔安琛有些疲惫，伸手按了按脖子。

他走到床边，坐在初壹面前注视着她：“下次累了就早点儿睡，不用等我。”

“我也不是很困，以前都差不多这个时候才睡觉的。”初壹老老实实地回答。

乔安琛笑了下，伸手揉了揉她的脑袋：“好吧，那我去洗澡了，你继续休息。”

头顶传来掌心宽厚的触感和温度，还有不轻不重的力道，初壹感觉眼前似乎还残留着乔安琛方才的模样：嘴角浅浅的弧度，弯着眼睛，眼里带着柔柔的光。

这让她不由自主地联想到了一个词——宠溺。

初壹愣愣地看着他的背影，怀疑自己是脑子不清醒，困傻了。

几乎没有哪个女孩儿抵挡得了摸头杀，尤其对方还是自己喜欢的人，威力瞬间翻倍。

初壹窝在被子里，整个人睡意全无，一遍遍回放着刚才的那一幕，用力咬着被角恨不得原地打滚儿。

呜呜呜——怎么办，她感觉自己已经坠入爱河了。

坠入爱河的第一天，初壹就冷静下来了，原因无他，乔安琛差不多又变回了以前的状态，只能晚上看见他的人影，白天里连无聊的信息都少了很多。

这样过了几天后，初壹觉得不行，看着乔安琛早出晚归的辛苦模样，决定牺牲自己的睡眠时间，早起给他做早餐。

初壹提前一天准备好了食谱和材料，定了很早的闹钟，第二天睡得迷迷糊糊时，似乎隐约听到了响动。初壹闭着眼嘟囔了两声，往被子里钻了钻，然后耳边终于清净了。

她舒展开眉头，沉沉睡去。

再次醒来已经是日上三竿，初壹躺在床上揉了揉眼睛，目光所及之处，一室空荡，乔安琛早已不在了。

初壹猛地惊醒，立即起身抓起手机一看，看清上面的时间后，哀号一声又倒在了被子上面。

早餐计划就此胎死腹中。

这个周末乔安琛不出意外地又加班了，初壹也没出门。她最近有点儿忙，新连载的这部漫画成绩很不错，从发表到现在数据一路高涨，甚至在各个社交平台都引发了很高的讨论热度。

之前在巴厘岛度假时，有位粉丝不多的个人博主把初壹那部漫画里某些很萌的高甜片段截图整理下来发到自己的微博上，表示肯定和赞美。

然后突然被一个粉丝上千万的博主转发了。

“啊啊啊——这是什么神仙漫画啊！老阿姨死了几百年的少女心又复活了。”

这位博主一直以犀利吐槽著名，基本有什么社会时事热点新闻都会发表自己的意见，虽然用词犀利，但奇异的是不让人反感，甚至大家觉得她说得很有道理，每一条微博评论、转发、点赞都很高，不少粉丝是死忠粉。

这条微博一经发出，底下不少人表示赞同，甚至有不少相熟的博主纷纷转发微博，顿时吸了不少流量。

初壹那几天粉丝数噌噌往上涨，经常会收到不少私信，但内容百分之八十是催她快点儿更新的。

当然也有很多人向她表白，可对比一看，数目就不值一提了。

因此编辑还特意在聊天软件上私敲了她，意思是她可以适当地多更新一点儿，不管从什么角度来看，都应该抓紧这个难得的机会。

初壹之前的漫画风格偏正剧一点儿，人物剧情都是按照逻辑中规中矩地发展，她还很喜欢热血竞技，热衷于刻画兄弟情。

每次她一走剧情的时候，底下的读者就会成群抗议。

“大大，求你让孩子们谈个恋爱吧！”

毕竟……比起初壹精心刻画的剧情，大家更喜欢看她随便写的恋爱甜段子。

初壹一度为这个状况忧心不已，深深为自己的怀才不遇感到难过。

而这篇新的漫画，说起来连载得也是很随意，那段时间正好是初壹和乔安琛摊牌完冷战的阶段，乔安琛一改往日忙碌、儒雅的形象，每天给她发无聊的短信，陪她一起看乱七八糟的电视剧。

初壹有一次画稿时，刚好又收到他的短信，不知为何看完后就发起了呆，脑中出现了一个呆头呆脑的小人，为了讨自己妻子的欢心，绞尽脑汁却只能想出一些笨拙的手段的画面。

初壹扑哧一下笑了出来，就很想把这一幕记录保存，手里的画笔换了个方向，便动起工来。

结果明明她只是随手一画，却一发不可收拾，于是干脆加了些剧情上去，从头到尾完整地构思了一个小故事。

相比她之前的那些作品来说，这个故事太过简单了，初壹原本只是想作为一个调剂，可能很快就完结了，结果没想到第一天更新上去就受到了读者的热捧，大家纷纷要求她继续更新。

初壹也没料到会是这个结果，所幸自己画起来也轻松不费力，就这样一天天地连载下去了，结果不久前突然火爆，热度直线上升，甚至有愈演愈烈的架势。

她觉得自己不能这样了，于是勤勤恳恳地给这部漫画重新修订了大纲，也不三天打鱼两天晒网了，而是每天坐在电脑前认真画稿。

当然，这个小故事已经跟她和乔安琛无关了。艺术可能会来源于生活，但生活永远只是一个很小的触发点，真正撑起整部作品的灵魂的，还是构思出来的艺术扩展。

这部漫画的名字叫作《我的少女心呀》，讲述的是一个情商为负的大律师勇敢追爱的故事。

里面的每个人，在初壹眼里都是独一无二的存在。

如此忙忙碌碌地过了快一个月，被工作填充的生活每天都千篇一律，一眨眼就不见了，初壹回首一看，似乎做了很多事情，又似乎什么也没干。

周五那天，她突然收到了乔安琛的短信，是一个餐厅的名字，说他已经订好了位，叫她到时直接过去就可以了。

初壹疑惑，给他回复："你今天不用加班吗？怎么突然想到出去吃饭？"

乔安琛很快回了消息："不用，明天休假，我们很久没有一起出去吃饭了。"

初壹一想也是，从巴厘岛回来之后两人就各忙各的，有段时间没一起出门了。

她和乔安琛约好之后就放下了手机，立即结束工作推开椅子起身，期待地跑去衣柜挑裙子了。

初壹过去的时候，乔安琛已经到了。他今天穿了一身非常正式的西装，深蓝色暗格纹，双排扣的修身剪裁，退去往日的严肃，多了儒雅的气质，甚至隐隐带了几分贵气。

而且他就连头发都像是精心打理过，整个人如同洗掉灰尘的明珠，彻底不掩饰自己的美貌，站在那里光彩夺目。

初壹打量着自己，暗自庆幸。

幸好来之前她查过这家餐厅，是家高级西餐厅，所以为了配合餐厅的情调选了一条黑色的吊带小香风裙子。

乔安琛站在座位旁给她拉开椅子，初壹坐下来，有些不高兴地看着他："你今天突然穿成这样干什么？"

乔安琛铺餐巾的动作顿了顿，他似乎有点儿慌了神："怎么了吗？"

"我觉得不太适合你。"初壹一本正经地说，"你以后还是穿你那些古板的老式西装吧。"规矩一点儿。

"不好看吗？"乔安琛听完停了下，问她。

初壹小声嘟囔："就是太好看了……"好看得让她有点儿不想给别人看到了。

"反正……"初壹瞪着他，很严肃地开口，"你以后要穿的话，也只能在家穿给我一个人看。”

乔安琛：“……”

他看着初壹那故作霸道和镇定的表情，仰起下巴鼓足勇气的模样，莫名地很想笑。

但本能让他忍住了，乔安琛绷紧嘴角，点了点头。

“嗯。”他低声应道，“以后只穿给你一个人看。”

说完，他还补充了一句：“只在家穿。”

谁会没事在家里穿着西装晃啊？

初壹默默地在心里吐槽，又突然想到一个可能性，思想不由自主地走偏了。

须臾她脸红心跳地拍了拍自己的脸，十分唾弃自己。

初壹！你脑子里每天都是些什么黄色废料？

乔安琛只看到她两眼神情涣散，一会儿脸红、一会儿脸白的，最后还狠狠地拍了自己两下。

他忍不住出声：“初壹，你怎么了？”

初壹猛然回神，咽了下口水慌张道：“没什么、没什么……点菜吧。”

这家餐厅环境特别好，不远处有乐手在单独演奏小提琴，柔柔的音乐声飘荡在耳边，手旁就是落地窗，可以俯瞰整个城市的风景。

夜幕低垂，天空是一种颜料般的暗蓝色，星星点点的灯火亮了，周围安静而光线昏黄，十分适合约会。

牛排煎得还特别不错，鲜嫩多汁，初壹吃了第一口之后才想起来，奇怪地看向乔安琛：“你不是不吃西餐吗？”那次的牛排回锅重造，大概可以令初壹终身难忘。

“没有。”乔安琛神色如常地回答，“我只是不喜欢吃不熟的东西。”

“哦。”初壹看着他面前全熟的牛排，不做评价。

两人吃完这顿晚餐，初壹心情特别好，挽着乔安琛的手出门，连脚步都是轻快的。

她刚才喝了一点儿红酒，此刻望着夜景，感觉头晕晕的，有种微醺的感觉。

乔安琛没有开车，带着她往旁边走着。

直到按了电梯上楼，初壹才反应过来：“我们去哪里？”

“到了就知道了。”他没有直接回答，而是牵着初壹的手往前走。这栋楼顶层是一家酒店，初壹看着乔安琛带着她出电梯，然后穿过走廊，在一扇门前刷了房卡。

一推开门，她就震惊了。

闯入视线的是漫天粉红色场景，各种粉白色心形气球堆积在落地窗旁、天花板上，房间角落亮着橘色小彩灯，大片玫瑰花簇拥着四个白色的大写字母——LOVE。

旁边还有小树的装饰，树枝上挂着许多发光的许愿瓶。

桌上有蛋糕、蜡烛，白色地毯上四处散落着礼物盒子、花瓣、可爱的玩偶。

初壹看得愣怔不已，脑中一片空白。

就在此刻，不知哪里传来了细碎的嗡嗡声，伴随着风直扑在她的脸上。

初壹抬起头，看到了不远处朝她飞过来的遥控飞机，四四方方的白色机身，顶上螺旋桨飞快地转动，在不大的室内空间里十分抢眼。

初壹的视线无意识地转动，看到飞机底部还挂着一个小盒子，在歪歪扭扭的飞行过程中晃动着，摇摇欲坠，然后慢慢地、慢慢地晃悠到了她眼前。

初壹目光呆滞，跟站在飞机后面、手里拿着遥控器操作的乔安琛对视。须臾她抿了下唇，艰难地伸手把面前的小盒子摘了下来。

又是一阵强风刮过，飞机终于飞走了，她精心打理的发型也彻底报废了。

初壹面无表情地握着手里那个盒子，然后顺了顺被吹得乱七八糟的头发。这一幕让她无比熟悉，似乎隐约在哪里见到过。

她认真思索着，乔安琛慢慢走到她跟前，心中更忐忑了。

怎么……她并不像想象中那样露出惊喜、开心的表情呢？

乔安琛抿了抿嘴角，试探地出声问：“你要不要打开盒子看一下？”

“里面是什么？”思绪中断，初壹回神，顾起面前的状况来。

她晃了晃盒子，然后拆开了上面的蝴蝶结缎带。

乔安琛观察着她的表情。

藏蓝色丝绒盒子被打开，里头静静地躺着一条项链。

一条吊坠镶满了碎钻、银色链子，在灯光下闪闪发光的项链。

天底下恐怕没有哪个女人抵挡得了钻石的诱惑，初壹也不例外，纵使面前的这一切实在过于浮夸，但不得不承认，她心中依旧有隐秘而掩盖不住的喜悦。

初壹把项链从盒子里拿出来放在手上细细打量着。

乔安琛不安地问：“喜欢吗？”

“干吗突然弄这一出？”初壹没有正面回答，只是环顾着周围有点儿疑惑。

乔安琛顿了顿，稍显心虚地说：“还有几天就是我们结婚一周年纪念日了，我刚好那两天要出差，所以……”

初壹懂了，原本也没有期待什么，但乔安琛竟然有这份心思，也是很难得了。

“你帮我戴上吧。”她把项链递给乔安琛，脸上带着笑意。

乔安琛微微松了口气，接过项链解开暗扣，小心翼翼地拨开她的头发，把项链系了上去。

“好看吗？”初壹问。

乔安琛认真地看着她，须臾点了点头：“好看。”

初壹抿唇笑了。

桌上的蛋糕很漂亮，粉白色的翻糖装饰，上头有两个小人抱在一起，一个戴着头纱，一个穿着西装。

底下还有一行字：一周年快乐。

初壹仔细拍了照，两人才开始切蛋糕。蛋糕的味道很好，初壹尝了第一口就忍不住惊呼：“嗯！好吃。”

“是吗？”乔安琛闻言也低头试了口，感受过后点了下头，面色没有太大改变，“还行。”

“不可能，明明很好吃。”初壹不甘心，挖了一口递到他唇边，“你试试我这个。”

乔安琛顺从地把她这一口吃了下去。

初壹充满期待地望着他：“怎么样、怎么样？”

“嗯……是比我的好吃一点儿。”乔安琛严谨地发表评价。

初壹露出果然如此的表情：“我就说嘛，本来就很好吃。”

乔安琛没说话了，只是突然想起了当初和初壹在甜品店见到的那对小情侣，他好像有点儿能理解当时他们的心情了。

回去时，两人手里抱了一堆东西。

初壹抓着一大把粉白色气球，圆的、心形的，簇拥在一起像是云朵。

乔安琛怀里捧着一盒子玫瑰花，两人这样走在路上十分引人注目，俊男美女的组合本就吸引人，再加上这些夸张的道具点缀，甚至有路人在仔细观察他们旁边有没有偷偷放着摄像机。

回到家关上门时，乔安琛松了一大口气，忍不住说：“初壹，下次不要再拿回来了，这些东西都不贵的。”

“这怎么行？”初壹正在换鞋，闻言转头看着他，开玩笑般夸张地说，“这都是你满满的爱啊！”

“好吧。”乔安琛无奈了，“那现在要把我的爱放在哪里？”

“花插起来吧，气球可以装饰客厅。”初壹吩咐，乔安琛一一照做，弄完后，房子确实漂亮了不少。

“好了，未来几天我们每天都是过纪念日了。”初壹满意地道，“这样等到真正的纪念日那天，就像是我们也庆祝了一样。”

乔安琛这次出差时间不长，只有五天而已，但和结婚纪念日刚好撞上了。

前一晚上给他收拾行李，初壹整理好衣服和日常用品，弄完后又仔细检查了一遍有没有缺漏。

乔安琛刚好洗完澡出来，初壹出声叫他；“你看看还有什么落下的吗？”

“没有了。”乔安琛蹲下来认真看了一遍后回答，说完他又像是想起了什么，抿了下唇道，“谢谢老婆。”

“……”乔安琛是不是疯了？

初壹被他刚才那句话震得浑身发麻，睁大眼睛许久不能回神。

老婆……老婆？

这好像是他第一次这么叫她，初壹心头涌起一阵奇异的酥麻感，既觉得肉麻又有种诡异的甜蜜感？

她一副愣愣的样子，乔安琛却已经去拿了吹风机吹头发，吵人的嗡嗡声在安静的房间里响起，把刚才的气氛打破，让初壹有种出现了幻听的错觉。

晚上睡觉，初壹心头都有些异样。乔安琛的呼吸却十分平稳，一点儿动静都没有，规规矩矩地躺在那里，似乎早已睡着了。

她也闭上眼睛，就当自己幻听了。

早上乔安琛出门时，初壹睡得很沉，没起来送他。

乔安琛临走前看了她一眼，似乎在犹豫什么，最后还是作罢。

初壹起来时，乔安琛自然已经走了，就和他每天去上班了一样。初壹没有太大感觉，像平时那般吃过早餐后开始画稿。

就连傍晚一个人吃晚饭、夜里洗完澡上床睡觉，初壹都习以为常，其实乔安琛出差和不出差的区别也不大，大概就是睡觉时旁边多个人的不同。

初壹玩了会儿手机，见时间不早了，准备追完更新的漫画就睡觉时，屏幕上突然弹出来一个视频邀请。

发起人竟然是乔安琛。

初壹惊呆了，还是第一次见到乔安琛用这个视频功能。她以为手机对他来说就只有发消息和打电话的用途。

初壹小心翼翼地试探着接通视频电话，极其谨慎地喂了一声。

对面出现了乔安琛的脸，塞满了屏幕，没两秒他拿开手机，一张脸以正常的角度露了出来。

“睡了吗？”他极其自然地开口，和初壹此刻的满面惊疑完全不同。

初壹注意到他身后的背景，好奇地问：“你在酒店啊？”

“嗯，刚忙完休息。”

“怎么突然给我发视频啦？”初壹充满新奇地问，眼含打量之意，“你竟然也知道手机视频这个功能？”

“我一直都知道。”

“哦，对不起啊，从来没见你用过，我以为你不知道呢。”初壹调侃着他。

乔安琛默了默，决定避开这个话题：“你怎么还没睡觉？一个人在家还行吗？”

“你不是知道我平时睡觉的点吗？”初壹忍不住翻了个白眼。

“还有，什么叫我一个人在家还行吗？我又不是没有一个人在家过。”初壹说完，狐疑地看着他，“乔安琛，你怎么突然这么反常呢？是不是做了什么对不起我的事情？”

乔安琛：“……”

他不说话了，两人相顾无言地通过手机盯着彼此，须臾，初壹看见乔安琛抓了抓头发。

“算了，睡觉吧。”

“哎，所以你找我到底要干吗呀？”初壹忍不住叫道，乔安琛在那头有些郁闷。

“我就是想和你说几句话。”他停了下又问，“很奇怪吗？”

“对别人来说不奇怪，对你有点儿。”初壹诚实地回答。

毕竟两人婚后很长一段时间的消息记录只有只言片语，内容还是千篇一律的。

比如：

“今晚加班不回来吃饭。”

“好的。”

更别提去出差了，那几天他基本就是失联人口，连每天必备的行程交代都没有了。

结果，乔安琛现在晚上没事干竟然还会给她发视频。

难道一次吵架带来的危机感这么大吗，大到乔安琛完全变了个人？

初壹都好奇他是不是去哪里找了个情感专家拜师学艺去了。

乔安琛听完她的回答又沉默了，在心里认真地思考着自己是不是再次用力过猛，可这不是大家都会做的事情吗？

“那我以后多发几次，就不奇怪了。”乔安琛最后想了想说。

初壹歪头看着他，眨了下眼睛：“好吧。”

两人又不痛不痒地聊了几句，像是平常一样，初壹看到时间不早了，才互相道别：“那你早点儿睡，晚安。”

“晚安。”

初壹挂断视频，看着恢复如初的对话框，想了想，也想不出个所以然来，在床上翻了个身，把手机放在床头柜上，拉高被子甜甜地睡去。

之后接连几天，乔安琛一有空就给她发视频过来，有时候初壹在画稿，忙里偷闲地接通，也没空和他多聊，敷衍两句就结束通话了。

如此几次，面对乔安琛突如其来的热情，初壹终于有些吃不消了：“你怎么突然这么黏人啊？”

“黏……人？”乔安琛露出惊疑的神色，过了会儿才平复下来，认真地反问她，“黏人不好吗？”

“也说不上来。”初壹被问住了，深思过后，艰难地开口。

“有时候是好，有时候就不好，比如我很忙的时候就不希望别人打扰自己。”

乔安琛：“……”他听完脑袋一片昏沉，正在绝望之际，忽地又想起什么，灵光一闪，“没关系，如果你在忙的话就直接和我说，我等你不忙了再打过来。”

“也……不是不可以。”初壹开口，把那句“你就不能少发点儿”咽了下去。

毕竟她好像也是有点儿喜欢乔安琛黏人的。

乔安琛出差回来，两人都不约而同地松了口气，一个是不用每天记着给她发视频了，一个则是不用再担心他随时发视频过来了。

他正常上班之后，初壹清净了一整天，工作效率都提高了很多。

这个周末即将到来时，晚上临睡前躺在床上，乔安琛突然约她一起去看电影，甚至连影片和座位都看好了，就等她答复了。

初壹看着乔安琛递到面前的手机屏幕，有些说不出话来。

“怎么样？要是不喜欢我们再换部片子。”乔安琛说着，又拿过手机翻着。

初壹咽了下口水，愣愣地说：“没有，挺好的，就订这部吧。”

她只是觉得幸福来得太突然了，有些措手不及……

周日阳光灿烂，天朗气清，微风适意，初壹和乔安琛睡到自然醒，然后收拾完毕悠闲地出门。

两人抵达电影院时里头人挺多的，大概是周末的原因，有许多家长带着小孩子来看电影。

乔安琛取了票，顺便到柜台去拿网上团购好的爆米花跟可乐。初壹坐在休息区的椅子上等他，看着乔安琛抱了一大桶爆米花过来。

这种东西和他身上的气质挺违和的，哪怕此刻乔安琛像个普通男人一样穿着简单的T恤和长裤，可大概是那张脸已经习惯了严肃，眼中沉静，总带着一种让人肃然起敬的气场。

初壹想起了婚前两人唯一一次来电影院也是如此，可还没等到电影开场，就接到了他奶奶病重的电话。

之后电影当然是没有看下去了，初壹跟着乔安琛一路飞快驾驶去了医院，匆匆间见到了他爸妈，还有那位年迈迟暮、白发苍苍的老人。

她的脸上布满皱纹，掌心却无比宽厚温暖，混浊的眼里充满爱意，在病床上颤巍巍地伸手拉住初壹拍了拍，笑得慈祥温和：“好孩子，奶奶喜欢……”

那是初壹见她的第一面也是最后一面，那天也是初壹第一次见到乔安琛情绪失控的模样。

“还有十几分钟就开场了，先吃点儿东西。”乔安琛已经走到她面前，把手里的那一大桶爆米花递了过来。

初壹回过神来看着他，仰起头接过来。

“好。”她抱着爆米花吃了两口，然后拿起一颗问乔安琛，“你要吃吗？”

乔安琛犹豫了一下，还是低头靠过来：“好吧。”

初壹把手里那颗爆米花喂给了他，塞到乔安琛的嘴里时，指尖不小心碰到了他的唇，柔软湿热的触感传来，初壹一瞬间有些不自在，很快又调整过来。

只是之后每吃一颗爆米花，她的唇边总是不自觉地带着笑，每一次碰到自己的指尖，就像是和他亲吻了一样。

没等一会儿，前面就开始检票了，两人拿着票过去排队，然后跟着人流一起进场。

乔安琛选的是最近网上热度很高的一部电影，口碑、票房都十分突出，初壹原本想等有空了和程栗一起去刷的，但没想到乔安琛竟然会带她一起来看。

这大概可以说是意外之喜了。

两人对着票号上的座位坐下，周围都是陆陆续续入场就座的人，头顶灯光明亮，座椅是暗沉的红色。

初壹和乔安琛并排坐在一起，爆米花放在两人的座位之间，面前的大屏幕上放着影院广告。

她抓了把爆米花边吃边看，乔安琛安静地坐在一旁。

头顶灯光瞬间暗了下来，周围的动静开始平息，影片正式上映。

这是部脑洞大开的科幻片，剧情起伏，引人深思，和上次两人看的那部爱情电影完全不一样，感觉会是男生喜欢的。

电影放映了几分钟之后，初壹忍不住偷偷看了眼乔安琛，他一脸专注地盯着屏幕，似乎看得很入迷。

初壹凑过去悄声问：“你觉得好看吗？”

“还行。”乔安琛同样低声回道，抬起眼眸看她，“你呢？”

“我也觉得。”初壹忍不住傻笑，略放下了心，坐直身子继续看电影。

手边的爆米花渐渐消减下去，初壹吃到一半吃不下了，又不想浪费，于是把爆米花桶往乔安琛怀里塞："我吃不下了，你吃吧。"

乔安琛："……"

他没说什么，只是默默抱着爆米花桶继续吃她吃剩的爆米花。

整场电影两个小时，感觉时间过得飞快，看到精彩片段，初壹会忍不住低声地和乔安琛讨论剧情，不知不觉电影已经到了尾声。

影厅灯光大亮，屏幕上缓缓放出导演和主创的名字，身边的人陆续起身离场。

初壹也站了起来，挽着乔安琛往外走去。

"你觉得这部电影和以前陪我在家看的那部，哪个好看一点儿？"

"还是这个吧。"乔安琛思考了一下，回答。

"为什么？"

"剧情比较吸引人。"乔安琛婉转地说。

初壹勉强接受了这个答案："行吧，看来你们男生都比较喜欢这种剧情类的片子。"

乔安琛没有说话了。

电影院在五楼，底下是一个很大的商业广场，里面不仅有许多娱乐设施，还有各种各样的美食和商铺。

下午没有什么安排，初壹和乔安琛闲逛着，有个门口放了一排抓娃娃机，她忍不住牵着乔安琛走了过去。

"你会玩这个吗？"初壹问完，立刻想起什么，摇了摇头，"算了，你肯定没玩过，还是我自己来吧。"她从包里翻出全部硬币，投了一个进去。

机器丁零零动了起来，初壹操控着手柄，透明柜子里头那个大夹子晃晃悠悠地移动到了正中间。

初壹手疾眼快地拍下面前的红色大圆键，只听啪的一声，夹子伸了下去，张开爪牙慢吞吞地抓起底下那只粉色小猪。初壹屏住呼吸专注地盯着，只见夹子提着小猪到了出口，正欲成功之际，又慢吞吞地一晃，笨重的爪子张开，哐当一声，那只粉色小猪掉了下去。

"啊！"初壹气得握拳跺脚，不甘心地又投下一个硬币，准备一雪前耻。

然而，一个、两个、三个……初壹花光了她包里所有的硬币，那只猪依旧坚强地躺在里头。

初壹环顾着四周，准备去换零钱了。

“要不我来试试吧？”乔安琛默默地在旁边看了半天，迟疑地从自己的包里拿出一个硬币，小心翼翼地试探着问道。

初壹定定地看了他三秒钟，让开了：“好吧。让你感受一下。”

乔安琛没说话，只是抿了抿唇，走到了机器前面。

他投下硬币之后，谨慎地观察了几秒才开始动手，移动着手柄按键。

初壹看着他凝重专注的侧脸，目光紧盯着里头，仿佛在做某种科学研究，她也忍不住变得紧张起来。

乔安琛确定好夹子的位置之后，又前后左右仔细地调整了一下，直到时间快要结束，才在最后一秒按了下去。

初壹的心都随着那一下摁键而提起。

大夹子摇摇晃晃地下去，又摇摇晃晃地上来，那只粉色小猪被牢牢地夹在爪子上，慢慢地、慢慢地接近出口。

啪嗒一声，仿佛梦幻般的声音，那只猪被投了进去，两秒后从娃娃机里掉了出来，落在两人面前。

初壹激动地过去捡起，拿在手上左捏右捏，兴奋地端详着，喜悦之色完全掩盖不住。

“乔安琛，你好厉害啊！你怎么夹到的？”她望着乔安琛的眼神染上了崇拜之色，是少女见到偶像时发光的眼神，乔安琛的心里不知为何也涌上了满足感。

“我只是尝试着算了下角度，没想到成功了。”

“我不管，我夹了二十几年的娃娃都没成功过，你再帮我多夹几个。”初壹扯着他的手来到机器前面，然后飞快地跑去换硬币。

乔安琛夹娃娃的成功率太高了，十次成功了八次，最后两人离开时，旁边有位工作人员的脸都绿了。

初壹才不管这么多呢，怀里抱着一堆娃娃，十分开心。

“我帮你找东西装起来吧。”乔安琛看着她两手忙碌的模样，环顾着四周，结果没找到袋子，却在旁边看到了一根绳。

他捡起绳，站在初壹身前把她怀里的小玩偶一个个捆好，串了起来。

乱七八糟的小玩偶立刻规规矩矩地被系在了绳子上面，一整条下来，像是一根藤上的七个葫芦娃。

只是初壹的是各种形状、颜色可爱的小玩偶。

她好喜欢。

“哇，好可爱啊！”初壹迫不及待地把绳子挂在自己身上，美滋滋地转圈圈。

“乔安琛，快、快、快，给我拍照，我要发朋友圈炫耀一下。”

她挂了满身的娃娃，仰着脸眯眼笑的模样，比起身上的娃娃要可爱一百倍。

乔安琛按下快门，把这一幕保存了下来。

“我老公真是太棒了。”初壹整个人情绪亢奋，挽着乔安琛不假思索地就开始无脑吹，说完整个人才反应过来，偷偷看了他一眼，却见乔安琛好像有些愣愣的。

初壹立刻收回目光直视前方，假装自己方才什么都没有说过。

两人走出大楼，广场上风和日丽，不少人在那里玩，还有大人和小孩儿在放风筝。

初壹身上的玩偶吸引了不少人的视线，全部都是艳羡的表情，尤其是小孩子，立刻转身就扯着自己的父母要娃娃了。

初壹心里美滋滋的，看着乔安琛越发喜欢，无处安放的情感在心中膨胀，她就很想做些什么。

初壹扯了扯乔安琛的手臂，停住了脚步。

“嗯？”他转头看过来，面带疑惑之色。阳光明媚，微风吹动了两人的头发，人来人往的广场上，一切都沦为了背景板。

初壹踮着脚，在他的唇上亲了一口。

“奖励你的。”她笑着说，眼睛弯弯地映着一泓水光，里头还有他的影子。

乔安琛神色微动，定定地注视她几秒，然后转过身子，牵着她继续往前走。初壹见他这样平淡的反应，有些不高兴了。

两人双手交握，她故意挠了挠他的掌心，刺痛伴随着酥麻感，让乔安琛握紧了她的手。

“别闹。”沉沉的语调冷静而严肃，初壹不动了，垂下眼眸不自觉地咬住了唇，方才的喜悦顷刻间荡然无存。

她低头看着脚下，自顾自地失落难过着，没有注意到乔安琛带着她走到了哪里，直至面前投下一片阴影。

广场边缘的树荫下只有零散几个人，乔安琛把初壹挡在树干前，目光变得幽深。

她刚想说什么，乔安琛就伸手抬起她的下巴，俯身咬住了她的唇。